HEYNE <

LUIS SELLANO

Portugiesischer Pakt

EIN LISSABON-KRIMI

WILHELM HEYNE VERLAG
MÜNCHEN

MIX
Papier | Fördert gute Waldnutzung
FSC® C014496

Penguin Random House Verlagsgruppe FSC® N001967

2. Auflage
Originalausgabe 04/2024

Redaktion: Joscha Faralisch
Umschlaggestaltung und -motiv: Johannes Wiebel | punchdesign, München,
unter Verwendung der Motive von shutterstock.com (Mykola Mazuryk,
GViegas, ilolab) und AdobeStock.com (stevanzz, nonglak)
Satz: Satzwerk Huber, Germering
Druck und Bindung: GGP Media GmbH, Pößneck
Printed in Germany
ISBN: 978-3-453-44186-6

www.heyne.de

»O amor espiritualiza o homem –
e materializa a mulher.«

(»Liebe macht Männer spirituell –
und Frauen materiell«)

Jose Maria de Eca de Queiroz

Auszug aus den persönlichen Aufzeichnungen der Person, die sich Albuquerque nannte.

1. Oktober 1974

Ich sollte hier nicht mit dem Tod beginnen. Nur gelingt es mir nicht, das Gefühl abzuschütteln, dass A Morte fortwährend um mich herumschleicht. Die wenigen, die von der Familie übrig sind, würden mich auslachen, berichtete ich ihnen von meinen Ängsten. Sie haben mich immer schon für morbide gehalten. Und für zu sentimental natürlich. Leicht dem Melancholischen verfallen, wie ich sie gelegentlich über mich flüstern höre. Ich mag nicht, wenn so hinter meinem Rücken geredet wird. Vor allem nicht von denen, die nur meinen, mich zu kennen.

Sie fürchten sich doch nicht weniger als ich. Fragen sich, wem man nach dem Umsturz denn überhaupt noch trauen kann. Ich sehe es in den Augen, nicht allein bei den Verwandten. Auch hier, auf dem Campus. Egal wen ich treffe, sie leben seit dem Frühjahr begleitet von dieser Angst. Angst davor, wie alles gekommen ist. Natürlich versuchen sie es zu verstecken hinter der Borniertheit und ihren arroganten Fassaden. Doch die Arroganz wird uns vergehen. Man wird sie uns austreiben, das hat man uns geschworen. Jeder ist ein Tor, der deswegen nicht die Hosen voll hat. Wären wir nicht die Zweit- oder Drittgeborenen unserer bis in alle Ewigkeit verdammten Väter, sie hätten uns längst nicht nur auf ihrer Liste stehen. Es ist leichtsinnig zu denken, den Sozialisten genüge es, uns in ihren Registern aufgeführt zu wissen. Oder gar zu glauben, dass wir in Vergessenheit gerieten. Sie haben ein Auge auf uns, so wie unsereins sie über Jahrzehnte davor unter Beobachtung gehalten hat. Wie sollte ich unter diesen Umständen nicht ständig an den Tod denken?

Nachdem das Sommersemester frühzeitig wegen der Revolution und Niederschlagung der Diktatur beendet wurde, haben sie mich im Herbst wieder mit dem Studium anfangen lassen. Eine Erweisung von Gnade, gewissermaßen, um das letzte Studienjahr abschließen zu können. Das Land braucht trotz allem Akademiker. Ich finde wenig Grund zur Freude darin, denn ich sehe trotz der vermeintlich großzügigen Zugeständnisse keine Zukunft mich. Fürwahr, da ist sie wieder, die Melancholie, die ich oft vorgeworfen bekomme. Doch ich kann nicht aus meiner Haut. Nicht in diesen Zeiten. Der Umbruch hat mich überrascht, doch da bin ich nicht der Einzige aus meiner Generation. Stets bekamen wir vorgehalten, wir seien die Elite, und mit einem Schlag erloschen die Sterne, die so hell für uns leuchteten. Nun kann ich nur rätseln, was sie uns noch alles zur Last legen werden. Rätseln und bangen. Froh sollen wir sein, dass man uns wieder an die Universitäten gelassen hat, bekommt man von überall her zu hören. Sogar die meisten Professoren sind noch da, wie ich dem Fakultätsregister entnehmen konnte. Nur die Extremisten fehlen, die dem Regime eng verbunden waren. Als wären wir im vorangegangenen Semester etwas anderes in den Augen der Sozialisten gewesen. Keiner von uns hat hier zuvor studiert, der nicht mit Pflicht, Blut und Ehre hinter dem System stand. Professoren, Studenten, allesamt.

Letztes Jahr noch die Elite, heute nur noch in Gnade geduldet. So wie meine, waren auch die Familien meiner Kommilitonen zuvor angesehen und erfolgreich. Ausgestattet mit der Macht in den Händen, dazu bestimmt, die Geschicke dieses unseres Landes zu lenken. Die Studentenverbindungen, denen die männlichen Nachkommen meiner Schicht angehörten, garantierten den Erfolg. Man erwartete von uns, dass unserer stolzgeschwellten Brust die Fähigkeit innewohnte, erfolgreich zu sein. Damit ist jetzt Schluss! Jetzt darf ich mich mit dieser schäbigen Stube hier arrangieren, weil sie die Verbindungshäuser dichtgemacht haben. Aber mein Onkel meint, es sei besser, auf dem Campus zu wohnen, um ein Zeichen zu setzen, das ich mich zugehörig fühle. Zugehörig! Zu wem? Zum Feind?

Natürlich weiß ich, das ist nur Gerede vom ihm. Er will mich weghaben, bis der Sturm sich legt. Bis daheim wieder Ruhe einkehrt. Oder vielmehr, bis endgültig geklärt ist, was mit meinem Vater geschieht. Zu meinem eigenen Schutz also, weil ständig Leute von der antifaschistischen Untersuchungskommission wegen neuer Befragungen vor der Tür stehen. Ich soll ihm dankbar sein, doch es gelingt mir nicht. Er hat doch auch nur Angst. Angst davor, dass ich etwas Falsches sagen könnte.

Mein neuer Zimmergenosse kommt gerade herein …

1
Helena

Die Unfallstelle war abgesichert. Kreiselnde Blaulichter verwirbelten die Nacht. Inspetora Helena Gomes parkte hinter dem Streifenwagen, nahe an der Leitplanke. Es war kurz nach einundzwanzig Uhr. Sie hatte gerade Dienstschluss machen wollen, als der Anruf von Rui Dinis bei ihr einging. Dinis war Brigadekommandant bei der Polícia Municipal und sie waren lose befreundet, weshalb das Gespräch nicht über die Zentrale an sie weitergereicht worden war, sondern er sie direkt angerufen hatte. Daher war es für sie kaum möglich, es nicht entgegenzunehmen. »Wir haben hier einen Unfall. Sieht seltsam für mich aus, wie der Wagen den Abhang runter ist. Vielleicht ist aber auch gar nichts dran«, hatte er sie wissen lassen. Eine vage Andeutung, doch Helena kannte Rui als einen erfahrenen Hasen, der nicht unbegründet die Kripo einschalten würden. Also hatte sie eingewilligt vorbeizukommen, auch wenn die Fahrt hoch zum Parque da Pedra nicht gerade auf ihrem Heimweg lag. Abgesehen davon, dass die extreme Hitze, die Lissabon diesen August den Atem raubte, sie ohnehin davon abhalten würde, frühzeitig ins Bett zu gehen. So gesehen hatte sie auch noch ein bisschen durch die Nacht fahren können – mit offenem Fenster, hinauf auf die Anhöhe im Westen der Stadt. Eine Fahrt durch den bewaldeten Park, die ihr sogar ein wenig Abkühlung brachte.

Bevor sie ausstieg, schrieb sie eine WhatsApp: *Wird später, warte nicht auf mich!* Sie wartete nicht ab, ob die Nachricht zugestellt wurde, sondern steckte ihr Handy weg. Die Dienstvorschrift sah vor, dass sie auch ihrem neuen Teamleiter Sérgio Damasos Bescheid geben müsste, aber nach ihrem Ermessen handelte es sich bis zu diesem Zeitpunkt noch um keinen offiziellen Einsatz. Mittlerweile hatte sie gelernt, den Ermessensspielraum nicht mehr gar so eng zu nehmen. Zuerst wollte sie sich einen Überblick verschaffen und danach entscheiden, ob sie Damasos aus dem Bett klingeln würde.

Helena kannte die Stelle, die der Brigadeführer der Ortspolizei ihr beschrieben hatte, die Kehre unterhalb des Miradouro do Alto da Serafina, wo der bewaldete Hang steil hin zum Stadtteil Bairro da Liberdade abfiel. Sie passierte die zwei Polizeiwagen, die quer über der Straße standen, und folgte den Signalleuchten bis zur Unfallstelle. Dinis erwartete sie. Er war ein etwas schrulliger Mittfünfziger, dem sie immer mal wieder bei Einsätzen begegnete, und sie wusste, dass wegen seiner Eigenheiten nur wenige aus seinem Corps wirklich gut mit ihm auskamen. Vermutlich verstanden sie sich gerade deswegen, schließlich galt auch Helena als nicht besonders einfach im Umgang mit Kollegen.

Rui Dinis war stämmig und deutlich kleiner als Helena. Mittlerweile trug Rui eine ordentliche Plauze vor sich her, über die sein hellblaues Uniformhemd spannte. Unter seinen Armen hatten sich dunkle Schweißflecken gebildet. »Schön, dich mal wieder zu sehen, auch wenn die Umstände alles andere als schön sind. Wie geht's deiner Tochter?«, begrüßte er sie. Wäre er in Zivil gewesen, hätte er sie vermutlich umarmt. Helena war es ganz recht, dass die Uniform und gewiss auch die anwesenden Polizisten und Rettungskräfte ihn davon abhielten.

»Sara fängt nächsten Monat mit der Schule an«, berichtete sie kurz. Dinis lupfte seine Mütze und wischt sich mit dem Unterarm den Schweiß von der Stirn. Um seinen runden Kopf wuchs ein grauer Haarkranz. »Buh, wie die Zeit vergeht. Ihr solltet bald mal wieder auf einen Grillabend vorbeikommen. Inês würde sich freuen, deine Sara und dich wiederzusehen.« Bislang war Helena nur einmal nicht um eine Einladung zu den Dinis' nach Hause herumgekommen. Und dieses eine Mal, als sie keine Ausrede fand und der Höflichkeit wegen schließlich zusagte, hatte sich Sara von der übertriebenen Herzlichkeit, die Ruis Ehefrau Inês ihr damals entgegenbrachte, eher bedrängt gefühlt. Zu viele Umarmungen und eindeutig zu viele feuchte Küsse. »Klar, machen wir«, sagte sie knapp und zeigte dann rüber zu dem mit Warnleuchten gekennzeichneten und abgesicherten Bereich auf der schmalen Bergstraße. »Dann lass mich mal sehen!«, verlangte sie.

Sie gingen zu der Stelle, ziemlich genau im Scheitelpunkt der Kehre, wo der Wagen die Leitplanke durchbrochen hatte. Danach hatte er sich etwa zwanzig Meter unterhalb der Straße im steilen Abhang zwischen knorrigen Pinienstämmen verkeilt. Die Feuerwehr hatte den Wagen mit einem Stahlseil vor dem weiteren Abrutschen gesichert.

»Wer ist der Fahrer?«

»Laut seinen Papieren, ein Dr. Eusébio Monteiro, siebzig Jahre alt.«

»Wo ist der Notarzt?«

»Schon wieder weg, war nichts mehr zu machen. Genickbruch, durch den heftigen Aufprall. Kommt davon, wenn man einen Oldtimer fährt, in dem noch keine Airbags verbaut sind.«

Helena sah genauer hin, konnte aber wegen der zerbeulten und halb um den Baumstamm gewundenen Karosseriesilhouette den Fahrzeugtyp nicht bestimmen.

»Jaguar, E-Type V12, Baujahr 1970, schätze ich. Schade um diesen Wagen.«

Helena sah ihn skeptisch an, doch Dinis bemerkte ihre Reaktion nicht und redete einfach weiter. »Nachdem nur noch der

Tod des Insassen festgestellt werden konnte, bestand kein Bedarf mehr, ihn unverzüglich aus dem Wrack herauszuholen. Also habe ich angeordnet, dass er im Wagen bleibt, bis die Kripo sich ein Bild davon gemacht hat.« Dinis drehte sich um und schaute die Straße hoch, die sich um den Berg schlang und außerhalb der Flutlichtscheinwerfer des Rettungsteams in der Dunkelheit verschwand. »Die Leitplanken sind hier oben ziemlich marode. Stellenweise durchgerostet wegen der salzigen Luft. Dennoch muss er einen ordentlichen Zacken draufgehabt haben. Und was die Bremsspur angeht, die ist verdächtig kurz. Also entweder er war eingeschlafen und hat erst im letzten Moment die Kehre vor ihm bemerkt …«

»Oder?«, hakte Helena nach.

»Womöglich ist er absichtlich auf den Abhang zugefahren und hat es sich in letzter Sekunde dann doch anders überlegt. Aber da war es schon zu spät.«

Die Suizidtheorie behagte Helena nicht. Es war viel zu früh, um sich auf irgendetwas festzulegen. Immerhin konnten sie zum jetzigen Zeitpunkt auch ein technisches Versagen des betagten Wagens nicht ausschließen.

»Beides kein Grund, mich zu anzurufen«, wandte Helena ein. Dinis hob seine Mütze und kratze sich am ergrauten Haaransatz. »Na ja, vielleicht wurde er auch bedrängt.«

Helen wurde hellhörig. »Was meinst du damit?«

»Kann sein, dass ein zweites Fahrzeug beteiligt war. Vielleicht ein Rennen …«

»Ein Siebzigjähriger, der sich nachts ein Autorennen liefert? Sehr gewagt, Rui.«

Dinis druckste etwas herum. »Es gibt eine Zeugin, die möglicherweise einen zweiten Wagen gesehen haben will.«

»Möglicherweise?«

»Hat sie zumindest behauptet.«

Helena sah sich um, konnte aber im flutlichtbeleuchteten Bereich unter den uniformierten Einsatzkräften keine Zivilistin entdecken. »Wer?«

»Eine Obdachlose, die ein Stück weiter unten auf der Straße unterwegs war und dabei beinahe von einem Wagen erfasst worden wäre, der schnell den Berg runterkam, kurz nachdem sie hier oben den Lärm gehört hat. Allerdings kam sie den Kollegen, die als Erstes vor Ort waren, recht betrunken vor.«

»Wo ist sie?«

Dinis starrte auf seine Hände, als wollte er überprüfen, ob er noch alle Finger hatte. »Abgehauen«, raunte er.

»Ehrlich jetzt?«

»Tut mir leid. Sie hat sich wahrscheinlich irgendwo im Park verkrümelt, um sich einen Schlafplatz zu suchen.«

»Wissen wir wenigstens, wer sie ist?«

»Nur, dass sie Marta heißt. Sie hat keine Papiere …«

»Lass sie suchen!«

»Gleich?«

Helena nickte unmissverständlich.

»Dann muss ich noch mehr Leute anfordern. Kann ich das damit begründen, dass die Kripo jetzt offiziell ermittelt?«

Dinis wusste sehr wohl, dass das nicht allein ihre Entscheidung war. »Ist noch nicht beschlossen. Aber du findest diese Marta trotzdem für mich!«

Nach kurzem Zögern griff Dinis nach seinem Funkgerät und gab entsprechende Anweisungen weiter. Indessen sah Helena sich die Unfallstelle genauer an. Schneller als erwartet stand der Einsatzleiter wieder neben ihr. »Wir sehen uns um«, murrte er.

»Welche Art Doktor war dieser Monteiro?«

Dinis zuckte mit den Schultern.

»Wer hat den Unfall gemeldet?«

»Der Anruf kam von einem Anwohner unterhalb des Bergs.« Der Polizist zeigte runter zu dem Pinienwald, der sich in der Dunkelheit verlor.

»Er saß draußen auf der Terrasse und hat den Lärm gehört. Du kannst gerne mit ihm reden, aber er wird dir vermutlich nichts anderes erzählen als meinen Leuten.«

»Was denkst du, was wollte der Doktor um diese Zeit hier oben? Wo ist er hergekommen?«

»Vielleicht vom Sportclub?«, mutmaßte Dinis.

Helena nickte. »Sind da nicht die Bogenschützen?«

»Stimmt. Geht eher elitär zu bei denen, kann sich unsereins nicht leisten. Sollen wir das überprüfen?«

Helena nickte. »Ja, fragt auf jeden Fall nach. Und checkt die Verkehrsüberwachung!«

»Bereits in die Wege geleitet.«

»Gut! Dann gehe ich jetzt da runter«, ließ Helena ihn wissen.

»Willst du nicht besser warten, bis sie ihn hochgezogen haben?«

»Nein«, machte Helena klar, schon allein der Befürchtung wegen, dass die Bergung noch mehrere Stunden dauern würde. Und so angenehm kühl wie erhofft war es leider auch nicht. Es gab also keinen Grund, sich länger als nötig die Nacht um die Ohren zu schlagen.

»Wie du meinst, aber pass auf!«, warnte sie der Polizist und reichte ihr ein Paar Handschuhe, damit sie sich am Stahlseil, an dem der Wagen hing, nicht die Hände aufriss. Tatsächlich war der Abstieg auf dem ausgetrockneten, sandigen Untergrund ziemlich heikel. Helena hangelte sich am Sicherungsseil entlang und an Gestrüpp vorbei bis zu der Baumgruppe. Beim Wrack angekommen, roch es stark nach Benzin. Einer der Feuerwehrleute nahm sie in Empfang. »Besteht Brandgefahr?«, wollte sie wissen.

»Haben wir schon unterbunden, keine Angst«, bekam sie zur Antwort.

Helena schob sich vor bis zur Fahrertür, die bereits aufgehebelt worden war, und holte ihre Taschenlampe aus dem Etui am Gürtel. Was der harte Lichtstrahl ihr offenbarte, ließ sie zusammenzucken. Sie sog scharf die warme, von Pinienduft und Benzindunst durchsetzte Luft ein. Das antiquierte Edelholzlenkrad des Sportwagens hatte das Gesicht des Mannes gnadenlos zertrümmert. Sie entsann sich, dass auch ihr dreißig Jahre alter Peugeot 205 keinen Airbag hatte. Vermutlich würde sie bei einem frontalen Aufprall ebenfalls tödlich enden.

Der Tote trug einen leichten Sommeranzug und einen farblich passenden Seidenschal um den Hals. Darunter ein weißes Hemd. Alles war mit Blut getränkt. Offensichtlich hatte sein Herz nach der Kollision mit dem Baumstamm noch eine Weile geschlagen und reichlich Blut aus den Wunden an seinem Schädel gepumpt. Die Arme des Doktors hingen schlaff nach unten in den verbliebenen Spalt zwischen Armaturenbrett und Fahrersitz. Er trug eine goldene Uhr am Handgelenk, eine Rolex, wie sie im Taschenlampenstrahl erkennen konnte. Der Jaguar, der teure Anzug, der edle Chronograph. Hier war ein reicher Mensch in den Tod gefahren. Helena dachte an den vermeintlichen zweiten Wagen, der schnell den Berg hinuntergerast sein soll, unterband dann jedoch vorerst weitere Spekulationen. Noch war es zu früh für irgendwelche Theorien. Sie leuchtete den restlichen Innenraum aus, ohne noch etwas Auffälliges zu bemerken, und entschied, dass sie vorerst genug gesehen hatte. Der Anblick der Leiche würde ihr das Einschlafen später nur schwerer machen. Sie arbeitete sich wieder hangaufwärts, zurück zum Fahrzeugheck. Der bläuliche LED-Strahl ihrer Stablampe spiegelte sich in der verchromten Stoßstange, die in makellosem Zustand war. Bis auf eine verschrammte Stelle rechts unter dem Rücklicht. War hier jemand unabsichtlich oder gar bewusst aufgefahren, um den Wagen von der Straße zu drängen?

Auszug aus den persönlichen Aufzeichnungen der Person, die sich Albuquerque nannte.

1. Oktober 1974 – Nachtrag

Vermutlich war es weise, den Füller sofort wegzulegen, als die Tür aufging. Mein Onkel hatte selbstredend auch dahingehend seine Befürchtungen geäußert, dass man einen Sozialisten zu mir auf die Stube steckt. Jedenfalls kenne ich ihn nicht, er war bislang nicht an dieser Lehranstalt, was er sogleich auch offen eingesteht. Überhaupt gibt er sich redselig, allerdings ohne wirklich etwas von tieferem Sinn zu sagen. Er behauptet, zuvor an der Katholischen Universität studiert zu haben. Ein Sozialist bei den Katholiken, wie sollte das bis vor diesem Jahr funktioniert haben? Ursprünglich komme er aus dem Süden, behauptet er. Dabei möchte ich wetten, er stammt aus dem Norden, so wie er spricht. Wie auch immer, ich bin mir sicher, dass er lügt. Und auf die Frage warum, gibt es nur zwei mögliche Antworten. Entweder er ist ein Spitzel oder aber ihm wurde – ebenso wie mir – zu Hause untersagt, vor Wildfremden die wahre Herkunft auszuplaudern.

Bei Gott, hoffentlich wird das, was ich hier schreibe, niemals jemand lesen. Aber irgendetwas muss ich tun, um meine

Gedanken zu besänftigen, denn behalte ich sie in meinem Kopf, werde ich früher oder später verrückt.

Ich könnte Vetter Raoul fragen, der daran festhält, weiterhin Kontakte bei der PIDE zu haben, auch wenn es die Geheimpolizei offiziell nicht mehr gibt. Doch es heißt, dass diejenigen in den Reihen des einstigen Staatsschutzes, die den politischen Umbruch überstanden haben, sich im Verborgenen bereithalten. Genau wie wir. Auch wir sollen stets bereit sein. Und währenddessen lauern. Unsere Kräfte bündeln und lauern. Anweisung meines Onkels. Ihn haben sie bislang nur nicht belangt, weil er als Chirurg zu wichtig ist, um ihn in den Kerker zu stecken. Das sagt er von sich selbst und es mag stimmen. Ich halte mich damit zurück, ihm nachzusagen, er sei ein Überläufer. Nur weiß ich, dass andere genau das denken. Wobei, nein. Ich glaube es nicht. Jedenfalls lassen die Sozialisten ihn seine Arbeit tun. Wenn sie es sich doch noch anders überlegen sollten, haben sie auch mich am Wickel. Der Gedanke schnürt meine Eingeweide zusammen. Zu allem Übel teile ich jetzt auch noch meine Bude mit einem von ihnen. Ich muss vorsichtig sein. Ab jetzt mehr denn je.

2
Zwei Wochen später
Henrik

Da die Rua do Almada morgens noch im Schatten lag, saß er in letzter Zeit gerne vor dem Antiquariat, direkt neben der offen stehenden Ladentür, auf einem wurmstichigen Holzstuhl, der unter seinem Gewicht knarzte, wenn er sich bewegte. Der Wind, der vom Fluss die Gasse heraufwehte, war erfrischend und gleichzeitig schon wieder viel zu warm. Doch er wusste, es war das erträglichste Lüftchen, das dieser Tag für ihn parat hielt. Auch wenn es nach Fisch roch, nach dem fauligen Obst und Gemüse, das von gestern noch in den Müllcontainern hinter der Markthalle verrottete, nach den Autoabgasen der morgendlichen Rushhour und nach dem Schweröl der Schiffe im Sund und an den zahlreichen Anlegestellen. Es war der Atem einer Stadt, die sich schon eine Weile nicht mehr die Zähne geputzt hat und den man auszuhalten hatte, wenn man hier lebte. Natürlich warteten alle auf die erlösende Reinigung. Auf ein heftiges Gewitter, oder besser noch auf lang anhaltende Niederschläge, welche den eingetrockneten Gestank dieses Hitzesommers endlich aus den Straßen wuschen. Regen, der Lissabon von Staub und Dreck befreite, die Farben auffrischte und wieder glänzen ließ. Henrik Falkner blickte hoch in den tiefblauen Himmel zwischen den Dachkanten. Er wusste, dass er heute vergebens auf den ersehnten Regenguss wartete und seufzte. Als er seinen Blick wieder senkte, stand ein Mann vor ihm.

»Sind Sie der Antiquar?«

Henrik musterte den frühen Kunden, der trotz der heute zu erwartenden Temperaturen jenseits der dreißig Grad einen Anzug trug. Sandfarben mit einem Stich ins Rötliche. Gedeckte Aprikose, dachte Henrik. Der Farbton passte zum von der Sonne ausgeblichenen Stadtbild. Dazu ein weißes Hemd, darüber die zum Anzug passende Weste und eine Fliege um den steifen Kragen. Die harten Absätze der blank polierten Budapester hätte er auf dem Kopfsteinpflaster hören müssen, als der Mann die Gasse heruntergekommen war. Doch vermutlich war er selbst nach der kalten Dusche noch nicht ganz wach. Oder mal wieder zu abgelenkt, was in den vergangenen Monaten nicht selten vorgekommen war.

»Bin ich«, bestätigte er dem Mann im Anzug, den er auf Mitte bis Ende sechzig schätzte. Er war keinesfalls Tourist. Die elegante Kleidung entsprach dem Stil, den gut situierte Portugiesen wie selbstverständlich pflegten. Er verortete ihn in Lissabon. Avenidas Novas oder Belém? Vielleicht aber auch Innenstadt. Santo António, ja, auch dort passte er gut hin. Henrik hatte den Mann jedenfalls noch nie zuvor im Antiquariat gesehen und ganz sicher wohnte er auch nicht in seinem Viertel. War der Anzugträger demnach extra zu ihm in die Rua do Almada gekommen? Fing dieser weitere, heiße Sommertag damit an, dass er womöglich ein paar Raritäten aus seinem verstaubten Warenbestand an einen interessierten Sammler loswerden konnte? Henrik erhob sich von seinem Stuhl und achtete darauf, nicht zu euphorisch zu wirken. »Treten Sie ein, sehen Sie sich in aller Ruhe um«, forderte er den Senhor auf. »Oder suchen Sie nach etwas Bestimmtem?«

Der Mann rückte seine Goldrandbrille auf seiner aristokratisch gebogenen Nase zurecht. Die lange Oberlippe darunter zierte ein akkurat gestutzter Schnauzer. »In der Tat suche ich nach Ihnen«, klärte er Henrik auf. »Oder vielmehr, nach Ihrem Dienst als Experte.«

Das Kribbeln unter dem Zwerchfell gewann augenblicklich an Intensität. Mittlerweile war in seinem Stadtteil hinlänglich bekannt, dass er nicht nur alte Bücher verscherbelte, sondern auch als Privatermittler tätig war. Und wenn Leute explizit nach seiner Person fragten, lief es meistens auf einen Auftrag in diese Richtung hinaus. »Einen Experten, also«, wiederholte Henrik.

Der Mann sah hinauf zu dem schwarzen Blechschild über der Tür, auf dem silberfarben in geschwungenen Lettern *Antiquário e Antiguidade* zu lesen war, als wollte er sich vergewissern, am richtigen Ort zu sein. »Sie verstehen doch was von antiquarischen Büchern. Wurde mir zumindest gesagt.«

Henrik nickte nun doch ein wenig zu eifrig. Gleichwohl hatte er zunächst erwartet, dass es darum ging, jemanden auszukundschaften oder gar ein Verbrechen aufzudecken. »Bitte!«, sagte er noch einmal und ließ dem Portugiesen den Vortritt.

Die meisten Menschen, die das Antiquariat in der Rua do Almada zum ersten Mal betraten, gerieten ins Stocken, überwältigt von den Eindrücken, die da auf sie einprasselten. Zuerst natürlich die Gerüche, die schneller als alles andere im Gehirn ankamen. Auf jeden Fall schneller als die optischen Eindrücke, die wegen der schlechten Beleuchtung einer gewissen Verzögerung unterlagen. Tausende alter Bücher atmeten einem entgegen und dabei war es unverständlicherweise egal, ob feuchtkalter Winter oder trockenheißer Sommer, die Ausdünstungen blieben dieselben. Die modrige Feuchte hockte geduldig zwischen den eng stehenden, überbordenden Regalen und unter der niedrigen Kassettendecke. Der bröckelnde Leim, der pilzbedingte Papierfraß, das, was über Jahrzehnte und gar Jahrhunderte in die Leder- und Leineneinbände gesickert war, brandete einem in einer olfaktorischen Welle entgegen. Der Mann, der vielleicht im Viertel Santo António wohnte, kam gut mit diesen Eindrücken zurecht. Ließen sie ihn zögern, bemerkte Henrik es nicht. Er verfügte über die Art Disziplin, die jungen Menschen heutzutage abhandengekommen war. Henrik mutmaßte, dass er eine militärische Karriere durchlebt haben könnte, deren Fundament auf Beherrschtheit und Gehorsam fußte. Angezogen von ein paar Buchrücken in einem der Regale, schweifte er ein wenig von der direkten Route hin zum Verkaufstresen ab. Doch schließlich schloss er zu Henrik auf, der sich zwischenzeitlich hinter der Kasse postiert hatte.

»Ich bin Dr. Tavares«, stellte der Mann sich vor. »Ich würde Sie gerne engagieren, um bei einer Bücherauktion ein paar ausgewählte Exponate für mich zu erwerben.«

»Aus dem Nachlass einer Haushaltsauflösung?«, hakte Henrik nach.

Dr. Tavares schüttelte den Kopf, wobei sich eine einzelne Strähne aus seinem silberfarbenen, nach hinten gekämmten Haar löste, die er sich sogleich wieder aus seiner faltigen Stirn strich. Mit einer zackigen Bewegung, als würde er salutieren, was Henriks Theorie einer Laufbahn bei der Armee stützte, wobei der Doktor wirkte, als habe er eher Befehle erteilt als empfangen.

»Nachlass. Ja, in der Tat. Meist ist es wohl der Tod, der einer derartigen Absicht vorausgeht. Wie auch immer, eine bedeutende Sammlung wird aufgelöst und die Auktion hierzu findet morgen Abend statt. Ich habe hier Adresse und Uhrzeit für Sie, zudem den Titel der Buchreihe, die Sie bitte für mich ersteigern!« Der Doktor legte ein Blatt veredeltes Briefpapier auf den Tresen. Die Handschrift darauf war klar und präzise, so wie alles an dem neuen Kunden, der sich anhörte, als hätte Henrik dem Auftrag bereits zugestimmt.

»Gemessen an der mir vorliegenden Expertise, ist die Qualität der Bücher, bei denen es sich um eine neun Bände umfassende Enzyklopädie handelt, einwandfrei. Ihr Budgetrahmen ist daher unbegrenzt. Wenn Sie erfolgreich sind, erhalten sie von mir zwanzig Prozent des Preises, für den Sie die Bücher ersteigern werden, als Honorar für Ihre Dienste. Kommen wir damit ins Geschäft?«

»Zwanzig Prozent«, wiederholte Henrik. »Wie hoch schätzen sie denn die Auktionssumme ein?«, fragte er vorsichtig nach.

»Nun, wir reden hier von einer extrem seltenen Erstausgabe, die nirgendwo mehr zu bekommen ist. Gehen Sie davon aus, dass Sie fünfundzwanzigtausend bieten müssen.«

Henrik konnte den Pfiff durch die Zähne nicht verhindern und hoffte gleichzeitig, dass der Mann nicht noch in Escudo, der einstigen portugiesischen Währung, rechnete. Jedenfalls konnte er zu einer Provision von fünftausend Euro unmöglich Nein sagen, auch wenn ihm der Job an sich nicht behagte. Wegen seiner angeschlagenen Psyche vermied er nach wie vor größere Menschenansammlungen. »Entschuldigen Sie, wenn ich frage, aber weshalb nehmen Sie nicht persönlich an der Versteigerung teil?«

Dr. Tavares sah ihn nur eindringlich an, so lange, bis Henrik den Blick senkte. »Gut, von meiner Seite ist damit alles geklärt«, entgegnete er. Der Doktor schob die Manschette seines Hemds zurück und schielte auf seinen sündhaft teuer aussehenden Chronografen am Handgelenk, eine Omega Seamaster, soweit Henrik das beurteilen konnte. »Wunderbar«, kommentierte Tavares. »Sie können nicht viel falsch machen, die Reihe wird nur am Stück verkauft werden, das ist im Auktionskatalog so vorgesehen. Um zu bezahlen, folgen Sie den Anweisungen hier. Mehr brauchen Sie nicht zu wissen!« Er tippte auf den letzten Absatz seines Zettels. Dann zog er ein schwarzes, schmales Kärtchen aus der

Innentasche seines Jacketts und legte es neben das Blatt mit seinen Anweisungen. Es war etwas größer als eine Kreditkarte und alles, was sich darauf befand, war ein in Goldfarbe aufgedruckter Strichcode. »Das brauchen Sie, um eingelassen zu werden«, erklärte der Doktor, warf ihm einen prüfenden Blick zu und zeigte mit seinem arthritisch leicht verkrümmten Zeigefinger erneut auf seine mit schwarzer Tinte verfasste Anleitung. »Hier ist eine Telefonnummer, unter der Sie mich erreichen. Halten Sie sich an meine Instruktionen und lassen Sie die Bücher zuerst zu Ihnen ins Antiquariat liefern. Ich komme tags darauf, sagen wir um elf Uhr, um sie an mich zu nehmen und das Geschäft abzuschließen.«

3
Helena

Ihr letzter Streit lag jetzt vierzehn Tage zurück. Sie musste ausgerechnet jetzt daran denken, weil sie wieder mal den knappen Untersuchungsbericht von Eusébio Monteiros Autounfall vom Server geladen hatte. Es war schon weit nach Mitternacht gewesen, als sie nach ihrem späten Ausflug hinauf zum Parque da Pedra heimgekommen war. Henrik hatte noch wach gelegen. Vielleicht hatte sie ihn aber auch geweckt, obwohl sie darum bemüht gewesen war, leise zu sein. Sein Schlaf war wegen seiner PTBS, der posttraumatischen Belastungsstörung, die ihm die Ärzte diagnostiziert hatten, jedoch nach wie vor nicht der beste, und dazu kam nun auch noch die vorherrschende Sommerhitze, die auch nachts keine Abkühlung mehr fand. Kaum war sie durch die Tür, hatte er ihr unterstellt, sich mit Tiago getroffen zu haben. Bis heute wusste sie nicht, wieso er ihr ausgerechnet in dieser Nacht so einen Verdacht an den Kopf geworfen hatte. Nach der darauffolgenden Auseinandersetzung hatte sie bei ihrer Tochter Sara geschlafen, wobei von Schlaf keine Rede mehr sein konnte. Seitdem herrschte eine angespannte Stimmung in der Rua do Almada Número 38. In den letzten zwei Wochen hatte sich nicht viel bewegt, weder im Fall Monteiro, noch was ihre Beziehung mit Henrik betraf.

Der Autounfall hatte keine Priorität bekommen. Die Faktenlage hinsichtlich einer vermeintlichen Fremdeinwirkung basierte zu sehr auf Mutmaßungen, weshalb ihr Comandante Ralha Ressourcenverschwendung vorwarf, nachdem sie eine aus ihrer

Sicht angemessene Untersuchung angestoßen hatte. Besonders ausgiebig hatte Ralha sich über ihre Anmaßung ausgelassen, die Polícia Municipal mit der Suche nach der obdachlosen Zeugin zu beauftragen.

Dass die Akte nicht sofort geschlossen worden war, verdankte sie Damasos' Fürsprache. Auch wenn sie sich nicht sonderlich mochten, vertraute er dennoch ihren Instinkten. Und weil Helena hinter dem tragischen Tod des Doktors mehr als nur einen Verkehrsunfall vermutete, hatte er beim Comandante bewirkt, dass sie die Untersuchung weiterführen durfte, sofern sie zwischen ihren anderen Ermittlungen Zeit dafür erübrigen konnte. Man hatte ihr zwei Wochen dafür zugestanden, die heute zu Ende waren.

Einerseits war sie Damasos dankbar, andererseits hasste sie es, dass ihr Wort allein bei Ralha nicht zählte. Das war natürlich nichts Neues bei der Divisão de Investigação Criminal. Dennoch belastete sie dieser Zustand zunehmend mehr, was dazu führte, dass sie ihre Funktion bei der Kriminalpolizei immer häufiger infrage stellte.

Hinzukam, dass Sergio Damasos innerhalb der kurzen Zeit, die er nun in ihrer Abteilung tätig war, zum Liebling der Kolleginnen und Kollegen avanciert war. *Nur die Gomes hat mal wieder ein Problem mit dem Neuen. Aber die konnte sich ja noch nie eingliedern, ist und bleibt das schwarze Schaf im Polizeikorps.* Es war nicht so, dass sie Damasos seine Kompetenz als Kriminalist absprach. Ganz im Gegenteil, sie hatte schnell verstanden, wie gut er in seinem Job war. Nur konnte sie den Mann, der hinter dem brillanten Ermittler steckte, einfach nicht leiden. Und vor allem konnte sie ihn nicht riechen. Was auch immer der Sunnyboy, der alle anderen verzückte, an sich hatte, sein Körpergeruch verursachte bei Helena Aversionen, die sich nur mit Mühe beherrschen ließen.

Helena zwang sich dazu, wieder auf den Bildschirm zu schauen. Hatte sie die Akte Monteiro heute zum letzten Mal aufgerufen?

Das Ergebnis der Obduktion ergab, was schon am Unfallort sichtbar gewesen war. Der Mann war an einem Genickbruch gestorben, verursacht durch den heftigen Aufprall gegen den Baum, nachdem er von der Straße abgekommen war. Abgekommen oder abgedrängt? Das war die entscheidende Frage, für die sie auch nach zwei Wochen keine hinreichende Antwort hatte finden können. Es war nicht Tiago, der Chefpathologe der Gerichtsmedizin und ein guter Bekannter von ihr, der den Sektionsbericht unterzeichnet hatte, sondern ein ihr nicht bekannter Dr. da Silva. Tiago hatte den neuen Kollegen bislang nicht erwähnt, was ihr aber nur beiläufig in den Sinn kam. Sie lenkte ihre Gedanken zurück zu Dr. Monteiro. Die Spurenlage war nicht eindeutig genug, was die Beteiligung eines zweiten Fahrzeugs anging. Und die Zeugin, jene Obdachlose mit dem Namen Marta, war nicht mehr aufzufinden gewesen. Ihrer Aussage, die sie gleich nach dem Eintreffen der ersten Streife gemacht hatte, war zudem völlig lückenhaft. Keine Angaben zu dem Auto, keine Beschreibung, was genau vorgefallen war, unmittelbar nachdem Monteiro durch die Leitplanke brach. Alles, was sie den Einsatzkräften zu verstehen gegeben hatte, war, dass ein Wagen den Berg heruntergerast kam und sie dabei beinahe überfahren hätte. Ihr Ärger über den Verkehrsrowdy war der einzige Grund, wieso sie überhaupt hinauf zur Unfallstelle gegangen und dort auf die Polizei gewartet hatte. Nur um ihrem Ärger darüber Luft zu machen, dass sie genauso gut tot im Gestrüpp liegen könnte, das eine Kehre weiter abwärts den Berg hinaufwuchs.

Danach hatte Marta sich durch ihr plötzliches Verschwinden einer weiteren Befragung entzogen. Rui Dinis hatte Helena zwar versprochen, dass seine Leute die Augen offen hielten, aber ohne den nötigen Druck von oben war dies nicht mehr als eine Fleißaufgabe für die Ortspolizei. Erschwerend kam hinzu, dass der Streifenbeamte, dem sie ihr Leid klagte, in seinem Bericht vermerkt hatte, dass die Frau stark angetrunken auf ihn gewirkt habe.

Helena scrollte weiter zu der dürftigen Aussage des Mannes, der den Unfall gemeldet hatte. Der hatte aufgrund der Geräusche, die von der schmalen Bergstraße her zu hören gewesen waren, die richtigen Schlüsse gezogen. Allerdings war wegen des dichten Pinienbewuchses die scharfe Kurve von seiner Terrasse aus nicht einsehbar. Und ob er ein weiteres Fahrzeug gehört hatte, dazu wollte er sich nicht festlegen.

Neben der fraglichen Beobachtung von Marta fehlte ihnen somit jeglicher Hinweis auf einen zweiten Verkehrsteilnehmer und möglichen Unfallverursacher. Natürlich war da die Beschädigung der hinteren Stoßstange des Jaguars, an der allerdings keine fremden Lackreste gefunden wurden. Zudem konnten diese Kratzer auch schon ein paar Tage alt sein, wie der Sachverständige in seinem Bericht angemerkt hatte.

Helena rief die Seiten über die Sektion der Leiche auf. Auch diese war sie schon mehrfach durchgegangen. Monteiro war vollkommen nüchtern gewesen, als er starb. Weiter unten hing dazu auch die Aussage der Tochter an, die ihren Vater als hervorragenden Autofahrer beschrieb, der seinen hochmotorisierten Oldtimer zu beherrschen verstand. Außerdem hätte er nie riskiert, den wertvollen Jaguar durch unbedachtes Rasen zu beschädigen, wie sie bei dem Gespräch mit Helena beteuert hatte. Der Bolide war das Heiligtum des Doktors, er hätte ihn nie einfach so in den Abgrund gefahren.

Alles in allem zu wenige handfeste Indizien für Ralha, um sie weiter ermitteln zu lassen. Da half ihr auch nicht, was sie sonst noch über den Verunglückten zusammengetragen hatte. Dr. Eusébio Monteiro hatte seinen Doktortitel in Politikwissenschaften gemacht und war bis zu seinem Ruhestand eine Koryphäe im Beratungssektor für Banken und große Wirtschaftsunternehmen. Da er jedoch schon nahezu zehn Jahre pensioniert war, hatte sie nicht viel Sinn darin gesehen, sich bei seiner ehemaligen Arbeitsstelle umzuhören. Das hätte in den Augen des Comandante ohnehin nur wieder für zu viel unnötiges Aufsehen gesorgt.

Damit blieb nach dem aktuellen Ermittlungsstand nur eine Sache, der sie noch gerne nachgegangen wäre. Helena wusste, dass Monteiro in der Nacht seines Todes tatsächlich aus dem Sportclub Atlético e Academia gekommen war, wo er trotz seiner siebzig Lebensjahre immer noch als Bogenschütze aktiv war. Bereits am Tag nach dem Unfall hatte sie dort mit ein paar Vereinsmitgliedern gesprochen. Deren Aussagen deckten sich allesamt. Monteiro hatte am besagten Abend in gewohnt ruhiger und konzentrierter Weise seine Pfeile ins Ziel gebracht. Jeder, mit dem sie sich unterhalten hatte, bestand darauf, dass Monteiro kein redseliger Mensch gewesen war. Eine Attitüde, die ihn für seine Leidenschaft im Bogenschießen prädestinierte. Hier waren Stille und Versunkenheit gefragt, solange man auf die Scheiben schoss. Natürlich saßen einige der Clubmitglieder hinterher gerne zusammen, doch Monteiro gesellte sich nur sehr selten zu diesen Runden. Auf die Frage, ob es jemanden im Verein gab, mit dem der Doktor im Zwist lag, waren sich die Befragten ebenfalls einig. Wenn, dann kam da nur einer infrage. Wie sich herausstellte, verfügte auch dieser elitäre Verein über seinen Querulanten. Einen gewissen Carlos Ribeiro, der zum Leidwesen der Vereinsmitglieder den Vorstand des Sportclub Atlético e Academia leitete, weshalb er sich stets im Recht sah. Und ebendieser Ribeiro hatte auch tatsächlich an jenem schicksalhaften

Abend eine Auseinandersetzung mit dem Doktor gehabt. Leider konnte ihr keiner der Befragten sagen, worum es bei dem Disput ging. Was allerdings auch nicht relevant zu sein schien, denn der streitlustige Bogenschütze legte sich offenbar selbst wegen den nichtigsten Dingen gerne mit allen anderen an. Womöglich, so die allgemeine Ansicht, hatte Dr. Monteiro einfach nur das Pech, mal wieder wegen einer Lappalie mit dem Dauernörgler aneinandergeraten zu sein.

Es mochte ein Zufall sein, dass Carlos Ribeiro am Tag nach Monteiros Tod in sein Ferienhaus an die Algarve gefahren war. Allerdings war es ihr bis heute auch noch nicht gelungen, ihn dort zu erreichen. Alle Anfragen, egal ob per Telefon oder per E-Mail, blieben bislang unbeantwortet.

»Immer noch im Dienst?«

Helena fühlte sich ertappt. Sérgio Damasos war neben ihr aufgetaucht. Seine Oberschenkel berührten fast die Kante ihres Schreibtisches. Sie begann flach zu atmen. Wie immer trug er einen Maßanzug, diesmal einen salbeifarbenen. Er verzichtete trotz der Hitze auch niemals auf die farblich darauf abgestimmte Krawatte. Der Anzug verhüllte eine schlanke Statur, die ihr aber nicht sonderlich athletisch vorkam. Doch hier konnte sie sich auch täuschen. Sie wusste es nicht mit Gewissheit, glaubte aber, dass er Vegetarier war. Sein dunkles Haar hatte er auf die seit Längerem aus der Mode geratene Art nach hinten geschleckt. Sein Gesicht war schmal, die tiefbraunen, stets wachen Augen lagen nahe an der Nasenwurzel. Seine Haut war bleich, selbst die intensive Sommersonne schaffte es nicht, ihr eine dunklere Farbe zu verleihen, was Helena schon beinahe etwas gruslig fand. Damasos schielte auf ihren Bildschirm. »Hat sich noch was ergeben?«, fragte er, obwohl er mit Sicherheit wusste, dass sie in den vergangenen Tagen keinen Schritt weitergekommen war. »Könnte ich zwei, drei Leute aus der Abteilung mit ins Boot nehmen, wäre ich schon weiter«, entgegnete sie. »Der Mann war immerhin ein hochrangiger Akademiker und ein angesehenes Mitglied der Gesellschaft. Eigentlich beste Voraussetzungen dafür, dass Ralha eine lückenlose Aufklärung verlangt«, fügte sie trotzig an. »Aber hier akzeptiert er anstandslos einen Autounfall.«

»Weil das der Faktenlage entspricht«, konterte Damasos. »Sie sollten sich nicht beschweren, immerhin hat er Sie bis jetzt daran arbeiten lassen.«

Das Vibrieren ihres Handys unterbrach ihre Unterhaltung. Henriks Nummer leuchtete auf dem Display. »Entschuldigen Sie, da muss ich rangehen«, erklärte sie Damasos und drehte ihm den Rücken zu. Sie wartete, bis er sich nach kurzem Zögern entfernte, bevor sie das Gespräch entgegennahm. »Alles in Ordnung?«, wollte sie wissen und ärgerte sich sogleich über ihre Frage. War es nicht diese Art der Bemutterung, die er ihr in letzter Zeit nur zu gerne vorhielt? Helena musste sich beruhigen und atmete tief ein. Jetzt, da ihr Kollege nicht mehr neben ihr stand, ging das ja wieder. Henrik schien ihren bevormundenden Tonfall diesmal allerdings nicht bemerkt zu haben.

»Ich wollte dich nur rechtzeitig informieren, dass ich morgen Abend sehr wahrscheinlich nicht auf Sara aufpassen kann. Also, falls du vorhast, wieder ewig im Büro zu bleiben, brauchen wir einen Babysitter.«

Ihre Unterhaltung blieb also doch nicht ganz ohne Stichelei. »Neuer Auftrag?«

»Keine Ermittlung. Was wegen Büchern.«

»Bücher?«

»Eine Nachlassversteigerung. Ich wurde angeheuert, für einen Kunden auf ein paar seltene Ausgaben mitzubieten.«

»Von wem?«, fragte Helena.

»Keine Ahnung, ich kannte ihn bisher nicht. Ein Dr. Tavares.«

»Ich meinte, wessen Nachlass unter den Hammer kommt.«

Henrik schwieg für einen Moment. »Mal sehen, ich hab hier eine Adresse im Lapa-Viertel. Rua Sacramento.«

Augenblicklich fühlte sie eine Kälte, die ihr die Wirbelsäule hinaufkroch und die nicht von dem runtergekühlten Luftstrom aus der Klimaanlage stammte. »Welche Hausnummer?«

»Siebzehn.«

»Monteiro«, entfuhr es ihr.

»Volltreffer! Woher weißt du das?«

4
Henrik

Es gab eine Busverbindung ohne Umstieg. Er benötigte zwanzig Minuten. Nummer 17 in der Rua Sacramento da Lapa lag schräg gegenüber einer Außenstelle der US-Botschaft, was die Sache ein Stück kniffeliger machte. Gegenüber residierte zudem der dänische Botschafter, doch der machte ihm keine Sorgen. Außerdem bot das Anwesen einen Blick auf das Casa do Visconde de Sacavém, eine – wegen der ungewöhnlichen Keramikdekoration und der Besonderheit der verwendeten Fliesen – historische Sehenswürdigkeit der Stadt.

Die Monteiro-Villa passte hervorragend in die Reihe der ansprechenden Architektur in dieser Straße. In die Renovierung und Restaurierung der Gebäude in der Rua Sacramento war in den letzten Jahren eine Menge Geld geflossen, sicher auch wegen der internationalen Anwohner. Solche aufwändig wiederhergestellten Straßenzüge begegneten einem immer häufiger, was gut war für das Stadtbild. Doch es gab auch eine Kehrseite, denn in den meisten Fällen waren es ausländische Inverstoren, die dahintersteckten, und wenn nicht schon der Umbau dafür sorgte, waren es letztlich die dadurch immens in die Höhe gestiegenen Mietkosten, die im Nachgang die bisherigen Bewohner vertrieben. Nun, bei Monteiro mochte die Sache anders liegen. Henrik schätzte, dass sich die aus dem 19. Jahrhundert stammende dreistöckige Stadtvilla schon lange Zeit in Familienbesitz befand.

Er war vor der Zeit angekommen, um die Lage zu sondieren, ganz der alten Gewohnheit folgend, als würde er einen Ermittlerjob erledigen. Und er war mindestens genauso aufgeregt, was widersinnig erschien. Einerseits hatte er noch nie an einer so exklusiven Auktion teilgenommen, andererseits brauchte er lediglich auf ein paar alte Bücher zu bieten. Henrik hatte verstanden, dass Tavares nicht wollte, dass dessen Name bei der Auktion auftauchte. Natürlich wüsste er zu gerne, warum, aber bei dem in Aussicht gestellten Honorar war er unschlüssig, ob er dies überhaupt hinterfragen sollte. Obwohl auch das weitere Vorgehen verdächtig diskret vonstattengehen würde. Sobald der Preis feststand, für den die antiquarischen Werke den Besitzer wechselten, war er angewiesen, eine Telefonnummer anzurufen. Dort kümmerte sich dann jemand um den Geldtransfer. Es gab demnach keinen Grund, nervös zu sein, allerdings piesackte ihn diese Geheimniskrämerei, die Tavares um den Erwerb der Bücher veranstaltete. Dazu kam, dass er gesundheitlich immer noch nicht wieder der Alte war.

Seitdem man im Frühjahr auf ihn geschossen und er im Krankenhaus mehrere Tage um sein Leben gerungen hatte, hatte er mit Folgeschäden zu kämpfen. Vor allem in psychischer Hinsicht. Er war posttraumatisiert, was sich in Angststörungen auswirkte, die es ihm gelegentlich immer noch unmöglich machten, auf die Straße und unter Leute zu gehen. Freilich, es war in den letzten Wochen deutlich besser geworden, seit er sich endlich dazu hatte durchringen können, die ihm verordneten Medikamente einzunehmen. Doch auch die Psychopillen, wie er sie nannte, waren nicht grundlegend eine Garantie dafür, dass sein fragiles System funktionierte. Vor allem litt seine Aufmerksamkeit unter den Tabletten. Aber einen Tod musste er sterben.

Henrik hätte bei der Summe, die Tavares zu zahlen bereit war, mit deutlich bekannteren Werken gerechnet. Erstauflagen von Pessoa, vielleicht Melvilles *Moby-Dick*, einen *Don Quixote* im spanischen Original oder *Voyage au centre de la Terre* von Jules

Verne – nun vielleicht keine Ausgabe aus dem 17. Jahrhundert, das wäre vermessen, aber zumindest irgendwelche jahrhundertealten Bücher, die zu exorbitanten Preisen gehandelt wurden. Aber eine Enzyklopädie, die scheinbar niemand kannte? Das war ebenfalls rätselhaft. Er hatte über die Bücherreihe mit dem eigenwilligen Titel *Encyclopedia mundorum intermediorum* nichts Brauchbares in Erfahrung bringen können. Im Internet hatte er dazu nur einen knappen Foreneintrag entdeckt, in dem das Sammelwerk als eine Abhandlung von Mystizismus, Metaphysischem und Schwarzmagischem beschrieben wird, dessen Existenz im weiteren Chatverlauf des fragwürdigen Portals sogar in Zweifel gezogen wurde. Leider deutete die schlecht gemachte Website alles in allem darauf hin, dass sich hier nur ein paar verschrobene Verschwörungstheoretiker austobten. Was wiederum überhaupt nicht zu seinem Auftraggeber passte. Mit seiner nüchternen Art kam ihm Dr. Tavares nicht so vor, als wäre er für Esoterik, Dämonenlehre oder einen sonstigen Irrglauben empfänglich. Jedenfalls handelte es sich um neun Bücher und unwillkürlich musste Henrik an die neun Pforten zur Hölle denken. Gab es da nicht mal einen Film mit Johnny Depp?

Überdies hatte er auch nicht herausbekommen, welches der vielen Auktionshäuser in der Stadt die Versteigerung durchführte. Weshalb er auch keinen Auktionskatalog dazu finden konnte. Die Geheimnistuerei ging also weiter. Diese Veranstaltung fand, wie Tavares schon angedeutet hatte, tatsächlich nur für eine exklusive Auswahl geladener Gäste statt. Konnte er es sich demnach verdenken, nicht allein der Sommerhitze wegen ein wenig ins Schwitzen zu geraten? Henrik schob einen Finger in den Kragen seines Hemds, um sich mehr Luft zu verschaffen. Er hatte sich dazu durchgerungen, trotz der immer noch heißen Abendtemperaturen einen Anzug zu tragen. Zu Hause, vor dem

Spiegel im Schlafzimmer hatte er darin gar nicht so schlecht ausgesehen. Auch wenn die Hose ihm mittlerweile etwas zu weit war, nachdem er seit seinem Krankenhausaufenthalt im Frühjahr einige Kilos verloren hatte. Doch das Sakko machte breite Schultern. Und er mochte sein nun schon recht auffällig graumeliertes Haar, das er wieder hatte wachsen lassen. Bis es erneut zu einem Pferdeschwanz reichte, würde allerdings noch ein halbes Jahr vergehen, schätzte er. Ja, alles in allem hatte er gemocht, was der Spiegel ihm gezeigt hatte. Und auch Helena hatte es gefallen, auch wenn sie es nicht kommentierte. Aber vermutlich würde er sich auf der Auktion dennoch deplatziert fühlen.

Helena war auffällig interessiert an der Geschichte gewesen, als sie gestern Abend zusammen am Küchentisch saßen. Sie hatte ihn geradezu eindringlich darin bestärkt, Tavares Auftrag anzunehmen, nachdem er ihr davon erzählte. Sie verfolgte schon länger den Therapieansatz, dass er Aufgaben brauchte, die ihn beschäftigten, um weniger Zeit zum Nachdenken zu haben. Doch diesmal hatte sie schon fast übertrieben und er war nicht umhingekommen, ihr gesteigertes Interesse an der Auktion zu hinterfragen. Danach war ihre Unterhaltung in eine Art Verhör umgeschlagen. Was dazu führte, dass sie ihm schließlich gestand, woher sie Dr. Monteiro kannte. Oder vielmehr dessen zertrümmerte Leiche, die sie vor zwei Wochen eingeklemmt hinter dem Lenkrad eines E-Type Jaguars begutachtet hatte. Sie gestand ihm, dass sie hinsichtlich Monteiros Todes ermittelte, weil sie nicht daran glaubte, dass es ein simpler Verkehrsunfall gewesen war. Bedauerlicherweise konnte sie ihre Theorie bis jetzt nicht beweisen und hatte nun den Befehl erhalten, die Akte zu schließen. Von da an war Henrik klar, was sie von ihm wollte. Er sollte bei der Auktion seine Fühler ausstrecken. Weshalb sie auch vorhin überpünktlich nach Hause gekommen war, um sich wie vereinbart um Sara zu kümmern. Damit er zeitig vor Ort sein konnte.

Darum stand er nun verborgen unter dem Torbogen der bereits geschlossenen Casa do Visconde de Sacavém. Die Straßenlaternen begannen zu glimmen. Es war kurz vor acht Uhr. Das Spektakel sollte in einer guten halben Stunde beginnen. Der steinerne Torbogen des Eingangs zum Haus Nummer 17 war von mannshohen Kerzenleuchtern flankiert. Schwere, gusseiserne Kandelaber, auf denen armdicke Kerzenimitate thronten, deren Flammen durch flackernde LED-Leuchten simuliert wurden. Man hatte zudem einen Baldachin gespannt, von der Straße zur doppelflügeligen Holztüre hin, wobei die zu erwartenden Gäste weder vor Sonne noch Regen geschützt werden mussten. Was den vollumfänglichen Schutz anging, so hatte sich vor wenigen Minuten Security-Personal am Eingang postiert. Eine Frau und ein Mann in schwarzen Anzügen und mit Knöpfen im Ohr. Wie auf Bestellung rollte kurz darauf die erste Limousine heran und entlud einen Mann mittleren Alters, dem es aus aufgrund seiner Körperfülle nicht leichtfiel, sich aus dem Fond zu hieven. Da das Parken in der Straße wegen den hier ansässigen Botschaften aus Gründen der Sicherheit nicht gestattet war, ließ man sich chauffieren. Henrik war mit Sicherheit der Einzige hier, der mit dem Bus angereist kam, denn schon bald reihte sich Wagen an Wagen. Er wartete ab, bis das Dutzend an potenziellen Käufern voll war, bevor er losmarschierte. Nur um innezuhalten, kaum dass er auf die andere Straßenseite gelangt war. Er kannte den Boliden, der gerade herangerollt kam und huschte schnell in die Nische des Nachbargebäudes. Von dort linste er um die Säule, die den Torbogen des Eingangsportals trug. Er hatte richtig gesehen. Dem protzigen M-Klasse Mercedes entstieg kein geringerer als der Wolf.

5
Helena

»Warten wir nicht auf Henrik?«, fragte Sara, nachdem sie sich an den Küchentisch gesetzt hatte.

»Ich habe dir doch vorhin erklärt, dass er heute Abend noch arbeiten muss.«

»So wie du sonst. Habt ihr getauscht?«

Die Frage schmerzte. Sie stach hinein, mitten ins schlechte Gewissen darüber, dass sie zu wenig Zeit für ihre Tochter hatte. Sie wusste auch, dass es mittlerweile für Sara selbstverständlich war, dass Henrik für sie sorgte, wenn sie aus dem Kindergarten kam. War sie ehrlich zu sich, hatte sie diesen Umstand in den letzten Monaten nur zu gerne ausgenutzt. Sie wusste ihre Tochter bei Henrik gut aufgehoben, weshalb sie nach und nach immer weniger Einwände gegen ihre familienunfreundlichen Dienstpläne vorgebracht hatte. Geradeso, als könnte das vermehrte Arbeitspensum ihren wenig populären Status als alleinerziehende Mutter im Dezernat kompensieren. So konnte sie nicht weitermachen. Sie musste sich wieder mehr Zeit für Sara nehmen. Vor allem auch, weil die Kleine ab September zur Schule gehen würde und dann sicherlich mehr Aufmerksamkeit brauchte als im Moment. Sie griff nach Saras Hand und drückte sie. »Ich versuche, ab jetzt wieder öfter pünktlich zum Abendessen hier zu sein, versprochen.«

Sara sah sie mit ihren großen mokkabraunen Augen an. »Nicht nötig, Henrik ist doch da. Der kocht eh besser als du.«

Diese unverblümte Ehrlichkeit versetzte ihr den nächsten Tiefschlag. »Es geht ja wohl nicht alleine darum, wie gut oder schlecht das Essen schmeckt«, erwiderte sie und bereute sogleich den bissigen Tonfall. Sara befreite ihre Hand aus Helenas Fingern und rührte in ihrem Arroz de Marisco herum. Dieses Mutter-Tochter-Gespräch lief ja wieder mal hervorragend.

»Freust du dich auf morgen?«, fragte Sara, nachdem sie sich ein paar Löffel von dem Tomatenreis in den Mund geschoben hatte.

»Morgen?«, fragte Helena zaghaft.

»Na, wir gehen doch die Schule ansehen. Zusammen mit den Eltern«, erinnerte ihre Tochter sie.

Verdammt, war das morgen? Sara redete von dem Besichtigungstermin in der Grundschule, den der Kindergarten mit den Eltern vereinbart hatte, deren Kinder bald diese Schule besuchen werden. Er stand in ihrem Kalender, doch sie hatte immer wieder darüber hinweggelesen. »Du kommst doch mit?«, fragte Sara leise nach.

»Natürlich! Ich will doch auch sehen, wie es dort aussieht, und deine zukünftigen Lehrer kennenlernen.«

»Und wenn es mir nicht gefällt?«, hakte Sara nach.

»Was meinst du?«

»Na, die Schule. Vielleicht mag ich nicht dorthin.«

»Ich dachte, du freust dich darauf?«

Sara zog eine Schnute. Helena bemühte sich zuversichtlich zu klingen. »Das wird bestimmt ganz toll.« Sara sah sie skeptisch an. Bislang war Helena immer stolz und glücklich darüber gewesen, eine so unkomplizierte Tochter zu haben. Das hatte es ihr um vieles leichter gemacht. Dann war Henrik in ihr Leben getreten und Sara hatte gelernt, die Vorzüge eines *Papas* zu schätzen und ohne Frage auch auszunutzen. Vorzüge, die sie davor nicht kannte. Ihr leiblicher Vater hatte sich nie für Sara interessiert und jeglichen Kontakt von Beginn an vermieden. Helena stellte fest, dass sich ihre Gedanken in der letzten Minute zunehmend verdunkelten. Schnell trank sie einen Schluck Wein und war fast erschrocken von dem herb-samtigen Geschmack auf ihrer Zunge. Als sie noch mit Sara allein gewohnt hatte, gab es nur Wasser zum Abendessen. Und jetzt machte sie sich wie selbstverständlich eine Flasche Wein auf oder trank von der, die vom Tag davor noch offen war. Wie das lange Arbeiten war auch das zur Gewohnheit geworden, was sie als alles andere als rühmlich empfand. Sie suchte Saras Blick, doch die aß nur still ihren Reis, den Helena mit Tintenfisch und Garnelen verfeinert hatte. Es konnte nicht allein an der Mahlzeit liegen, dass sie ein wenig beleidigt dreinschaute. Auf eine Art, die ihr signalisierte, dass sie nicht weiter über das Schulthema reden wollte. Vielleicht war sie zu vorschnell bei Henrik eingezogen und hatte Sara damit überfordert? Für den Moment wusste sie nicht, ob sie ihm oder sich größere Vorwürfe wegen Saras Verhalten machen sollte. Oder war die Entwicklung, die ihre Tochter gerade durchmachte, einfach ganz normal?

Ihr Handy, das auf der Küchenzeile lag und am Ladekabel hing, schnurrte.

»Is bestimmt wichtig«, kommentierte Sara mit vollem Mund. Helena stand auf. Sie kannte die Nummer und zögerte. Sah wieder zu Sara, ermahnte sich, dass sie Feierabend hatte. Doch dann wanderte ihr Blick erneut auf das vibrierende Telefon, das ihre Hand wie magnetisch anzog.

»Hier ist Rui«, hörte sie Dinis sagen, noch ehe sie einen Gruß loswerden konnte. »Wir haben Marta gefunden.«

Auszug aus den persönlichen Aufzeichnungen der Person, die sich Albuquerque nannte.

4. Oktober 1974

Ich kann mit Fug und Recht behaupten, dass ich froh bin, die erste Woche hinter mich gebracht zu haben. Selbst nach fünf Tagen sehe ich immer noch viele neue Gesichter. Studenten, die aufgenommen wurden, obwohl sie hier nichts verloren haben. Die neue Solidarität, die Durchmischung der Gesellschaft, was auch immer sie uns damit vor Augen führen wollen. Sie zwingen uns zu Dingen, die wir bisher kategorisch ablehnten, einfach weil sie es können, nun, da sie die Macht im Land an sich gerissen haben. Daher dürfen sie sich auch nicht wundern, falls der ein oder andere trotzig wird. Noch zeigen sie Nachsicht, nur wie lang können sie diese Geduld aufbringen?

Ich bin mir nach diesen ersten Tagen noch nicht sicher, wie es die anderen meines Schlags halten. Ich für meinen Teil werde mich abgrenzen zu den Neuen, auch wenn das meinem Onkel nicht passen wird. Wage keinen Aufstand, mach alles mit, ertrag es. Fall nicht auf, bis wir wieder das Ruder in der Hand haben. Er hat leicht reden. Es widerstrebt mir, ihnen bis dahin in die Karten zu spielen. Ich kann mir nämlich sehr wohl denken, was die Sozialisten sich davon versprechen. Sie wollen uns umerziehen, so wie wir dies in den Jahrzehnten davor mit ihnen gemacht haben. Gleiches mit Gleichem vergelten und dennoch alles ins Gegenteil verkehren.

Mein Onkel wird nicht erfahren, dass ich gegen seine Anweisungen handle. Gestern schon hat er mir ausrichten lassen, dass ich vorerst auch an den Wochenenden auf dem Campus bleiben soll. Es wäre ohnehin schon zu kühl, um noch ans Meer zu fahren, raus zum Landsitz, wie es sonst die Gepflogenheit der Familie war. Ich wage nicht zu fragen, ob das Anwesen draußen bei Estoril überhaupt noch in unserem Besitz ist. Der Verdacht liegt nahe, dass man es uns genommen hat. Ich werde die unbeschwerte Zeit dort vermissen und stattdessen aus dem verschmierten Fenster meiner Stube hinaus auf den Park der Universität starren, ganz dem Willen meines Onkels folgend.

Selbst in den Vorlesungen der vergangenen Woche, dann, wenn die Konzentration auf den Lehrstoff gerichtet sein sollte, war die Anspannung in den Hörsälen zu spüren gewesen. Sogar diejenigen, die nichts zu befürchten haben, benehmen sich auffällig gehemmt. Jeder ist darauf bedacht, nichts falsch zu machen. Demzufolge ist es nicht unwesentlich anders als vorher. Nur die Ideologie derer, die dir aufs Maul schauen, ist ein andere. Auch meinen Zimmergenossen muss ich weiterhin belauern. Anders kann ich es nicht ausdrücken. Wenn wir reden, dann über Banales. Man könnte sagen, wir nehmen die nervenaufreibende Situation, die an der Universität, in der Stadt und sicherlich im ganzen Land vorherrscht, mit in unsere zwölf Quadratmeter. Blicke ich auf, stelle ich fest, dass er mich beäugt. Und zudem keine Anstalten macht, es zu verbergen. Mittlerweile bin ich sicher, dass er von meinem Aufschrieb hier weiß, obwohl ich das Büchlein immer bei mir trage. Ich will ihm keine Gelegenheit bieten, dass er meine festgehaltenen Gedanken zu lesen bekommt. Doch es ist ihm anzusehen, dass er sich brennend dafür interessiert. Mein Onkel wird mich einen Kopf kürzer machen, wenn er von meinem Leichtsinn erfährt. Wozu mag er bereit sein, um die Familie zu beschützen? Ebenso wie Vetter Raoul hat auch Onkel Luis sehr wahrscheinlich seine Schergen dort draußen, auch wenn er das nie zugeben würde. Vielleicht erschießt er mich auch höchstselbst.

6
Henrik

Hätte er damit rechnen sollen? Definitiv ja! Dennoch war er nicht darauf vorbereitet gewesen, dass ausgerechnet derjenige hier auftauchte, der in gewissen Kreisen als der Wolf – im Portugiesischen Lobo – bekannt war. Dachte er jetzt darüber nach, lag es förmlich auf der Hand, dass diese distinguierte Auktion den Hehler anlocken würde, der sich offenkundig selbst als Kunsthändler betrachtete. Dabei machte Lobo mit so ziemlich allem Geschäfte, was ihm unter die Finger kam. Und mindestens die Hälfte davon waren illegal. Zu Henriks Bedauern hatte ihn ein früherer Fall zu diesem Mann geführt und seitdem kreuzten sich ihre Wege immer wieder. Was in erster Linie daran lag, dass Lobo ein flammendes Interesse an seinem Antiquariat zeigte und nicht nur einmal ein Kaufangebot dafür abgegeben hatte. Henrik war klar, dass es diesem Schurken mit seiner grauen Wolfsmähne weniger um die Immobilie selbst, als vielmehr um die im Antiquariat verborgenen Schätze ging – womit nicht das Inventar gemeint war. Der Laden beherbergte nämlich wesentlich Wertvolleres als alte Bücher und Antiquitäten. Henriks Onkel Martin hatte es sich über dreißig Jahre lang zur Aufgabe gemacht, in Lissabon verübte und ungeklärt gebliebene Verbrechen zu recherchieren. Die auf diese Weise angehäuften Belege, Hinweise und Indizien, die durchaus dazu beitragen konnten, die bislang unbehelligten Täter zu überführen, waren von Martin im Antiquariat archiviert worden. Nicht offensichtlich, etwa in Karteikästen oder Aktenordnern, sondern versteckt. Verborgen und verschlüsselt durch Querverweise und rätselhafte Andeutungen, die es unmöglich machten, die Zusammenhänge auf den ersten Blick zu erkennen. Das war das große Geheimnis dieses Antiquariats und Henriks wahres Erbe.

Obwohl Henrik seinen Onkel nie persönlich kennengelernt oder mit ihm über dessen Obsession gesprochen hatte, war ihm schnell klar geworden, dass er sich dieses Vermächtnisses annehmen musste. Dass er im Sinne von Martin für Gerechtigkeit sorgen sollte, indem er die Untaten aufdeckte. Eine Aufgabe, der er seit Antritt dieses Erbes nachging, womit er sich in bestimmten Kreises Lissabons recht schnell unbeliebt gemacht hatte. Es erging ihm damit nicht anders als Martin selbst, auch wenn er nicht vorhatte, so zu enden wie sein Onkel. Denn seine pikanten Recherchen hatten Martin Falkner letztlich den Tod eingebracht. Auch das hatte Henrik schließlich ans Licht bringen können, ohne dass die mutmaßlichen Täter bisher zur Rechenschaft gezogen wurden.

Jedenfalls war es Lobo auf verschlungenen Wegen gelungen, von der Existenz des Archivs der ungeklärten Verbrechen zu erfahren, und seitdem war er bestrebt, es in seinen Besitz zu bringen. Natürlich lag es auf der Hand, dass der Wolf das darin verborgene Wissen mit völlig anderer Absicht zu verwenden gedachte. Lobo interessierte sich nicht für Gerechtigkeit, er würde dieses Wissen gewinnbringend für sich nutzbar machen und erpresserisch einsetzen. Darum musste Henrik alles daransetzen, das Haus in der Rua do Almada samt seines prekären Inhalts nicht zu verlieren. Was hieß, dass er seine Finanzlage weiter stabilisieren musste, weshalb ihm das zugesagte Honorar von Dr. Tavares gerade recht kam. Was allerdings bedeutete, dass er hier und jetzt an dieser Auktion teilnehmen musste und Lobo somit nicht aus dem Weg gehen konnte.

Henrik wartete ab, bis der Wolf in der Monteiro-Villa verschwunden war. Auch dem Paar, das nach dem Hehler heranchauffiert wurde, ließ er noch den Vortritt, bevor er selbst vor die Sicherheitsleute trat und sein Eintrittskärtchen vorzeigte. Der Code darauf wurde von dem Lesegerät, mit dem die Security-Dame ihn scannte, akzeptiert. Die stämmige Frau mit dem grimmigen Blick wies ihn an, dem Gang zu folgen, der im Inneren von Kerzen ausgeleuchtet war. Er stellte fest, dass er sich wohler fühlen würde, wenn die Sache hier etwas nüchterner und weniger überkandidelt ablaufen würde. Im Moment kam er sich vor, als besuchte er keine Verkaufsveranstaltung, sondern eine Séance.

Der Gang durchs Haus war vorgegeben. Bereiche, in denen die Gäste nichts verloren hatten, waren mit roten Kordeln abgesperrt, die durch die Ösen wuchtiger Messingständer liefen. Türen in abzweigende Räume waren verschlossen, was es unmöglich machte, die Dimension der Wohnbereiche zu erfassen. An den weiß getünchten Wänden zeugten nur noch vergraute Ränder davon, dass dort bis vor Kurzem noch Bilder gehangen hatten. Über den so vorgegebenen Weg gelangte Henrik in einen Innenhof. Der Boden dort war auf traditionelle Weise wellenförmig weiß gefliest, mit in schwarzen Mosaiken eingearbeiteten Seefahrerornamenten. Eine Galeone, eine Kompassrose, ein Anker und ein Steuerrad. Getrennt wurde die großzügige Fläche durch vier erhöht angelegte Beete, in denen sich tropische Gewächse teilweise bis hoch zur Dachkante reckten. Zwischen zwei dieser Pflanzenarrangements stand ein Podest mit Rednerpult und daneben auf verschnörkelten Beinen ein Mahagonitisch aus der Louis-Philip-Epoche, bei dem er keinen Zweifel hatte, dass dieser echt war. Davor hatte man drei Reihen mit je acht Stühlen aufgestellt. Vierundzwanzig Sitzplätze, die allesamt schon besetzt waren, weshalb Henrik an einem der mit Schnitzereien versehenen Holzpfeiler stehen blieb, welche die Galerie trugen, die über zwei Stockwerke um den Patio herum verlief. Die

Bauweise im Einklang mit einem kleinen Brunnen und der üppigen Bepflanzung hielt die Hitze fern und schuf ein angenehmes Klima. Sie erinnerte ihn an einen marokkanischen Riad. Wäre er unter anderen Umständen hierher gelangt, er wäre hingerissen gewesen. Stattdessen kämpfte er mit einem Unwohlsein, von dem er nicht sicher sagen konnte, was es auslöste.

Noch tat sich nichts vorne am Podest. Dafür erschienen drei junge Damen, weiß gekleidet, mit blutroten Kellnerschürzen um ihre schlanken Leiber, die Tabletts mit Sektkelchen durch die Reihen der Gäste balancierten. Als eine von ihnen in seine Richtung kam, winkte er ab. Vorerst wollte er nüchtern bleiben, abgesehen davon, dass sich seine Medikation nicht gut mit Alkohol vertrug. Er hatte keineswegs vor, seinem ohnehin schon überlasteten Gehirn eine Gelegenheit zu bieten, ihn auszuknipsen.

Während die Verköstigung der Kaufinteressierten weiterging, fiel ihm eine Frau auf, die ähnlich wie er, abseits und halb verborgen hinter einer Säule stand. Sie trug schwarz und verbarg ihr Gesicht sehr althergebracht hinter einem Kapellenschleier aus schwarzem Tüll und Spitze, einer sogenannten Mantilla. Helena hatte ihm anvertraut, dass der verstorbene Hausherr um die siebzig Jahre alt war. Entweder der Mann hatte also eine deutlich jüngere Witwe hinterlassen, oder aber es war die Tochter. Spontan beschloss Henrik, sie anzusprechen, doch als er sich in ihre Richtung bewegen wollte, blockierte eine massige Gestalt seinen Weg.

»Sieh an, der Alemão«, stellte Lobo mit rauer Stimme fest.

7
Helena

Die Leiche lag in dem Schacht einer stillgelegten Baustelle gegenüber des Doca de Santo Amaro. Über ihnen dröhnte der Verkehr auf der A do Sul zur weltbekannten Ponte 25 de Abril hin. Keine hundert Meter entfernt spannte sich die markante Brücke über den Fluss. Das eingezäunte Gelände war zu Brachland verkommen, seitdem den Investoren das Geld ausgegangen war. In den letzten Monaten hatten Obdachlose angefangen, das Areal zu bevölkern. Wenn auch nur vereinzelt, weil hin und wieder eine Sicherheitsfirma Männer mit Hunden losschickte, wie Helena erfuhr. Es war einer der Rottweiler, der wegen der Toten angeschlagen hatte. Dem Verwesungsgestank nach zu urteilen, der aus dem rund drei Meter tiefen, mit Beton verschalten Loch zu ihr emporstieg, lebte die Person dort unten schon eine Weile nicht mehr.

Zusammen mit Helena waren vier Leute von der Spurensicherung eingetroffen. Aus dem Schacht ragte mittlerweile eine Aluleiter, aber es würde noch ein paar Minuten dauern, bis die Kriminaltechniker für ausreichend Licht sorgten, um die Fundstelle genauer in Augenschein nehmen zu können. Sie hoffte, dass bald auch ein Gerichtsmediziner auftauchte und eine erste Einschätzung der Todesursache vornahm. Dinis stand neben ihr an der bröckligen Kante, während sie den Strahl ihrer Taschenlampe auf den leblosen Körper richtete, der von hier oben wie ein Bündel vor Jahren entsorgter Stofflumpen aussah, wären da nicht die dürren, sehnigen Arme und Beine, die daraus hervorragten. »Wir wissen nicht, ob sie es ist«, beteuerte Helena, weil die Frau mit dem Gesicht nach unten auf dem mit ausgehärtetem Schlamm bedeckten Boden lag. Rui Dinis griff nach ihrer Taschenlampe und lenkte den Lichtkegel auf den rechten Arm, der vom Handgelenk bis fast hinauf bis zum schrundigen Ellbogen mit bunten Stoff- und Lederbändern umwickelt war. »Das war ihr Markenzeichen«, erwiderte er. »Als wir die letzten Tage nach ihr suchten, haben mehrere Leute unabhängig voneinander bestätigt, dass sie unter den Obdachlosen für diesen Armschmuck bekannt war. Und auch der Mann aus meiner Truppe, der sie nach dem Unfall vor zwei Wochen befragte, hat mir das vorhin bestätigt. Es spricht viel dafür, dass Marta dort unten liegt.«

Der Wind, der vom Tejo her über die Brache blies, wirbelte feinen Sand auf, der in Helenas Augen brannte. *Marta, meine einzige Zeugin,* dachte sie. Sie hätte nicht herkommen brauchen, aber sie musste sich selbst überzeugen. Zumal auch sonst niemand aus der Abteilung für Gewaltverbrechen hier auftauchen würde, nachdem die Ortspolizei den Tod der Frau vorerst als Unfall einstufte.

Wieder nur ein weiterer Unfall.

Sie wusste, was im Protokoll stehen würde: Eine Obdachlose, die sich unerlaubt auf einem Baustellengelände aufgehalten hatte und dann vermutlich in betrunkenem oder anderweitig betäubtem Zustand in diesen Schacht gestürzt war. Helena grübelte darüber nach, was sie anstellen konnte, damit der Comandante die Freigabe für eine Obduktion genehmigte.

»Kannst du dafür sorgen, dass sie eindeutig identifiziert wird?«, fragte sie Dinis. Der antwortete mit einer nicht eindeutigen Kopfbewegung.

»Das ist wichtig, Rui!«, insistierte sie. »Nur so habe ich überhaupt eine Chance, ein Ermittlungsverfahren anschieben zu können.«

»Und wenn es doch nur ein Unfall war?«

Helena sah auf die Uhr. Verdammt, wo blieb der Arzt? Sie fühlte sich schlecht wegen ihrer Tochter. Und auch wegen Henrik. Sie hatte ihm eine Nachricht aufs Handy geschickt, dass sie noch mal wegmusste. Und auch wenn sie darin nicht explizit darauf hingewiesen hatte, dass Sara deswegen allein zu Hause saß, dürfte ihm klar sein, was sie von ihm erwartete. Seitdem war eine gute halbe Stunde vergangen, ohne dass er ihre Nachricht gelesen hatte. Konnte sie überhaupt verlangen, dass er diesen Auftrag sausen ließ? Schon allein des Geldes wegen und noch dazu, nachdem sie ihn so dazu ermunterter hatte?

Endlich fuhr ein weiterer Wagen auf das Gelände. Ein wenig hatte sie auf Tiago gehofft, doch sie wurde enttäuscht. Die Frau, die aus dem Auto stieg und auf sie zukam, hatte sie noch nie gesehen.

»Dr. Sónia da Silva«, stellte sie sich vor.

»Inspetora Helena Gomes und das ist Brigadekommandant Dinis. Sie sind also die neue Kollegin«, sagte Helena und bereute ihre Bemerkung sogleich.

»Meine dritte Woche in Lissabon. Zuvor war ich in Braga stationiert, aber ich fand, es war Zeit für die Hauptstadt. Was habt ihr für mich?« Die Pathologin machte auf Helena den Eindruck, als könnte sie es kaum erwarten, die Leiche zu sehen.

»In dem Schacht«, sagte Dinis und deutete in das dunkle Loch hinter ihm. »Vermutlich kein schöner Anblick, der Sie da erwartet.«

»Das ist es nie«, konterte Dr. da Silva und tauschte einen für Helena nicht zu deutenden Blick mit ihr. Die offene Art der jungen Ärztin brachte Helena aus dem Konzept. Außerdem sah sie verdammt gut aus mit ihrer modernen Kurzhaarfrisur und der sportlich schlanken Figur. Am auffälligsten fand Helena die ungewöhnlich hellen graugrünen Augen, die an Jade erinnerten und selbst noch beim schwindenden Tageslicht beeindruckend funkelten. Die aparte Erscheinung der Gerichtsmedizinerin ließ eine Welle der Eifersucht über Helena hinwegschwappen, als sie daran dachte, dass Tiago künftig mit so einer attraktiven Kollegin zusammenarbeitete. »Ich muss leider gleich weg, vielleicht können Sie sich mit einer ersten Einschätzung zur Todesursache beeilen!«, verlangte sie forsch. Dr. da Silva behielt ihre freundliche Miene, streckte ihren Rücken und marschierte mit ihrem Untersuchungskoffer auf den Schacht zu.

»Ich helfe Ihnen damit«, bot Dinis sich an und eilte zur Stelle. Das Team der Spurensicherung hatte zwischenzeitlich zwei akkubetriebene Strahler aufgestellt, die das rechteckige Loch ausleuchteten. Einer der in Einweg-Overalls gekleideten Männer war schon hinabgestiegen, um Fotos zu machen. Zu zweit mit der Leiche wurde es eng dort unten. Die Ärztin zog eine medizinische Maske auf und Gummihandschuhe an. Der Gestank war oben schon schlimm. Unmittelbar bei der Toten musste er tränentreibend sein. Die Hitze der letzten Tage und die feuchte Schwüle, die in dem betonummantelten Loch herrschte, waren förderlich für den Verwesungsprozess.

»Können wir sie umdrehen?«, hörte sie Dr. da Silva fragen und der Forensiker nickte. »Aber passen Sie auf, wegen der Ratten!«, mahnte er. »Sind zwar vorhin ein paar abgehauen, als ich runtergestiegen bin, aber vielleicht sind noch welche unter dem Körper.«

Die Gerichtsmedizinerin sah kurz zu ihr hoch, dann griff sie nach den Schultern der Toten und zusammen mit dem Spurensicherer legte sie die Frau auf den Rücken. Auch wenn keine Ratten davonstoben, die Nager hatten ganze Arbeit geleistet. Die harten Lichtstrahler der Kriminaltechniker verbargen keine Details. Der Obdachlosen, bei der es sich vielleicht um die von ihr gesuchte Marta handelte, fehlten Augen, Nase, Lippen und Wangen. In dem schwärenden grauen Fleisch, das noch übrig war, wanden sich fette, weiße Maden.

8
Henrik

Die silbergraue Mähne war seit ihrem letzten Aufeinandertreffen deutlich länger und noch wilder geworden. Obligatorisch für Lobo war auch das wirre Brusthaar, das er mittels eines weit geöffneten Hemdes zur Schau trug, gleichwohl wie das wuchtige Kreuz aus Gold, das an einer massiven Kette um seinen Stiernacken baumelte. Es fehlten auch nicht die protzigen, juwelenbesetzten Ringe, die seine klobigen Hände schmückten und dabei eng ins Fleisch jedes einzelnen seiner dicken Finger schnitten. Obwohl die Sommerhitze den Innenhof verschonte, bedeckte eine Unzahl von Schweißperlen Lobos Stirn, dessen feiste, vom hohen Blutdruck modellierten Wangen und die Oberlippe. Der Wolf sah immer ein bisschen danach aus, als träfe ihn jede Sekunde der Schlag. Doch Henrik konnte ihm dies nicht als Schwäche auslegen, solange ihm dabei der klare, kalte Blick aus den grünen Augen des Hehlers angriffslustig entgegenfunkelte.

»Wieder auf der Jagd nach ein paar Kunstgegenständen, die sie sich weiterverhöckern lassen?«, fragte Henrik und gab sich unerschrocken.

»Dr. Monteiro galt als ausgesprochen leidenschaftlicher Sammler«, entgegnete Lobo trocken.

»War er Kunde von Ihnen?«, fragte Henrik.

Lobo lächelte. »In der Tat. Sehr bedauerlich, ihn auf so tragische Weise verloren zu haben.«

»Und jetzt sind Sie hier und hoffen, einige der Dinge, die Sie ihm einst angedreht haben, wieder zurückkaufen zu können?«

»Man soll nichts unversucht lassen, lieber Freund«, säuselte der Hehler ebenso zynisch zurück. »Wie Sie allerdings zu dieser Einladung gekommen sind, macht mich mehr als neugierig. Wer hat sie geschickt?«

Nun war es an Henrik, schmallippig zu lächeln. »Darüber können Sie den ganzen Abend nachdenken.«

Lobos Blick verfinsterte sich. Für einen Moment hatte Henrik den Eindruck, dass der Wolf gleich auf ihn losgehen würde. Er kippte den Sekt in seinen Rachen, als müsste er in seinem Inneren ein Feuer löschen. Danach wies er nahezu trotzig rüber zu einer hoch aufgeschossenen älteren Dame, deren dürre Figur in einem nachtblauen, eng geschnittenen Kostüm steckte. Ihr unnatürlich weiß leuchtendes Haar hatte sie zu einem kunstvollen Dutt hochdrapiert. Sie verteilte Mappen an die Gäste. »Versäumen Sie nicht, sich eine Liste der Exponate geben zu lassen, Senhor Falkner!«, riet Lobo abschätzig und schlich zu seinem Platz zurück.

Henrik sah sich nach der trauertragenden Frau um, die vorhin hinter einer der Säulen stand, doch sie war verschwunden. Enttäuscht ging er rüber zu der Weißhaarigen und verlangte nach einer Mappe, die sie ihm unter skeptischem Blick zögernd aushändigte. »Wir können noch einen Stuhl bringen lassen«, bot sie an.

»Nicht nötig«, lehnte Henrik ab und gesellte sich wieder rüber zu seiner Säule. Er wollte nicht unter den, größtenteils in Abendgarderobe ausstaffierten Geiern sitzen, die auf die Überreste des Toten lauerten. Auch wenn ihn sein Auftrag genaugenommen zu einem von ihnen machte, zugehörig fühlte er sich trotzdem nicht.

Er blätterte in der Mappe, bis er die Enzyklopädie fand, wegen der er angetreten war. Stimmte die Reihenfolge der Auflistung, gehörte die Esoterikreihe zu den ersten Exponaten, die unter den Hammer kamen. Wenn dem so war, konnte er rasch wieder verschwinden, das kam ihm gelegen.

Eine Weile passierte nichts. Getuschel und gelegentliches Gläserklirren füllten den Innenhof. Henrik hatte den Eindruck, dass die Hälfte der illustren Gesellschaft nicht gekommen war, um etwas zu kaufen, sondern aus Neugier und um gesehen zu werden. Die echten Kaufinteressenten waren die, die wegen ihres verschrobenen Auftretens auffielen, sofern er das von seiner Position aus beurteilen konnte. Das Warten verleitete ihn zu dem vermessenen Gedanken, dass er doch auch für sich ein paar Bücher ersteigern könnte. Wenn er bisher etwas fürs Antiquariat zugekauft hatte, dann in den meisten Fällen nach Gewicht oder Kubikmeter und stets in der Hoffnung, dass sich unter der schieren Masse an vergilbten, pilzzerfressenen Papieren die ein oder andere wertvolle Ausgabe befand. Natürlich spekulierte er nicht auf Erstausgaben, die er sich ohnehin niemals leisten konnte, gemessen an der anwesenden Konkurrenz. Dennoch, ein früher Pessoa oder gar ein Camões … *Träum weiter!* Die Leute, die vor ihm auf den Stühlen saßen, würden ihn überbieten, egal, was er in den Ring warf.

Endlich trat die Dame mit dem strengen Blick ans Podest. Sie stellte sich als Irina Pires vor, die von der Familie Monteiro eingesetzte Nachlassverwalterin, und eröffnete ohne jede weitere Einleitung oder einem Gedenken an den Verstorbenen die Auktion. Auf ein Zeichen von Senhora Pires schob ein Helfer einen überdimensionierten Servierwagen heran, auf dem eine Reihe in dunkles Leder gebundener Bücher stand. Die Gesamtausgabe einer weiteren, wenn auch recht weltlichen Lexika-Sammlung aus dem 19. Jahrhundert, für die allerdings nur mäßiges Interesse bestand, denn die Gebote kamen nur schleppend. Das war zum Aufwärmen, dachte Henrik, nachdem der Hammer endlich fiel.

Er musste vier weitere Chargen abwarten, bevor die Exemplare hereingefahren wurden, die er für Tavares in dessen Besitz bringen sollte. Henrik gab gemäß der Empfehlung seines Auftraggebers ein Gebot von tausend Euro dafür ab. Niemand sonst streckte hoch. Senhora Pires hob bereits ihr poliertes Holzhämmerchen, um den Kauf zu besiegeln, doch dann rief ihr Lobo sein Angebot entgegen. »Zweitausend!«

Henrik mochte nicht glauben, dass der Wolf diese Bücher wirklich haben wollte. Dass er hier mit einstieg, konnte sich nur um eine Provokation von ihm handeln. So etwas hatte Henrik befürchtet. Andererseits hatte Tavares ja orakelt, dass er nicht so billig davonkommen würde und ihn deswegen mit ausreichend Kapital ausgestattet. Also verdoppelte er Lobos Gebot, was zu einem leisen Raunen im Publikum führte. Der Wolf drehte sich nach ihm um, warf ihm ein anerkennendes Nicken zu, erhöhte seinerseits und ließ ein breites Grinsen in seine Richtung folgen.

»Wenn du meinst«, murrte Henrik leise. Im Grunde konnte ihm die Preistreiberei doch recht sein, denn immerhin bemaß sich sein Honorar an der Kaufsumme. Er gab sich unbeeindruckt und erhöhte auf zehntausend, was vereinzelte Gäste mit einem Kopfschütteln kommentierten. Lobo lehnte sich zurück und verschränkte demonstrativ die Arme vor seiner breiten, haarigen Brust. War das schon das Zeichen, dass er aufgab?

Angetan vom Verlauf der Versteigerung schwang Senhora Pires theatralisch das Hämmerchen. »Nun, das Gebot für die rund dreihundert Jahre alte und äußerst seltene Enzyklopädie liegt bei zehntausend. Höre ich ein weiteres Gebot?«, fragte sie in die Runde.

Henrik sah, wie Lobo seine graue Mähne schüttelte. Abgesehen davon, dass er kurzweilig seinen Spaß gehabt hatte, war dem Hehler offensichtlich aufgegangen, dass Henrik einen äußerst zahlungskräftigen Sammler vertrat. Ihm nun großzügig das Feld zu überlassen, gehörte mitunter auch zu Lobos intriganten Spielchen.

Die Nachlassverwalterin schaute mit erhobener Nase über die Reihen der Kaufinteressenten hinweg und blieb mit ihrem Blick schließlich bei Henrik hängen. »Die neun Bände umfassende *Encyclopedia mundorum intermediorum* geht zum Ersten, zum Zweiten und …«

»Fünfzehntausend!«, schallte es durch den Innenhof, was Henrik zusammenzucken ließ. Unter anderem auch, weil das Gebot nicht aus Lobos Mund gekommen war.

9
Henrik

»Wieso hast du dich nicht gemeldet?«

»Ich musste mein Handy abgeben. Was ist passiert, hattest du einen Einsatz?«

»Nicht direkt«, sagte Helena und nippte am Wein. Ihre Nachricht hatte ihn aufgewühlt. Jetzt war er froh, sie am Küchentisch vorzufinden. »Ich dachte schon, es ist weiß Gott was passiert.«

»Ging schneller als erwartet. Sara war nicht lang allein.«

Na wehe, ich hätte mir das erlaubt.

Er holte sich ein Glas aus dem Schrank über der Spüle und schenkte sich von dem Douro ein, der auf dem Tisch stand.

»Du bist blass um die Nase«, stellte Henrik fest, aber Helena ging nicht darauf ein. »Ist irgendwas Interessantes passiert bei der Auktion? Hast du Bilder gemacht?«

»Handy abgegeben!«, erinnerte sie Henrik und sie nickte. Offenbar war sie gedanklich noch woanders, sonst hätte sie vermutlich gleich bemerkt, dass auch er innerlich ein wenig zerrüttet daherkam. Er war immer noch elektrisiert vom Verlauf der Auktion. Dieser Abend hatte sich offenbar für sie beide nicht so reibungslos gestaltet, wie vorher angenommen.

»Hast du die Bücher gekriegt?«, fragte Helena.

»Mission erfüllt«, verkündete er, wohl wissend, dass Helena daran nicht vorrangig interessiert war.

»Konntest du mit jemandem über Monteiro reden?«

Er dachte an die Frau in Schwarz, die zu schnell verschwunden gewesen war, als dass er sie in ein Gespräch hätte verwickeln können. »Leider nein, es waren keine Angehörigen anwesend«, erklärte er. »Wobei ich davon ausgehe, dass du mit den Hinterbliebenen ohnehin bereits gesprochen hast.« Er setzte sich zu ihr an den Tisch und suchte ihren Blick.

»Offiziell ist es ein Verkehrsunfall, das habe ich dir gesagt. Aber ja, du hast recht, ich hatte eine kurze Unterhaltung mit der Tochter«, verriet sie. »Allerdings wohnte sie schon lange nicht mehr im Haus ihres Vaters, weshalb sie mir nicht groß helfen konnte. Sie lebt nicht in Lissabon, kam nur her, um die Beerdigung zu organisieren«

»Und um das Erbe zu regeln, nehme ich an.«

Helena zuckte mit den Schultern. »Daran ist nichts Verwerfliches. Zumal sie das einzige Kind ist. Sie wird sich demnach mit niemandem rumstreiten müssen. Was vermutlich besser ist. Sie ist Anwältin, hat sie mir erzählt.«

»Sie verschwendet zumindest keine Zeit damit, die Hinterlassenschaft ihres Vaters zu Geld zu machen«, wandte Henrik ein.

»Das macht sie aus meiner Sicht nicht verdächtig, oder worauf spielst du an?«

»Auf nichts, ich zähle nur die Fakten auf.«

»Laut ihrer Aussage hatte sie nur sporadisch Kontakt zu ihrem Vater. Man hätte sich nach dem frühen Tod der Mutter auseinandergelebt. Ich glaube, das war ihr Wortlaut dazu.«

»Ich nehme an, sie hat daher auch nicht hinterfragt, dass ihr Vater bei einem simplen, wenn auch tragischen Verkehrsunfall ums Leben gekommen ist.«

Helena schüttelte den Kopf.

»Es tut mir leid, dass ich dir keine weiteren Informationen liefern kann«, bedauerte Henrik. »Wird die Ermittlung eingestellt?«

»Wenn ich nicht bald was ausgrabe, das meine Theorie von einem provozierten Unfall untermauert, ist demnächst Schluss«, sagte Helena. Danach schwiegen sie eine Weile. Henrik überlegte, ob er ihr bei der Auktion hätte helfen können, den Fall zu ihrer Zufriedenheit zu klären. Aber was hätte er der Tochter noch entlocken können, was Helena nicht schon von ihr erfahren hatte? Sofern sie überhaupt bereit gewesen wäre, mit ihm zu sprechen.

»Schön, dass du zumindest deinen Auftrag erledigen konntest«, sagte Helena schließlich. »Welche Summe musstest du bieten?«

Henrik stützte sein Kinn auf die Hände und dachte an die Versteigerung. Und an den dünnen Mann, der spät gekommen war. Hätte Lobo die Auktion mit seinem Geplänkel nicht hinausgezögert, wäre der Hammer längst gefallen gewesen. Der neue Mitbieter blieb in seiner Erinnerung weitgehend verschwommen. Henrik vermochte sein Alter nicht zu schätzen, hatte nur noch den finsteren Blick, die hohe Stirn und die blasse Haut vor dem inneren Auge. Das wenige noch verbliebene schwarze Haar hatte gefärbt ausgesehen. Der Anzug, den er getragen hatte, konnte maßgeschneidert gewesen sein. Für eine Minute war Henrik sogar geneigt zu glauben, dass es sich um einen von Lobos Handlangern handelte, der anstelle seines Chefs den Preis nun weiter nach oben treiben sollte. Doch das war Unsinn. Es hätte nicht zu Lobo gepasst, diesen Spaß aus der Hand gegeben. Jedenfalls hatte das überraschende Auftauchen des Kaufinteressenten dazu geführt, dass Henrik bis auf zweiunddreißigtausend Euro erhöhen musste, um den Zuschlag zu erhalten. Die daraus resultierende Anspannung hatte ihn dermaßen mitgenommen, dass er sich gar nicht recht darüber freuen konnte. Auch nicht, nachdem die Bezahlung wie von seinem Auftraggeber vorausgesagt, mittels dieses einen Anrufs ohne Beanstandung funktioniert hatte. Jetzt war er nicht einmal mehr sicher, was genau wegen der Anlieferung der Bücher vereinbart worden war. Irgendwann morgen früh sollten sie aber bei ihm eintreffen, glaubte er.

Nachdem der Deal unter Dach und Fach war, hatte er festgestellt, dass der bleiche Mann bereits wieder verschwunden war, vermutlich ebenso unauffällig und schnell, wie er aufgetaucht war. Natürlich hätte er gerne gewusst, wer derjenige war, der so versessen auf die okkulte Buchreihe gewesen war. Doch da diesbezüglich nichts mehr auszurichten war und er vor allem auch keine Ambitionen verspürte, erneut mit Lobo zusammenstoßen, hatte auch er die Veranstaltung schnell verlassen. Erst draußen auf der Straße war ihm wieder in den Sinn gekommen, dass er sich eigentlich noch einmal nach der Dame in Schwarz hatte umzusehen wollen.

Helena räusperte sich. Er sah in ihre Augen und erkannte, dass sie auf eine Antwort von ihm wartete. Nur, dass er wegen der Grübelei über den eigenwilligen Verlauf dieses Abends ihre Frage vergessen hatte. Helena schüttelte den Kopf. »Ich sehe dir doch an, dass noch mehr passiert ist.«

»Bitte, Helena, welchen Grund sollte ich haben, dir was zu verschweigen?«

»Nun, du benimmst dich seltsam«, warf sie ihm vor und erhob sich. »Aber gut, wenn du nichts für mich hast …« Sie verließ die Küche. Er hörte, wie sie ins Bad ging. Sie kam ihm dünnhäutiger als sonst vor. Das musste an dem Einsatz liegen, wegen dem sie sogar ihre Tochter allein gelassen hatte. Offensichtlich war auch bei ihr etwas vorgefallen, das sie mehr als sonst aufwühlte. Natürlich gab es immer wieder mal Fälle, die einem mehr zusetzten, als es einem guttat. Das kannte er noch von seiner Zeit bei der Kripo. Und Helena war durchaus anfällig dafür, den professionellen Abstand zu ihren Ermittlungen hin und wieder zu verlieren. Dann reagierte sie auf die Art empfindlich, die sie ihn eben hatte spüren lassen. Nun, er war hier keinen Deut besser.

Henrik saß da, betrachtete die Lichtspiegelung der Deckenleuchte im samtroten Wein und dachte darüber nach, was passiert sein könnte. Ging es um eine neue Ermittlung. Oder hatte ihr unplanmäßiger Aufbruch mit dem Monteiro-Unfall zu tun? Gab es wieder Ärger mit ihrem Vorgesetzten? Oder mit dem neuen Kollegen, den sie genauso wenig leiden konnte wie seinen Vorgänger? Er stellte fest, dass er keine seiner Fragen heute mehr beantwortet bekam. Abgesehen davon, dass er selbst zu keinem brauchbaren Gedanken mehr fähig war. Als er hörte, wie sie statt ins Schlafzimmer in Saras Zimmer abbog, war klar, dass er diese Nacht das Bett für sich allein hatte. Niedergeschlagen goss er sich den restlichen Wein ins Glas.

Auszug aus den persönlichen Aufzeichnungen der Person, die sich Albuquerque nannte.

9. Oktober 1974

Heute sind zwei folgenschwere Dinge geschehen, die ich niederschreiben muss, allein schon deswegen, damit der Sturm in meinem Schädel wieder abflaut. Aus diesem Grund sitze ich auf einer der Toiletten, die ich mir mit dreißig Kommilitonen teilen muss – genau wie die Dusche und die zwei angeschlagenen Waschbecken, an denen wir Zähne putzen und uns rasieren –, und versuche den Gestank zu ignorieren, den die Mitbewohner in den letzten Tagen hier drin abgesondert haben. Vor allem was die Gemeinschaftsräume angeht, ist das Wohnheim eine Zumutung. Jede Wette, Onkel Luis weiß davon und dennoch lässt er mich hier versauern. Vermutlich gehört das zu seiner harten Schule, die ich seines Erachtens durchleben muss, und zwar ganz unabhängig davon, wer dieses Land gerade anführt. Ich kann einer derartigen Erniedrigung nichts abgewinnen. Aber darüber will ich mich nicht weiter auslassen. Zurück zum Tagesgeschehen: Sie haben heute Prof. Castanheira abgeholt. Einfach so, inmitten seiner Vorlesung. Sind in den Hörsaal geplatzt, haben ihn mitgenommen und uns ohne Erklärung dort sitzen lassen.

Zustände wie vor der Revolution, nur, dass der Professor vermutlich nicht exekutiert werden wird – zumindest nicht augenblicklich.

Man möchte meinen, es konnte nicht schlimmer kommen. Doch das tat es, weshalb ich mir eine weitere Sorge hier auf dem Klosett von der Seele schreiben muss. Zurück in der Stube, geht mein Zimmergenosse mich an. Zuerst lümmelte er nur reglos auf der durchgelegenen Matratze. Er will auch nicht wissen, warum die Vorlesung schon zu Ende ist, puhlt nur mit einem Taschenmesser den Dreck unter seinen Fingernägeln hervor und pfeift vor sich hin. Wie immer auch eine Zigarette im Mundwinkel. Seit ich ihm sagte, ich rauche nicht, pafft er um so mehr. Allerdings halte ich es für ratsam, mich davon nicht provozieren zu lassen. Nicht des Qualms wegen, der mir Augen und Hals austrocknet, und auch sonst nicht. Ich habe bisher jegliche Kritik hinuntergeschluckt. Um so überraschter bin ich, als er plötzlich und ohne jeden Grund aufsprang. Ehe ich mich versah, hatte ich die scharfe Klinge am Hals. »Ich weiß, was du machst«, zischte er. Ich bangte um mein Leben, denn ich sah es deutlich wie nie zuvor in seinen Augen. Er war bereit dazu. Wahrscheinlich ist er doch kein Sozialist und hat nur die Gelegenheit abgepasst, den Klassenfeind zu eliminieren. Sagen konnte ich freilich nichts in dieser Situation, spürte ich doch schon, wie das Messer sich in meine Haut unter der Gurgel ritzte. Er beugte sich nah an mein Ohr und säuselte hinein. »Geht mir auch am Arsch vorbei, aber wehe ich lese auch nur einmal meinen Namen in deinem kleinen Notizbüchlein da.« Dabei klopft er gegen meine Brust, dort wo in der Innentasche meines Jacketts die Kladde steckte, in der ich meine Gedanken auf liniertes Papier bringe. Als wäre ich so blöd, darin Namen aufzuschreiben. Namen sind ohnehin nur Schall und Rauch in diesen Zeiten. Wer etwas zu verbergen hat, versteckt sich hinter einem neuen Namen. Aber auch das sprach ich nicht aus. Stattdessen tröpfelte ein Wimmern über meine trockenen Lippen. Ich hasste mich dafür, erst recht, als es ihn zum Lachen brachte. Schließlich reichte ihm ein tiefer Blick in meine Augen und er wusste, ich hatte verstanden. Da ließ er wieder von mir ab. Nur gut, dass ich auch das anstehende Wochenende nicht nach Hause fahre. Ich wüsste nicht, wie ich Onkel Luis den Schnitt am Hals erklären soll. Er würde mir nicht glauben, wenn ich sagte, ich habe mich beim Rasieren geschnitten.

10
Henrik

Der Bote kam früh, unmittelbar nachdem er das Antiquariat geöffnet hatte. Die Holzkiste mit den neun Büchern war schwer. Er hatte die Ausgaben während der Versteigerung nicht richtig in Augenschein genommen, sondern auf die Expertise der Nachlassverwalterin vertraut. Senhora Pires hatte es zudem nicht versäumt, mehrfach die trotz des hohen Alters herausragende Qualität der Druckwerke zu betonen. Aber natürlich wollte Henrik nun wissen, ob er nicht vielleicht doch für den Preis eines Mittelklassewagens die Katze im Sack gekauft hatte. Er trug die Kiste durch den Vorhang, der sein Büro vom Verkaufsraum abtrennte. Dort hievte er sie auf den Schreibtisch, um sie danach vorsichtig zu öffnen. Das Verpacken war mit großer Sorgfalt erfolgt, was seine Bedenken hinsichtlich Transportschäden zerstreute. Dr. Tavares würde keinen Grund für eine Beanstandung finden, wenn er nachher wie vereinbart um elf Uhr seine Aufwartung machte. Natürlich baute Henrik darauf, dass er damit sogleich auch die vereinbarte Provision für seinen Einsatz erhielt. Wenn er bedachte, wie wenig Aufwand er dafür hatte, kam ihm die zugesagte Summe nun völlig überdimensioniert vor. Würde Tavares Probleme machen, weil er doch deutlich mehr ausgegeben hatte als veranschlagt? Er hoffte nicht und rechnete weiterhin damit, dass es bei den ausgehandelten zwanzig Prozent blieb. Knapp sechseinhalbtausend Euro, die er trotz seiner Bedenken natürlich einstecken würde. Sicherlich traf es niemanden, der es sich nicht leisten konnte, beruhigte er sich. Nachdem er jedes einzelne der Bücher oberflächlich beäugt hatte, schlug er sie wieder in das Seidenpapier ein und legte sie sorgfältig zurück in die Kiste. Es würde noch eine Weile dauern, bis Tavares auftauchte. Henrik entschied, dass es Zeit für einen Kaffee war.

Helena und Sara waren bereits weg, als er wieder hoch in die Wohnung kam. Er hatte nicht bemerkt, wie die beiden das Haus verlassen hatten. Jetzt fiel ihm wieder ein, dass Helena gestern von einem Termin an Saras künftiger Schule gesprochen hatte. Nur wusste er nicht mehr, ob er sie dorthin begleiten sollte. Doch wenn dem so wäre, hätte Helena ihn sicher noch mal erinnert. Er bedauerte, dass sie sich nicht verabschiedet hatte, stellte jedoch fest, dass ihm das nicht die Laune verderben konnte. Nicht heute, da ihm ein ordentlicher Batzen Geld ins Haus stand, der ihn über die nächsten drei Monate brachte.

Die nach wie vor nicht abgeschlossene Renovierung seines Hauses hatte bereits Unsummen verschlungen. Als er feststellte, dass die Baumaßnahmen ihm über den Kopf wuchsen, hatte seine Mutter angeboten, ihm auszuhelfen. Womit sie auf gewisse Weise zur stillen Teilhaberin am Antiquariat geworden war. Henrik war sehr wohl bewusst, dass er damit die Unabhängigkeit von seinem Elternhaus wieder aufgab, die er sich in früheren Jahren teuer erkämpft hatte. Doch solange seine Mutter weiterhin *still* blieb, konnte er damit vorerst leben. Sie war weit weg in Deutschland und hatte zunächst keinen weiteren Besuch angekündigt. Außerdem konnte er durch ihre finanzielle Unterstützung das Haus vor feindlichen Übernahmen verteidigen. Und das war es letztlich, was für ihn den Ausschlag gab, über seinen Schatten zu springen, was die Mitsprache seiner Mutter an geschäftlichen Dingen betraf.

Nach der üblen Geschichte im Frühjahr wäre er anders ohnehin nicht mehr auf die Beine gekommen. Jetzt konnte er mit den

Finanzspritzen seiner Eltern und den Psychopharmaka gegen seine PTBS wieder ein einigermaßen funktionierendes Leben führen. Auf die Medikation hatte er sich nur mit Widerwillen und viel zu spät eingelassen. Allerdings kam das Trauma auch erst schleichend, nach der Entlassung aus dem Krankenhaus. Zuerst hatte er versucht, es zu ignorieren und niederzuringen. Doch es war zu mächtig, was dazu führte, dass er schließlich resignierte. Eine unerklärliche, jeder Vernunft trotzende Angst hielt ihn gefangen. In dieser schwierigen Phase verbrachte er sehr viel Zeit im Antiquariat. Der Laden, der zu Beginn seines Umzugs nach Lissabon eher eine Last für ihn war, wurde zu seinem Schutzraum. So kam es, dass er in den Monaten, nachdem er sich eine Kugel eingefangen hatte, intensiver als je zuvor nach den Spuren suchte, die Martin in den drei Jahrzehnten bis zu seinem Ableben zwischen den Bücherregalen abgelegt hatte. Dennoch ging er nicht davon aus, das geheime Archiv der ungeklärten Verbrechen schon in seinem vollen Umfang erfasst zu haben. Vermutlich würde ihm dies auch nicht gelingen.

Da ihm noch ein paar Stunden blieben, bis der Doktor seine Ware abholte, beschloss er, mit seiner Suche nach Hinweisen, Codes und Chiffren weiterzumachen. Hatte er anfangs die versteckten Botschaften seines Onkels eher zufällig entdeckt, arbeitete er nunmehr nach System und erfasste mit dem Laptop sofort, was er entdeckte. So konnte er seine Funde auch gleich mit Querverweisen versehen, um schneller Verknüpfungen und Zusammenhänge zu früheren Entdeckungen zu erstellen. Es war eine Geduldsarbeit, zumal die Menge an gesammelten Daten wöchentlich anwuchs. War er früher, als er noch als Ermittler in Deutschland tätig war, lieber auf der Straße unterwegs, nahe am Leben und an den Leuten, so fand er mittlerweile mehr Gefallen daran, sich bei schlechtem Licht durch Martins verstaubte

Hinterlassenschaft zu wühlen. Worüber er gerne die Zeit vergaß.

Als er das nächste Mal auf die Uhr sah, war es bereits weit nach halb zwölf. Dr. Tavares war zu spät, was für einen Portugiesen grundsätzlich nicht unüblich war. Allerdings war ihm sein Auftraggeber bis jetzt wie jemand vorgekommen, zu dessen Tugenden auch Pünktlichkeit zählte. Er wartete noch eine halbe Stunde, in welcher er sogar zweimal vor die Tür ging und die Rua do Almada hinaufschaute. Immer wieder kamen Leute die Gasse herunter, hielten sich allerdings rechts, dort am Abzweig, wo die kleine Bar Esquina die Straße teilte. Die Passanten folgten in der Regel der Straße, die sie runter zum Miradouro de Santa Catarina brachte. Die beliebte Aussichtsterrasse bot den perfekten Blick rüber zum anderen Flussufer, an dem die berühmte Christusstatue mit weit ausgebreiteten Armen auf ihrem fünfundsiebzig Meter hohen Betonsockel stand. Unmittelbar neben dem Denkmal traf die Ponte 25 de Abril wieder auf Land. Zusammengenommen ergab sich so eines der meistfotografierten Motive der Stadt. Daher waren die Touristen auch heute wieder zahlreich unterwegs, doch derjenige, auf den er wartete, war nicht unter ihnen.

Schließlich wählte Henrik die Nummer, die ihm Tavares notiert hatte, ohne dass sein Anruf entgegengenommen wurde oder eine Mailbox ansprang. Das förderte noch mehr die Unruhe, die Henrik nun nicht mehr ignorieren konnte. Mit dem Verklingen der zwölf Glockenschläge, die von der nahe gelegenen Igreja das Chagas herübertönten, begann Henrik die Transportkisten auf seinem Schreibtisch erneut auszupacken. Achtsam legte er die neun Bücher verteilt auf zwei Stapel aufeinander und schaltete die Tischlampe ein. Sie waren unhandlich groß und schwer für heutige Verhältnisse. Die ledernen Einbände verströmten den Geruch von Zigarrenrauch. So wertvoll, wie die Druckwerke waren, sollte er Handschuhe tragen, kam ihm in den Sinn, als er das erste Buch unter den Lichtkegel legte und darin zu blättern begann. Der Inhalt war in Latein verfasst, soweit er das mangels seiner Kenntnisse über diese tote Sprache beurteilen konnte. Doch er hatte ohnehin nicht vorgehabt, sich in die Texte zu vertiefen.

Die meisten von Martins Hinweisen zu den Verbrechen, die er während seiner Zeit in Lissabon ermittelt hatte, waren in Büchern verborgen. In Form von Randnotizen, Unterstreichungen und kryptischen Bemerkungen. Henrik hatte gelernt, nach solchen Zeichen Ausschau zu halten. Die Bände aus der Monteiro-Sammlung waren diesbezüglich sauber. Mochten die Bücher auch dreihundert Jahre auf dem Buckel haben, sie waren in gewisser Hinsicht wie neu oder jedenfalls wenig gelesen worden. Natürlich war das Papier vom Schnitt her nachgedunkelt und hatte mit der Druckerschwärze reagiert. Auch die Verleimung war stellenweise brüchig geworden, Fadenheftung und Kapitalband fransig, dennoch war der Zustand der Einbände und Inhalte gemessen am Alter tadellos. Ihm war schnell klar, dass er nicht jede einzelne Seite genau unter die Lupe zu nehmen brauchte und legte sein Augenmerk daher auf die Ummantelung. Im siebten der Folianten wurde er fündig. Der hintere Buchdeckel wies eine leichte Erhebung auf. Seine Fingerspitzen ertasteten eine schwache Kante, die dort nicht sein sollte. Unbeachtet des Sammlerwerts dieses Buches kramte er ein Cuttermesser aus der Schublade und trennte den aufkaschierten Nachsatz vom Einbanddeckel. Es war ein Umschlag, den er schließlich aus dem Schlitz herauszog. Die Lasche war antiquiert mit Wachs versiegelt und die Prägung dieses Siegels zeigte ein Pferd samt Reiter im Galopp.

11
Helena

Sie atmete möglichst flach, so wie sie es immer tat, wenn er sich in ihrer Nähe aufhielt. Zu ihrem Bedauern saß er im Moment direkt neben ihr in einem der zwei Ledersessel, die vor dem ausladenden Schreibtisch des Comandante standen. Damasos' Ausdünstung zu ertragen, machte den Aufenthalt im Büro ihres Vorgesetzen noch schwieriger. Dabei schien sie die Einzige in der Dienststelle zu sein, die Damasos auf diese Weise wahrnahm. Niemand anders hatte sich jemals darüber beschwert, nicht unmittelbar ihr gegenüber und auch nicht bei einer Unterhaltung, die sie zufällig aufgeschnappt hatte. Weder in der Teeküche noch im Kopierraum und auch nicht auf der Toilette, wo Frauen noch am ehesten über ein derartiges Thema tuschelten. Nur sie, Inspetora Helena Gomes, konnte den gut aussehenden und immer adrett gekleideten Hauptkommissar Sérgio Damasos nicht riechen. Das ließ sie so langsam an sich zweifeln. *Merda*, ihr war klar, dass der Mann täglich duschte und keineswegs ungepflegt herumlief. Ganz im Gegenteil. Und ja, er benutzte Rasierwasser, Haargel mit Kokosöl und herb-frisches Deodorant. Auch das blieb ihrer Nase nicht verborgen. Doch überdeckten all diese Duftkomponenten nicht seinen natürlichen Körpergeruch und der war es, auf den sie so extrem reagierte.

»Haben wir uns verstanden, Inspetora?«, hörte sie den Comandante mit erhobener Stimme sagen, was ihr augenblicklich verdeutlichte, dass er diese Frage nicht zum ersten Mal an sie richtete. Das Deckenlicht spiegelte sich auf seinem haarlosen

Schädel. Seine buschigen grauen Augenbrauen schoben sich über der Nasenwurzel zusammen, während er sie durchdringend musterte. Helena nickte mechanisch. Sie erinnerte sich, dass Damasos mitgekommen war, um ihr Anliegen zu unterstützen. Wofür sie ihm trotz ihrer olfaktorischen Abneigung gegen ihn dankbar war. Doch nun hockte er nur da und regte sich nicht. Dabei brauchte sie diese Genehmigung für die Autopsie der Obdachlosen. Sie musste erfahren, wie es dazu kam, dass ihre einzige Zeugin im Monteiro-Fall nicht mehr am Leben war.

»Dr. Monteiro starb bei einem Autounfall, das ist medizinisch belegt und es gibt keine hinreichenden Beweise, die für die Beteiligung eines zweiten Verkehrsteilnehmers an der Havarie sprechen«, ließ Ralha sie wissen, als läse er ihre Gedanken. Und als wüsste sie nicht, was in dem bislang verfassten Bericht stand. Aber wenn diese Marta kurz nach ihrer Aussage hinsichtlich eines weiteren Fahrzeugs auf nicht natürliche Weise zu Tode gekommen war, konnte das doch dafür sprechen, dass man sie zum Schweigen gebracht hatte. Das lag ihr auf der Zunge, doch damit würde sie sich nur wiederholen. Diese Argumentation hatte den Comandante schon vor fünf Minuten nicht überzeugt. Womit sollte sie noch aufwarten? Und wieso zur Hölle machte Damasos nicht endlich das Maul auf?

»Sie haben wegen dieser Berberin schon genug Ressourcen verschwendet«, warf Ralha ihr nicht zum ersten Mal an den Kopf und zielte damit auf die von ihr bei der Polícia Municipal angeordnete Fahndung nach Marta ab. »Irgendwann muss Schluss sein. Wir legen die Sache zu den Akten«, beschloss Ralha und klang zufrieden mit sich und diesem Beschluss.

Helena dachte an den Inhalt der schmalen Papiertüte, die ihr Dinis heute Morgen durch einen seiner Polizisten hatte zukommen lassen. Darin befand sich alles, was man bei der

Obdachlosen gefunden hatte. *Nicht, dass du groß was damit anfangen könntest,* stand auf dem Zettel, den Dinis dazu gesteckt hatte. In der Beweismitteltüte befand sich tatsächlich nichts, was eine Identifizierung eindeutig machte. Siebenundachtzig Cent Kleingeld und eine vergilbte, arg mitgenommene Postkarte aus Florida. Urlaubsgrüße aus Amerika, die vor mehr als zwanzig Jahren an eine Ana Pereira geschickt worden waren. Mehr war es nicht, was sie da aus der Tüte auf ihren Schreibtisch gekippt hatte. Helena hatte den Namen und die Adresse im Bezirk Odivelas recherchiert, die mit krakeliger Schrift auf der Postkarte standen, doch keinen Treffer erzielt. Dennoch hatte sie die Absicht, dorthin zu fahren. Sie holte tief Luft. »Wir untersuchen also weder den Tod der immer noch nicht identifizierten Obdachlosen näher, noch klären wir vollständig, ob Dr. Monteiro nicht doch von der Straße gedrängt wurde?«, hakte sie nach, selbst auf die Gefahr hin, vom Comandante wieder mal als begriffsstutzig hingestellt zu werden. Aber es war ihr letzter verzweifelter Versuch, ihrem Kollegen eine Steilvorlage zu liefern, sich für ihr Anliegen einzusetzen. Doch der Mann neben ihr zuckte nur mit den Schultern.

Ralha rollte mit seinen weit aus den Höhlen quellenden Augen. »Wir sind das Dezernat für Gewaltverbrechen und wir beschäftigen uns nicht mit Unfällen. Abgesehen davon, dass uns die Zeit für so etwas fehlt, ist das nicht unser Ressort. Muss ich noch deutlicher werden?«, knurrte er über die Schreibtischplatte aus poliertem schwarzem Marmor hinweg.

Damasos nickte und erhob sich aus seinem Sessel.

»Auf ein Wort«, sagte Ralha zu dem Kommissar und sah wieder Helena an. Sie schluckte trocken, stand dann ebenfalls auf. Helena wusste, was von ihr erwartet wurde und verließ das Büro ihres Vorgesetzen, nicht ohne die schwere Holztüre lauter als nötig hinter sich zuzuziehen.

Im Flur blieb sie stehen und überlegte, ob sie auf Damasos warten sollte. Was hatte Ralha mit ihm noch zu bereden, was sie nicht hören sollte? Ihre Wut darüber, wie sie mal wieder abgekanzelt worden war, ließ sich momentan gerade schwer in Zaum halten. Vielleicht war es besser, sich erst einmal etwas zu beruhigen, bevor sie auf Damasos losging. Helena stopfte die Hände in die Hosentaschen und eilte im Stechschritt den Gang runter zum Treppenhaus. Als sie in ihrem Stockwerk angekommen war, wusste sie, was sie als Nächstes tun würde. Sie marschierte an ihrem Büro vorbei und bog in die Damentoilette ab. Keine der drei Kabinen war besetzt. Sie benetzte sich das Gesicht mit kaltem Wasser, trocknete sich ab, dann fischte sie das Handy aus der Tasche. Entschlossen wählte sie Tiagos Privatnummer.

12
Henrik

Während er das versiegelte Kuvert zwischen seinen Finger drehte, überrollte Henrik der Verdacht, dass er die Bücher allein deswegen ersteigert hatte. War das, was sich in diesem Umschlag befand dreißigtausend Euro wert? Es gab nur eine Person, die ihm das beantworten konnte. Und die war zur Hölle nochmal immer noch nicht erschienen. Ob auch Lobo von diesem Umschlag wusste? Eine Überlegung, die er gleich wieder revidierte. In diesem Fall wäre der Wolf nicht so einfach als Mitbieter ausgestiegen. Bei dem blassen Anzugträger sah die Sache deutlich anders aus. Der war hartnäckig geblieben, bis Henriks letztes Gebot dieser Farce ein Ende bereitet hatte. Für einen verwegenen Moment dachte er darüber nach, Lobo zu kontaktieren, um ihn zu fragen, ob er den anderen Mitbieter kannte. Doch das war eine dumme Idee. Der Wolf würde nur wieder einen Gefallen einfordern und er wollte nicht erneut in der Schuld des Hehlers stehen. Henrik hatte seinen Job erledigt, alles andere ging ihn nichts an. Er stellte fest, dass es nicht half, sich das einzureden. Sein Puls war seit dem Fund des Kuverts deutlich erhöht. In seinem Kopf jagten die Gedanken wild durcheinander. Es war wie früher, bevor er die Synapsen mit Medikamenten ruhiggestellt hatte, um den Tag zu überstehen. Das Fieber war zurück und es fühlte sich teuflisch gut an. Er hielt das Kuvert gegen das Licht der Schreibtischleuchte, konnte jedoch nichts erkennen. Viel an Inhalt war es jedenfalls nicht. Ein, vielleicht zwei Blätter. Das Kuvert an sich sah alt aus, nicht allein des Wachssiegels wegen. Auch das Papier wirkte spröde. Henrik versuchte es erneut bei Dr. Tavares, jedoch ohne Erfolg. Solang er seinen Auftraggeber nicht erreichte, sah er keinen Anlass, den Umschlag wieder zurück in sein Versteck im Buchdeckel zu schieben. Allerdings wagte er auch nicht, ihn zu öffnen.

Henrik klappte den Laptop auf. Nach zehn Minuten musste er einsehen, dass die Adresse des Doktors auf diesem Weg nicht herauszufinden war. Tavares war ein gängiger Name in Portugal, er bekam viele Treffer. Solange er den Vornamen des Mannes nicht kannte, kam er hiermit nicht weiter. Auch unter den Bildern, die unter dem Suchbegriff angezeigt wurden, fand er seinen Auftraggeber nicht. Egal was dieser Dr. Tavares in seinem Leben geleistet hatte, er hatte damit keine Spuren im Internet hinterlassen. Von dieser Erkenntnis ernüchtert, blieb Henrik nur eine Fährte, die er beim momentanen Sachstand verfolgen konnte. Und er stellte fest, dass er nicht abgeneigt war, dies sofort in Angriff zu nehmen. Endlich hatte er mal wieder Blut geleckt, ja, er fühlte sich regelrecht berauscht, auf eine positive, belebende Art, ganz entgegen dem Zustand, in den ihn die Doxepin-Tabletten für gewöhnlich versetzten. Auch das war gut. Eine gute Erfahrung. Die Psychopillen halfen ihm weiterhin dabei, seine Ängste zu kontrollieren, doch wie es schien, hatte sich sein Organismus soweit damit arrangiert, dass er die von dem Medikament bewirkte Lethargie hinter sich lassen konnte. Und es hielt ihn nicht mehr so sehr vom Denken ab wie in der Eingewöhnungsphase. Die Trägheit, die ihn so unleidig gemacht hatte, war verschwunden. An ihre Stelle war der ungezügelte Wille gerückt, eine Ermittlung zu führen und ein Geheimnis zu lüften. Und er hatte vor, dieses Eisen zu schmieden, solange die Glut dermaßen heiß in ihm loderte.

Keine halbe Stunde später fand er sich erneut in der Rua Sacramento ein. Im Schutz desselben Torbogens, den er auch gestern genutzt hatte, um sich zu verstecken. Leider bot dieser Observationsposten um diese Uhrzeit keinen Schatten. Die Sonne brannte ihm schräg von oben direkt ins Gesicht. Außerdem war da natürlich weiterhin das Sicherheitspersonal der US-Botschaft. Die hatten ihn vermutlich bereits auf dem Schirm, und mit Gewissheit gab es jemanden, der sich daran erinnerte, dass er auch gestern dieselbe Nummer abgezogen hatte. Vorerst versuchte er deswegen keine weiteren Bedenken aufkommen zu lassen und konzentrierte sich mit zu Schlitzen verengten Augen auf den Hauseingang der Monteiro-Villa. Wie genau sah sein Plan aus? Konnte er einfach an die Tür klopfen? Er hatte das Anwesen zuvor auf Google Maps studiert, möglicherweise kam er von hinten über den Garten heran. Die Frage war nur, ob er so weit gehen wollte. Wann war er zuletzt irgendwo eingebrochen? Nicht, seit er mit Angstzuständen zu kämpfen hatte. War er psychisch stark genug, so ein Vorhaben zu bewältigen?

Jedenfalls musste er sich rasch entscheiden. Allzu lange konnte er hier unmöglich auf der Lauer liegen. Nicht allein der ohnehin nervösen Amis wegen. Auch weil ihm aufgrund der Sonne bereits die Augen tränten. Jetzt ärgerte er sich umso mehr, seine gestrige Chance vertan zu haben. Weder hatte er eine weitere Gelegenheit gesucht, mit der Monteiro-Tochter zu sprechen, noch hatte er sich für die anderen Gäste der Auktion interessiert. Natürlich hatte er da noch nichts von dem versiegelten Umschlag gewusst.

Entschlossen überquerte er die Straße. Er hatte richtig gesehen, gestern Abend. Es gab keine Klingel, nur diesen massiven Türklopfer, eine abschreckende Fratze mit einem Eisenring zwischen den spitzen Zähnen. Sein Gewicht versetzte das alte, trockene Eichenholz der Haustüre in Schwingung. Das Echo der Schläge hallte zwischen den Fassaden der Rua Sacramento wider. Mit Sicherheit zog er damit nicht nur die Aufmerksamkeit der

Bewohner der Nummer 17 auf sich, sondern auch die sämtlicher Anrainer.

Die Sekunden verstrichen, doch er scheute sich, ein weiteres Mal den Eisenring zu benutzen. Seine Zuversicht schmolz dahin. Als er doch noch das Knirschen des alten, geschmiedeten Schlosses vernahm, erschrak er förmlich. Im Türspalt erschien das Gesicht einer grimmig dreinschauenden, pausbäckigen Frau, die ein schwarzes nach Uniform wirkendes Kleid trug. Ihr ergrautes Haar war zu einem Dutt gebunden. Es musste sich um die Hausdame handeln. Sie war ihm gestern nicht aufgefallen, aber so kritisch wie sie ihn musterte, bereute er nicht, sich auch heute für einen Anzug entschieden zu haben.

»Sie wünschen?«

»Ich bin Henrik Falkner und hatte gehoffte, Senhora Monteiro zu sprechen.«

»Falkner«, wiederholte sie und er sah ihr an, wie sie seinen Namen geografisch zu verorten suchte. Dabei verfinsterte sich ihre Miene noch mehr. »Bedauere«, entschied sie schließlich und beabsichtigte, die Tür wieder ins Schloss zu drücken. Henrik schob schnell seinen Fuß dazwischen.

»Unerhört!«, fauchte die Frau und holte tief Luft, vermutlich in der Absicht, ihren Unmut über seine Dreistigkeit lauthals kundzutun. »Wer ist es, Luisa?«, schallte es hinter ihr aus dem Inneren der Villa, bevor die Haushälterin ihre Tiraden über ihn ausschütten konnte. Und dann stand sie auch schon hinter ihr und blickte ihm über die Schulter ihrer Angestellten hinweg durch den Türspalt entgegen.

»Henrik Falkner«, wiederholt er und bemühte sich um ein unaufdringliches Lächeln.

»Sie waren gestern schon hier«, stellte Monteiros Tochter fest. »Was immer Sie auch bei der Nachlassveräußerung erworben haben, es wird Ihnen geliefert.«

Er hob beschwichtigend die Hände. »Alles in Ordnung, ich habe die Bücher bereits zu meiner Zufriedenheit erhalten«, versicherte er.

»Dann …?«

»Kann ich trotzdem kurz mit Ihnen sprechen?«

Luisa, die Haushälterin, stand weiterhin einem Bollwerk gleich zwischen ihnen, bereit, die Tür ins Schloss zu drücken, sobald er seinen Fuß zurückzog. »Wir sind in Trauer, wie Ihnen nicht entgangen sein dürfte«, erinnerte sie ihn mit frostiger Stimme.

»Worum geht es?«, fragte Senhora Monteiro zu Luisas Missfallen.

Er blinzelte hoch zur Dachkante, um zu signalisieren, dass er in der prallen Sonne stand. Tatsächlich lief ihm längst der Schweiß aus den Haaren und den Nacken hinab. »Kann ich kurz eintreten, es dauert nur drei Minuten.« Es bedurfte noch eines mitleidigen Blicks und weiterer banger Sekunden, bis die Tochter des verunglückten Dr. Monteiro ihrer bärbeißigen Hausdame auftrug, den Eingang freizumachen. Henrik war gottfroh, in den kühlen Flur schlüpfen zu dürfen, der heute völlig ohne Kerzenbeleuchtung auskam. Das einzige Licht kam von dem Durchgang, der hinaus in den Patio führte, soweit Henrik sich erinnerte. Luisa stapfte kopfschüttelnd und vor sich hin murrend davon.

»Sie müssen entschuldigen«, sagte die neue Hausherrin. »Mein Vater hat nur äußerst selten Gäste empfangen, ich denke, sie ist es einfach nicht gewohnt, dass seit Tagen fremde Leute aus- und eingehen. Außerdem hat sie seinen Tod noch nicht überwunden.«

»Mein Beileid, übrigens, Senhora Monteiro«, sagte Henrik. Seine Augen gewöhnten sich langsam an das Halbdunkel und er richtete seinen Blick auf die junge Frau vor ihm, die eine ganz andere war als gestern. Die in Schwarz gehüllte, um ihren Vater trauernde Tochter war nur noch eine Erinnerung. Heute trug sie ein weißes Musselinkleid und das lange goldbraune, mit blonden Strähnen durchwobene Haar, das er gestern wegen der Verschleierung nicht hatte sehen können, fiel ihr sanft gelockt über die schmalen Schultern. Ihre Stirn versteckte sie hinter einem wie mit dem Lineal gezogenen Pony.

So wie sie ihm gegenüberstand, wirkte sie, als hätte sie vor, raus an den Strand von Estoril zu fahren und auf der Promenade am Meer entlangzuflanieren.

»Nennen Sie mich Catarina.«

Er nickte. »Henrik«, wiederholte er und sie reichten sich die Hände. »Gehen wir in den Innenhof«, entschied sie und er folgte ihr den bekannten Weg. Erst da fiel ihm auf, dass sie barfuß war.

Das Arrangement, das man gestern für die Auktion getroffen hatte, war verschwunden. Unter die ausladenden Blätter der tropischen Bepflanzung war eine orientalisch wirkende Sitzecke gerückt worden. Lederhocker standen um einen niederen, mit Mosaiken verzierten Tisch, auf dem ein marokkanisches Teegedeck angerichtet war. Catarina setzte sich und goss heißes Wasser aus einer Silberkanne über die frischen Minzblätter in den bunten Gläsern. Henrik ließ sie dabei nicht aus den Augen. Sie war nicht die klassische Schönheit, nicht auf den ersten Blick. Doch sie wurde attraktiver, je länger er sie betrachtete, und sie hatte diese, für eine Portugiesin seltenen blauen Augen, die ihn nicht unberührt ließen. Außerdem war sie älter, als er bisher vermutete. Auf jeden Fall über dreißig, schätzte er. Es entging ihm nicht, dass sie keinen Ehering trug.

Der Tee dampft zwischen ihnen. Sie fing seinen Blick auf. »Wie konnten Sie nur diese schrecklichen Bücher kaufen?«, wollte sie wissen und lächelte ihm entgegen.

»Das haben Sie mitbekommen?«

Catarina sah runter auf ihre türkisfarben lackierten Zehennägel. »Eigentlich wollte ich mir dieses Spektakel nicht antun. Ich war ohnehin überrascht, welche Vorkehrungen mein Vater dahingehend bereits getroffen hatte. Er wusste natürlich, dass ich nichts von den Sammlerstücken haben wollte, die er in seinem Leben angehäuft hatte. Aber ich war nicht darauf vorbereitet, unmittelbar nach der Beisetzung plötzlich mit dieser Nachlassverwalterin konfrontiert zu sein, die alles auf seine Anweisung hin in die Wege leitete. Aber Senhora Pires hatte natürlich recht, als sie mir verdeutlichte, dass ich mich so um nichts zu kümmern brauchte. Ich hätte ohnehin keinen Kopf dafür gehabt. Und letztlich …« Sie sah Henrik wieder in die Augen. »… kam eine Menge Geld zusammen, selbst wenn Senhora Pires für ihre Dienste ein ordentliches Honorar einstreicht.«

»Und das Haus, wollen Sie wenigstens das behalten?«, fragte Henrik.

Catarina zuckte mit den Schultern. »Sind Sie interessiert?«

»Gott nein! Nicht meine Gehaltsklasse.«

»Also, was tun Sie, Henrik Falkner? Abgesehen davon, alte Bücher zu ersteigern, die niemand zu lesen vermag?«

»Ich betreibe ein Antiquariat im Chiado-Viertel«, antwortete er und versetzte sie damit in Staunen.

»Ernsthaft? Tut mir leid, ich wollte Ihnen nicht zu nahe treten.«

»Das tun Sie nicht. Und ich habe diese obskure Enzyklopädie auch nur im Auftrag eines Kunden von mir erworben. Womöglich ist Ihnen der Mann bekannt, ein Dr. Tavares?«

Catarina schüttelte den Kopf. Sie nahm ihr Teeglas, blies über den Rand und nippte daran. Dabei musterte sie ihn unverhohlen. Flirtete sie mit ihm? Wann war ihm das zuletzt passiert? Durchaus ein wenig aus dem Konzept gebracht, probierte er ebenfalls seinen Tee und verbrannte sich prompt die Zunge an dem intensiv duftenden Gebräu.

»Über was wollen Sie mit mir sprechen, Henrik?«

»Nun, ich hegte tatsächlich die Hoffnung, dass Sie mit dem Namen Tavares etwas anfangen können.«

Sie musste nicht überlegen. »Tavares? Bedauere, nein. Wie kommen Sie darauf?«

»Immerhin wusste Dr. Tavares von dieser speziellen Büchersammlung Ihres Vaters.«

Sie blickte ihm skeptisch entgegen. »Ich weiß von Senhora Pires nur, dass die Liste mit den Exponaten, die unter den Hammer kamen, ausschließlich an einen sehr ausgewählten Kreis von Leuten ging. Aber wie ich Ihnen schon sagte, ich habe mich nicht damit befasst und alles ihr überlassen. Ich kann Ihnen ihre Nummer geben, wobei ich Ihnen keine großen Aussichten einräumen möchte, diese Frau ist äußerst diskret. Ohnehin verstehe ich immer noch nicht so richtig, warum Sie deswegen zu mir gekommen sind?«

»Leider ist Dr. Tavares nicht wie vereinbart bei mir erschienen, um seine Bücher abzuholen. Und unter der Nummer, die er mir hinterlassen hat, ist er nicht mehr zu erreichen. Daher hatte ich gehofft …«

»Er hat Sie doch nicht auf dieser wahnwitzigen Summe sitzen lassen, die Sie für diese alten Kladden ausgegeben haben?«, fragte Catarina bestürzt.

»Nein, das nicht. Die Kaufsumme wurde nicht von meinem Konto transferiert. Was das angeht, schien alles seine Ordnung zu haben.«

»Trotzdem sind Sie besorgt«, stellte sie fest. »Kann es nicht einfach sein, dass er sich etwas verspätet? Vielleicht steht er gerade ähnlich verzweifelt vor Ihrem Laden und wundert sich, wieso Sie nicht da sind.«

»Vermutlich haben Sie damit sogar recht. Es tut mir leid, dass ich Sie damit behelligt habe«, entgegnete Henrik und erhob sich.

»Machen Sie sich keine Gedanken, es war nett, mit Ihnen zu plaudern. Und wie gesagt, falls sie Interesse haben …« Mit einer Geste wies sie auf den herrlich angelegten Innenhof. Sie lachte und er stimmte mit ein. Dann reichte er ihr seine Karte. »Nur für den Fall, dass Sie was von Dr. Tavares hören.«

»Antiquário e Antiguidade«, las sie laut vor. »Vielleicht besuche ich Sie, falls ich auf dem Dachboden noch über weitere alte Bücher meines Vaters stolpere.«

»Immer gerne. Kannten Sie eigentlich die anderen beiden Herren, die auf die Bücher geboten haben?«, fragte er beiläufig.

Wieder verneinte Catarina, hielt dann jedoch inne. »Kann sein, dass ich einen von ihnen schon mal gesehen habe.«

»Den Kräftigen mit der silbergrauen Mähne?«, hakte Henrik nach, da Lobo gestern schon eingestanden hatte, mit ihrem Vater Geschäfte gemacht zu haben.

»Ich meine den anderen, aber ich komme im Moment nicht darauf, wo und zu welchem Anlass«, korrigierte Catarina seine Vermutung.

»Sie kennen also keinen Namen?«

Wieder nur ein Kopfschütteln. Er wusste, es war an der Zeit, sie in Ruhe zu lassen, aber er wollte nicht mit leeren Händen gehen. »Überlegen Sie es sich lieber noch mal mit dem Verkauf, so ein prächtiges Haus in dieser Lage«, intervenierte er.

»Mein Leben ist in Porto, Henrik. Ich bin nur noch ein paar Tage hier, bis mit dem Nachlass alles geregelt ist. Außerdem mochte ich das Haus nie besonders.«

»Schlechte Erinnerungen, also?«

Für eine Sekunde versteinerte ihre Miene, doch sie fing sich schnell wieder und bemühte sich um ein Lächeln. Henrik erkannte, dass er jetzt nachsetzen musste.

»Ich habe gehört, es war ein Autounfall?«

»Ja, so war es. Mit seinem geliebten Jaguar«, antwortete sie auf eine Art, die ihm deutlich machte, dass sie dieses Thema nicht vertiefen wollte. Henrik hingegen schon. »Wann haben Sie Ihren Vater zuletzt gesehen, bevor er starb?«

Jetzt war ihre Verärgerung nicht mehr zu übersehen. »Warum wollen Sie das wissen?«

Er setzte einen mitfühlenden Blick auf. »Entschuldigen Sie, es lag nicht in meiner Absicht, Ihnen zu nahe zu treten, aber es ist doch bedauerlich, wenn da ein Zwist zwischen Ihnen und Ihrem Vater stand, den Sie beide letztlich nicht mehr ausräumen konnten. Das macht es doch alles noch viel schwerer, denke ich.«

»Denken Sie, was Sie wollen, Senhor Falkner!«, erwiderte sie und rief nach Luisa, die so unverhofft schnell neben ihm stand, als hätte sie hinter einem der mannshohen Terrakotta-Töpfe auf der Lauer gelegen. Als er sich noch einmal nach Catarina umdrehte, war diese verschwunden.

13 Helena

Sie wollte gerade losfahren, als der Anruf einging.

»Wir warten auf Sie, Senhora Gomes!« Helena erkannte die Stimme von Saras Erzieherin aus dem Kindergarten. Sie sah auf die Uhr am Armaturenbrett. Verdammt! Sie hatte den Termin vergessen. »Bin gleich da!«, log sie. »Fünf Minuten.« Das schaffte sie niemals, bei den aktuellen Baustellenumleitungen um den Bahnhof Cais do Sodré und weiter entlang der Küstenstraße.

»Gut, wir müssen jetzt aber los, der Bus steht schon abfahrbereit da. Kommen Sie bitte direkt zu Schule«, sagte die Erzieherin, deren Namen ihr gerade nicht einfiel. Ohne ein weiteres Wort trennte Helena die Verbindung und fuhr mit quietschenden Reifen aus der Tiefgarage der Polizeidirektion.

Die zukünftigen Schülerinnen und Schüler marschierten gerade in einer Zweierreihe Hand in Hand in das Schulgebäude, gefolgt von einer Traube Erwachsener, bei denen es sich nur um die Eltern der Kinder handeln konnte, als Helena ihren Wagen abstellte. Im Halteverbot, direkt vor der Zufahrt zum Schulhof, doch sie wollte nicht auch noch die Straße rauf- und runtergondeln, um eine freie Parklücke zu finden. Aufgelöst eilte sie hinterher und holte die Gruppe ein, als diese sich in einem der Klassenräume im Erdgeschoss einfand. Sara hatte sich bereits an einen der Tische ganz vorne am Fenster gesetzt und winkte ihr zu, als sie hereinkam. Sie sah die Erleichterung in den Augen ihrer Tochter. Helena lehnte sich neben der Tür an die Wand und hörte der jungen Frau zu, die zusammen mit der Erzieherin vorne an der Tafel stand und sich den Kindern als ihre künftige Klassenlehrerin Elma Leitão vorstellte. Sie verfolgte die Einführung kaum und verlor sich stattdessen in zusammenhangslosen Gedanken. Sie merkte erst wieder auf, als sie Saras Stimme vernahm. Nach der Vorrede der Lehrerin durften Eltern und Kinder Fragen stellen und Sara wollte wissen, ob sie jeden Tag am selben Platz sitzen musste. Eine Frage, die typisch für ihre Tochter war. Helena fühlte, wie sich der Stolz über ihr Kind in einem warmen Strom in ihrer Brust ausbreitete. Senhora Leitão antwortete ausweichend, woraufhin Sara sich nach ihr umdrehte. Helena nickte ihr aufmunternd zu. Sie verspürte Zuversicht, zumindest, was den Schulstart ihrer Tochter anging.

Nach Ende der Veranstaltung und während die zukünftigen Erstklässler über den Schulhof tobten, auf dem sie bald jeden Tag der Woche ihre Pause verbrachten, standen die Eltern noch in kleinen Gruppen zusammen und führten mehr oder weniger lautstarke Diskussionen. Helena war geübt darin, sich nicht in eine dieser Unterhaltungen verwickelt zu lassen. Stattdessen verabschiedete sie sich rasch von ihrer Tochter und verließ danach möglichst unauffällig das Schulgelände. Unter dem Scheibenwischer klemmte ein Strafzettel, den sie zerknüllte und in den Fußraum auf der Beifahrerseite feuerte. Die Zeit arbeitete gegen sie, weshalb sie die wenige nutzen wollte, die sie noch hatte, bevor der Comandante dahinterkam, dass sie es trotz seiner Order noch nicht gut sein lassen konnte. Sie fuhr direkt und unter mehrfachem Einsatz ihrer Hupe dorthin, wohin sie schon vor zwei Stunden hatte unterwegs sein wollen.

Die Gerichtsmedizin belegte einen Teil der Kellerräume der Centro Hospitalar Universitário de Lisboa Central, der weitläufigen Universitätsklinik, die oberhalb des Praça Martim Moniz thronte, jenem großen Platz, an dem nahezu alle Linien der Busse und Straßenbahnen zusammenliefen und der das überladene, durchaus als nobel geltende Baixa-Viertel von den einfacheren Stadtteilen im Nordosten trennte. Wie zu erwarten, fand sie um die frühe Nachmittagszeit auch hier keinen Parkplatz. Widerwillig stellte sie sich erneut ins Haltverbot, doch diesmal kennzeichnete sie ihren alten Peugeot als Einsatzfahrzeug. Helena wusste, dass dieses Verhalten für die meisten Kollegen als selbstverständlich galt. Sie hingegen hielt es eigentlich schon für Amtsmissbrauch. Doch ein Strafzettel am Tag reichte.

Zwei Minuten später betrat sie den mit Glaswänden vom weiß gekachelten Sektionsaal abgetrennten Bereich, der dem Chefpathologen Tiago Falcato als Büro diente. Es war das erste Mal in ihrer über vier Jahre andauernden Zusammenarbeit, dass er sie nicht mit einem Lächeln und einem frisch gebrühten Kaffee willkommen hieß. Sie wusste natürlich warum, denn ihre Meinungsverschiedenheit hatten bereits bei dem am Vormittag vorausgegangenen Telefonat ihren Anfang genommen. »*Bom dia*, Inspetora Gomes!«, begrüßte er sie.

Helena verzog schmerzhaft das Gesicht. »Ernsthaft? So förmlich heute?«

»Bitte, Helena, ich kann nichts machen. Was ich dir am Telefon gesagt habe, gilt auch, wenn du vorbeikommst.«

»Wir sehen sie uns einfach nur an. Ich verlange nicht, dass du sie aufschneidest.«

»Selbst eine rein äußerliche Untersuchung bringt dir gar nichts, solange darüber kein offizieller Bericht verfasst wird. Und dazu habe ich keine Verfügung.«

»Mach einfach die verdammte Lade auf, Tiago, und sag mir, was du siehst. Nur mir! Keine Tonaufnahme, keine Kamera, kein Protokoll. Alles, was ich wissen muss, ist, woran ich bin.«

»Nahe an der Suspendierung, wenn du so weitermachst«, konterte Tiago. »Ich will dich nur nicht noch mehr in Schwierigkeiten bringen. Denk an deine Tochter, du brauchst diesen Job! Glaub doch nicht, dass dein Antiquar euch durchfüttern kann …«

»Nein, Tiago, nicht diese Nummer!«, zischte sie. Das war unterste Schublade. So kannte sie den sonst so charmanten Arzt überhaupt nicht. War es möglich, dass er die Anweisung für eine Leichenschau der toten Obdachlosen seitens der Staatsanwaltschaft nicht nur nicht erhalten hatte, sondern ihm diese sogar explizit untersagt worden war? Sie musste sich heftig zusammenreißen, um ihn nicht direkt danach zu fragen. Sie starrten sich an. Helena musste zu ihm aufsehen, er war einen Kopf größer als sie. Auch wenn er den hellgrünen OP-Kittel trug, wusste sie sehr wohl, was darunter steckte. Breite Schultern, schmale Taille. Ein Sportler durch und durch, dem man die Ende vierzig nicht ansah, auch wenn sein dunkles langes Haar, das er wie immer, wenn er im Dienst war, zu einem Pferdeschwanz zusammengebunden trug, schon etliche graue Strähnen aufwies. Aber das machte ihn nur noch attraktiver. In letzter Zeit hatte sie sehr häufig darüber nachgedacht, was aus Tiago und ihr geworden wäre, wenn es Henrik nicht gäbe … Sie schüttelte vehement den Kopf und senkte den Blick.

»Was?«, fragte Tiago, weniger laut als noch vor ein paar Sekunden.

»Nur fünf Minuten«, verlangte Helena mit nun deutlicher Zurückhaltung in der Stimme. Noch war sie nicht gewillt, um seine Hilfe zu betteln.

Tiago stieß einen resignierten Seufzer aus und schob sich an ihr vorbei aus seinem Glaskasten. Sie folgte ihm rüber zu den Kühlfächern. Er zog an einer der Schubladen aus mattem Edelstahl. Der tote Körper, der dort verwahrt wurde, steckte noch im Leichensack. Was von Marta übrig war, wartete hier nicht auf eine Sektion, sondern auf die Abholung durch einen Totengräber. Für sie war das gerichtsmedizinische Institut nur ein Zwischenlager, bis sich die öffentlichen Stellen einig waren, wem die Bestattungskosten angelastet werden konnten, falls es nicht doch noch gelang, Angehörige ausfindig zu machen, um diese zur Kasse zu bitten. Allein darum wurde sie noch in diesem Kühlfach verwahrt, so wie man sie gefunden hatte. Darüber hatte Tiago Helena schon am Telefon aufgeklärt.

»Mach auf!«

Tiago schaute sie durchdringend an, doch sie wich seinem bohrenden Blick aus. Also zog er einen Mundschutz über und reichte auch ihr einen. Danach öffnete er den Reisverschluss und schlug den Deckel des Leichensacks bis zur Hälfte um. Da lag sie, eingepackt in ihre verschlissenen und verdreckten Lumpen, die sie vermutlich schon seit Jahren an ihrem ausgezehrten Leib trug. Da sie Marta gestern schon in diesem Bauschacht liegen gesehen hatte, dachte sie, sie wäre auf den Anblick vorbereitet. Doch das entstellte, nur noch in Teilen vorhandene Gesicht war eine erneute Herausforderung für ihren Magen. Trotz der tiefen Temperatur, welche die Tote konservierte, stieg Helena starker Verwesungsgeruch entgegen. Sich nicht abzuwenden, verlangte viel Selbstbeherrschung. Da war es nur ein schwacher Trost, dass die Kälte in der Leichenkammer zumindest den Madenbefall gestoppt hatte.

Tiago streifte Einweghandschuhe über und tastete den dürren, faltigen Hals der Toten ab. »Fühlt sich nach Genickbruch an, was zu dem passt, was im Polizeibericht steht«, diagnostizierte er. »Bei einem Sturz in drei Meter Tiefe auf betonierten Grund ist so eine Halswirbelfraktur mit durchtrenntem Rückenmark nicht ungewöhnlich. Die Einblutungen im Gesicht und der starke Blutfluss aus der Kopfwunde deuten jedoch darauf hin, dass sie nicht sofort tot war, nachdem sie dort unten aufschlug«, erläuterte der Pathologe. »Starke Deformation des Schädels.« Er tastete sich vom Hals abwärts, während er weitersprach. »Zusätzliche Knochenbrüche im Schulterbereich, einschließlich beider Schlüsselbeine.« Tiago kam bei den Armen an. Er schob die bunten Leder- und geflochtenen Stoffbänder auseinander. Sie saßen nicht sonderlich straff um den Unterarm, der nur ein mit Haut überzogener Knochen war. »Hier sind Elle und Speiche durch … meiner Einschätzung nach war sie bei Bewusstsein, als sie fiel, hat versucht, sich abzufangen.« Tiago sah Helena in die Augen.

»Du weißt, was ich wissen will!«

»Ob sie von selbst gefallen ist oder jemand nachgeholfen hat, das ist mir schon klar.«

Helena nickte. Ihr Blick blieb unmissverständlich.

Tiago schüttelte den Kopf über ihre Sturheit. »Dazu müsste ich die Kleider aufschneiden und später erklären, warum ich das ohne Anordnung eines Staatsanwalts getan habe. Verstehst du, in welche Lage du mich bringst?«

»Meinst du wirklich, dass das bei den Stofffetzen, Tüchern und Lumpen, die sie trägt, auffällt? Wenn sie irgendeine Wohlfahrt finden, die die Bestattung übernimmt, schicken sie mit Sicherheit niemanden, der darauf achtet, ob die Leiche unversehrt und noch vollständig bekleidet ist«, zischte Helena.

»Um sie gründlich zu obduzieren, müsste ich sie vorher waschen. Du wirst also einsehen, dass es nicht einfach damit getan ist, Brustkorb und Rücken freizulegen.«

Helena ballte die Fäuste und schlug die Knöchel aneinander. »*Merda!*«, fluchte sie. Tatsächlich hatte sie deutlich weniger Bedenken, bevor sie die Treppe runter in die Gerichtsmedizin genommen hatte. Was hatte sie nur geritten? Sie, die immerzu auf die akribische Einhaltung aller Regeln und Richtlinien pochte, drängte nun selbst dazu, diese zu brechen. So weit hatte sie der Comandante mit seinen uneinsichtigen Befehlen schon getrieben. Plötzlich fühlte sie sich mies. Und trotzdem musste sie mehr erfahren. »Dann schränke zumindest den Todeszeitpunkt ein!«, verlangte sie.

Wieder schüttelte Tiago erst den Kopf, bevor er sich die Bissspuren am Kopf der Toten genauer ansah. »Eine Temperaturmessung in der Leber hätte unmittelbar nach dem Auffinden der Leiche erfolgen müssen.«

»Wieso ist das nicht passiert?«

»Vermutlich, weil die Ermittlungsbeamten vor Ort von einem Umfall ausgegangen sind. Und meine Kollegin diese Einschätzung wohl auch nicht anzweifelt«, nahm Tiago Dr. da Silva in Schutz, was Helena zu einem spürbaren Brennen in der Seele verhalf.

»Irgendeine andere Möglichkeit, um einzugrenzen, wann sie gestorben ist?«

Er wirkte genervt, versuchte aber weiter ruhig zu bleiben. »Die Gewebezersetzung ist noch nicht sehr weit fortgeschritten. Auch die Ratten haben erst angefangen, an der Leiche zu nagen. Und was den Madenbefall angeht, die sind in einem frühen Stadium. Ohne mich festlegen zu wollen, würde ich sagen, sie lag dort höchstens drei Tage …«

»Was machen Sie da?«, fragte jemand hinter ihr.

»Hallo Sónia!«, raunte Tiago in seinen Mundschutz hinein. Helena drehte sich um und fand sich der jungen Pathologin gegenüber, die gestern zum Fundort der Leiche bestellt worden war und es versäumt hatte, die Lebertemperatur zu messen.

»Ich nehme an, du hast Dr. da Silva schon getroffen«, stellte Tiago fest.

14
Henrik

Catarina Monteiro war nicht sonderlich ergriffen vom Tod ihres Vaters gewesen. Das war die eine Erkenntnis, die er aus der Unterhaltung mit ihr gezogen hatte. Und überdies hatte sie irgendwie Gefallen an ihrem Gespräch gefunden. Vielleicht sogar an ihm selbst, auch wenn er hier womöglich zu viel hineininterpretierte. Und letztlich hatte er seinen Sympathiebonus schnell wieder verspielt, als er zu persönlich wurde, was das Verhältnis zu ihrem Vater anging. Jedenfalls glaubte er nicht, dass sie hinter dessen Ableben etwas anderes vermutete als einen Unfalltod, auch wenn er sie nicht direkt darauf angesprochen hatte. Nur zu schade, dass sie Tavares nicht kannte. Darauf hatte er wirklich gehofft, und für einen Moment war da auch das Gefühl, ihre Antwort diesbezüglich war etwas zu schnell gekommen. Aber da mochte er sich vielleicht auch getäuscht haben.

Immerhin wusste er nun, dass Catarina dem blassen Mann schon einmal begegnet war, der den Preis für die Enzyklopädie so weit nach oben getrieben hatte. Jetzt konnte er nur darauf bauen, dass ihr zu einem späteren Zeitpunkt wieder einfiel, woher sie ihn kannte. Und natürlich, dass Catarina ihm diese Information dann nicht vorenthielt … Er musste sich eingestehen, dass seine Verhöre schon einmal besser gewesen waren. Und er vor allem mehr Ausdauer dabei bewiesen hatte.

Tavares hatte sich auch zwischenzeitlich nicht gemeldet. Henrik wusste nicht so recht, was er davon halten sollte. Er würde warten. Bis morgen Mittag. Sollte er bis dahin nichts von seinem

Auftraggeber hören, wollte er entscheiden, wie er weitermachte. Es ging immerhin auch um eine Menge Geld, die ihm versprochen worden war.

Er kehrte zurück in seine Wohnung über dem Antiquariat. Es war später Nachmittag geworden und im ersten Moment bekam er einen Schreck. Er wusste nicht mehr, ob er Sara aus dem Kindergarten hätte abholen sollen. Doch dann fiel ihm erleichtert ein, dass Helena das heute machen wollte. Bisweilen vergaß er Dinge, was er den Medikamenten zuschrieb. Noch schlimmer war es, wenn ihm ganze Zeitfenster fehlten. Er hatte darüber mit einer Therapeutin gesprochen, die er hin und wieder aufsuchte. Vorrangig, um Helena zu besänftigen, denn er selbst hegte und pflegte seine Bedenken an dieser Art der Behandlung. Auch weil er nur sehr geringen Erfolg verspürte, egal wie oft ihm die Psychologin zu verstehen gab, dass die Seele mehr Zeit als jedes andere Organ brauchte, um zu heilen. Das war der Moment in seiner Therapiesitzung, in der er sie gerne daran erinnerte, dass die Seele kein Organ war.

Wie auch immer, die Aussetzer, die ihn gelegentlich heimsuchten, ohne dass er sich dessen bewusst wurde, wenn sie passierten, waren ein Symptom der posttraumatischen Belastungsstörung. Die Auswirkungen dieses Traumas führten ab und an zu diesen dissoziativen Episoden, die ihn urplötzlich aus der vertrauten Umgebung rissen. Was er erst bemerkte, wenn er wieder zurück in die Realität fand. Zum großen Glück war bislang nichts Schlimmeres dabei passiert. Er war nie an einem fremden Ort aufgewacht, mit Blut an den Händen, das nicht sein eigenes war, oder sonst etwas Katastrophales in der Art.

Henrik schlenderte in die Küche und schaute in den Kühlschrank, in dem eine nahezu gähnende Leere herrschte. Er hatte zwar Sara nicht vergessen, dafür aber die Einkäufe, die er nach

Absprache mit Helena hätte erledigen sollen. Kurzentschlossen schrieb er ihr, dass er Sara und sie zum Essen ausführen wollte. Ohne Helenas Antwort abzuwarten, reservierte er einen Tisch bei Antónia im Petiscos Portugeses oben im Bairro Alto. Das waren nur gut fünf Minuten Fußweg und er liebte die traditionelle und vor allem rustikale Küche dort.

Während er auf die beiden wartete, gefiel ihm seine Idee mit dem Abendessen immer besser. Zusammen essen gehen. Wie lange hatten sie das nicht mehr getan? Jedenfalls nicht, seit er im Frühjahr aus dem Krankenhaus entlassen worden war. Auch dahingehend hatte er seine Beziehung vernachlässigt. Wieder einmal erkannte er, wie geduldig Helena die letzten Monate mit ihm war. Er musste endlich ernsthaft damit anfangen, ihr wieder mehr zurückzugeben. Entschlossen und voller Vorfreude, schickte er ihr eine Nachricht mit seiner Restaurantwahl hinterher. Es dauerte über eine halbe Stunde, bis sie endlich darauf reagierte. *Treffen uns dort*, lautete die knappe Antwort. Auch gut, dachte er und stellte fest, dass er sich zumindest ein Kuss-Emoji als Belohnung für seine Idee gewünscht hätte.

Er machte sich frühzeitig auf den Weg. Das Petiscos Portugeses konnte keine Außenbewirtung anbieten, weil die Rua do Norte in diesem Bereich des bekannten Lissabonner Ausgehviertels schlichtweg keinen Platz dafür bot. Was er bei der immer noch vorherrschenden Temperatur sogar begrüßte, da es drinnen kühler war als draußen in der Gasse. Das Restaurant verfügte über eine sehenswerte, aus altem Mobiliar zusammengewürfelte Innenausstattung und der Tisch, den Antónia für sie vorgesehen hatte, war perfekt. Die kleine quirlige Wirtin, die etwa in seinem Alter war, begrüßte ihn herzlich, obwohl er sich schon so lang nicht mehr hatte sehen lassen. Im Restaurant war trotz der für Portugiesen noch sehr frühen Uhrzeit – immerhin war es erst kurz nach acht – jeder Platz besetzt. Zu dieser Zeit aßen die Touristen zu Abend. Die Lisboetas würden allenfalls erst in einer Stunde eintreffen, wenn die meisten Urlauber bereits mit dem Dinieren fertig waren. Henrik bestellte Vinho Verde und studierte das Menüangebot auf der Schiefertafel neben dem Durchgang zur Küche, während er wartete.

Helena kam verhältnismäßig pünktlich, aber ohne Sara.

»Sie übernachtet heute bei einer Freundin«, erklärte sie, bevor er fragen konnte und setzte sich zu ihm an den Tisch. »Ab morgen ist sie ja weg.«

»Weg?«, hakte er nach.

»Hast du vergessen, dass meine Eltern sie abholen und sie ein paar Tage bei ihnen draußen in Cascais verbringt, bevor es ernst wird für sie?«, erinnerte sie ihn und klang ein wenig genervt. Ihm fiel wieder ein, dass wegen der Sommerferien im Moment ohnehin nur ein eingeschränktes Betreuungsprogramm im Kindergarten bestand, weshalb Sara nur noch sehr widerwillig dorthin ging. Auch wenn die Schule für sie erst nächsten Monat begann, fühlte sie sich mittlerweile schon als Schülerin. »Ja, du hast recht, war mir nicht mehr präsent«, gestand er und versuchte vorerst nicht zu erfreut darüber zu klingen, dass sie den Abend plötzlich für sich hatten.

Helena griff nach seinem Weinglas und trank einen Schluck. Sie hatte nicht mehr die Zeit gefunden, sich nach der Arbeit umzuziehen. Auch wenn sie schnell noch Parfüm aufgetragen hatte, meinte er, einen Hauch von Chemikalien an ihr zu riechen, den sie mit Sicherheit aus der Gerichtsmedizin mitbrachte. Sie war also noch bei Tiago gewesen. Augenblicklich verspürte er Eifersucht, wie immer, wenn der Chefpathologe ins Spiel kam. Doch er bemühte sich sogleich, diesen Gedanken nicht weiter breitzutreten.

»Kannst du Sara daher bitte morgen bei dir behalten, bis meine Eltern kommen? Ich habe sie gebeten, möglichst schon vormittags nach Lissabon zu fahren.«

»Kein Problem, ich habe nichts vor.«

»Gut. Dann lass uns bestellen, ich verhungere«, sagte Helena und vertiefte sich in die Speisekarte an der Wand.

»Ich weiß, du hast hier einen schönen Abend für uns geplant, aber die Arbeit setzt mir gerade ziemlich zu. Außerdem glaube ich, ich habe heute etwas Dummes getan«, gestand Helena, nachdem sie ihre Bestellungen aufgegeben hatten. Sie erzählte davon, wie sie Tiago bedrängt hatte, eine verunglückte Obdachlose zu untersuchen. Und dass sie dabei von dessen neuer Kollegin erwischt worden waren. Jetzt plagte sie die Sorge, dass diese Dr. da Silva ihrem Pathologenfreund Schwierigkeiten machen könnte.

Henrik hatte nicht vor, Tiago zu bedauern, ihm war allerdings auch bewusst, dass diese Sache auch Helena auf die Füße fallen könnte. Die *aufsässige* Inspetora stand ohnehin immer kritisch unter Beobachtung durch ihren Chef, den Henrik für ein borniertes Arschloch hielt.

»Der Tod dieser Obdachlosen, hängt der irgendwie mit dem Monteiro-Fall zusammen?«, fragte er schließlich.

»Sie war eine Zeugin und hat in der Nacht des Unfalls ausgesagt, ein weiteres Fahrzeug gesehen zu haben, das ihr mit überhöhter Geschwindigkeit auf der Estrada Serafina entgegenkam, kurz nachdem sie hörte, wie Monteiro mit seinem Jaguar die Leitplanke durchbrochen hatte. Offenbar haben die Polizisten, denen sie ihre Beobachtung schilderte, ihr nicht ausreichend Aufmerksamkeit geschenkt. Vermutlich wollte sie ohnehin nicht mehr als nötig mit der Polizei zu tun haben, jedenfalls ist sie abgehauen, bevor ich am Unfallort ankam und sie näher dazu befragen konnte. Ich habe Rui Dinis gebeten, sie aufzuspüren. Bedauerlicherweise ist ihm das nicht rechtzeitig gelungen …«

»Verstehe ich dich richtig? Du gehst davon aus, dass jemand diese Marta in den Bauschacht gestoßen hat, weil sie eine Unfallzeugin war?«

Helena nickte. Zwischenzeitlich war auch ihr ein Wein serviert worden. Sie trank davon, ohne ihm zuzuprosten.

Henrik sah sie skeptisch an. »Was der Polícia Municipal in den letzten zwei Wochen nicht gelungen ist, soll der mutmaßliche Unfallverursacher geschafft haben?«

»Warum nicht?«

»Ganz ehrlich? Soweit ich mich entsinnen kann, ist es ziemlich dunkel dort oben. Falls es sich so zugetragen hat, hat der Fahrer auf seiner Flucht den Berg runter die Obdachlose allenfalls für den Bruchteil einer Sekunde wahrgenommen. Dennoch soll ihm dieser kurze Moment ausgereicht haben, um sie sich so gut einzuprägen, dass er sie später wiedererkannt hat? Das erscheint mir an den Haaren herbeigezogen.«

»Du hast schon waghalsigere Theorien verfolgt, seit du in Lissabon deine Ermittlungen betreibst«, warf sie ihm vor.

»Die du zumeist ebenso vehement infrage gestellt hast. Außerdem musste ich meine Ermittlungsansätze nicht vor einem Vorgesetzten rechtfertigen.«

»Danke für deinen Beistand«, knurrte sie und leerte das Weinglas. Henrik dachte darüber nach, eine ganze Flasche zu ordern. Er hätte ihr gerne überzeugter zugesprochen, hinsichtlich eines Zusammenhangs der beiden Unfälle mit Todesfolge. Womöglich hatte sie recht damit, dass er vor einem halben Jahr noch deutlich offener für ihr Bauchgefühl gewesen wäre. Konnte er auch den schwindenden Glauben an die Intuition seiner Lebensgefährtin den Psychopharmaka zuschreiben, die er einwarf? Er verdrängte diese Frage und dachte an den Umschlag, den er in einem der ersteigerten Bücher gefunden hatte. Und dass er Helenas Hilfe benötigte, um in *seinem* Fall weiterzukommen.

»Dieser Kunde, für den du auf der Auktion warst«, begann Helena, als hätte sie in seinen Gedanken mitgelesen. »Der heißt doch Tavares, hast du erzählt.«

»Ja, Dr. Tavares«, bestätigte er, ein wenig überrascht von der Wendung ihrer Unterhaltung. »Warum fragst du?«

»Nun, ich habe mir so weit wie möglich einen Hintergrund über Monteiros Leben zusammengestellt, um ein Gespür dafür zu bekommen, mit wem ich es zu tun habe. Dafür war ich unter anderem auch in den Universitätsregistern. Dr. Eusébio Monteiro war von 1972 bis 1978 an der Universidade de Lisboa für Sozial- und Politikwissenschaften eingeschrieben. Das ist derselbe Studiengang, den im selben Zeitraum auch ein Alfonso Tavares besuchte.«

Auszug aus den persönlichen Aufzeichnungen der Person, die sich Albuquerque nannte.

12. Oktober 1974

Das Wetter ist regnerisch und kalt. Ich hocke in meiner Bude. Gefangen in einem Samstag, der nicht endet. Mir graut vor morgen. Sonntage sind noch schlimmer, wenn man einsam ist. Die paar Studenten, die wie ich das Wochenende im Wohnheim fristen, lassen sich an einer Hand abzählen. Beide Toilettenschüsseln sind vollgeschissen, doch die Reinigungsfrau kommt leider erst wieder am Dienstag. Einzig tröstlich: Mein Zimmergenosse scheint nach Hause gefahren zu sein. Oder wohin auch immer. Seit dem Vorfall mit dem Taschenmesser an meiner Kehle haben wir nicht mehr miteinander geredet.

Ich habe mehrmals versucht, mich in den Lehrstoff zu vertiefen, doch es mangelt mir an der nötigen Konzentration. Sein Angriff auf mich hat mir zu denken gegeben. Ich muss noch mehr auf der Hut sein. Außerdem brauche ich Verbündete. Such dir Freunde, die zu dir stehen, ist auch so ein Rat meines Onkels. Vielleicht stammt er auch von meinem Vater, ich bin nicht mehr sicher. Ich vermisse ihn, wage es aber nicht, nachzufragen, ob ich ihn besuchen kann. Darauf warten sie nur, meinte Onkel Luis. Damit hätten sie mich endgültig im Visier. Den Sohn eines hohen Parteifunktionärs, der ihnen bislang durch die Lappen gegangen ist. Ich glaube nicht daran, dass sie mich übersehen haben, aber das behalte ich für mich, wenn mein Onkel mit mir redet. Aber was heißt das schon, reden? Wir führen keine Dialoge. Er spricht und ich höre zu. Was ich denke, interessiert ihn nicht. Dafür bin ich zu grün hinter den Ohren. Kann sein, dass er auch Angst vor mir hat. Davor, dass ich tatsächlich reden könnte. Mit den Sozialisten. Dann würde ihm sein Status als der Arzt, der so dringend gebraucht wird, womöglich recht schnell aberkannt. Onkel Luis hat wesentlich schlimmere Dinge getan für die Partei als die, die man meinem Vater vorwirft. In der Familie tun alle so, als hätten sie das vergessen.

Zum Teufel, ich brauche vermutlich wirklich ein paar Verbündete.

15
Helena

Das Essen wurde serviert, bevor Henrik auf die Information reagieren konnte, die sie ihm eben anvertraut hatte. Die *camarãos*, gegrillte Garnelen mit Piri-Piri und Zitronenbutter, sahen köstlich aus. Und sie hatte wahrhaftig Hunger, trotz des Ärgers darüber, dass sie ihre Ermittlungen einstellen musste. Sie wünschte Henrik *bom apetite* und begann zu essen, während er noch konsterniert über seinen Octopus hinwegstarrte, der in einer herrlich sämigen Rotweinsoße schwamm. Als Beilage hatte er im Holzfeuer gebackene Kartoffeln bestellt.

»Monteiro und Tavares waren Kommilitonen?«, hakte er schließlich nach. »Das ist …«

»… ganz normale Polizeiarbeit, das solltest du doch noch kennen.«

»Das meine ich nicht.«

»Ich weiß«, sagte Helena und lächelte. »Bestellst du mir noch einen Wein?«

Henrik wollte nicht darauf warten, dass Antonia beim vorherrschenden Trubel im Restaurant Zeit fand, seine Bestellung aufzunehmen. Es gelang ihm, die Aufmerksamkeit des jungen Mannes hinter der Bar zu erlangen, woraufhin er sein Weinglas anhob, um zu signalisieren, was er haben wollte.

»Iss, bevor es kalt wird!«, ermahnte sie ihn, weil er sie danach weiterhin eindringlich beäugte.

»Allerdings ist Tavares kein unüblicher Name in Portugal«, klärte sie ihn auf und entschärfte damit ihre Mutmaßung.

»Helena, bitte! Du hättest das eben nicht erwähnt, wenn du nicht selbst davon ausgehen würdest, dass mein Dr. Tavares derselbe ist, der damals zusammen mit deinem Dr. Monteiro studiert hat. Darum hast du mich auch so darin bestärkt, an dieser Auktion teilzunehmen. Du wolltest sehen, ob ich dir Informationen für deinen Fall liefern kann.«

»Wirf mir jetzt bloß nicht vor, ich hätte dich benutzt. Das ist nämlich für gewöhnlich genau deine Methode.«

Henrik schob sich ein Stück Octopus in den Mund und kaute darauf herum. »Okay, das ist dann wohl nur gerecht«, gestand er schließlich ein und plötzlich war da ein sanftes Lächeln in seinem Gesicht, das nicht allein vom Wein herrühren konnte. »Wir sind uns diesmal also einig und arbeiten zusammen«, stellte er fest. Das wiederum verwirrte Helena so sehr, dass sie nicht mitbekam, wie zwei neue Gläser Wein zu ihnen an den Tisch gekommen waren. »Wir hätten gleich eine Flasche nehmen sollen«, sagte sie und hob das Glas. Diesmal stießen sie an, bevor sie von dem erfrischend prickelnden Vinho Verde tranken.

»Ich glaube dir«, ließ Henrik sie unverhofft wissen, worüber sie erneut die Stirn runzelte. »Woher der plötzliche Sinneswandel?«

»Ich glaube dir, was den Tod von Monteiro angeht«, konkretisierte er. »Irgendwas ist da im Gange und ich habe womöglich einen Hinweis, der uns weiterhelfen kann.«

Helena stoppte die Gabel mit der Garnele kurz vor ihrem Mund. »Hinweis? Was für einen Hinweis? Hast du was in Martins Archiv gefunden?«, fragte sie aufgeregt.

»Das Indiz liegt tatsächlich im Antiquariat, auch wenn es diesmal nicht von meinem Onkel stammt. Wir können es uns gemeinsam ansehen, aber vorher muss ich noch etwas überprüfen und dazu brauche ich deine Hilfe.«

»Natürlich brauchst du die«, erwiderte sie sarkastisch. »Alles wie immer.«

»Komm schon, es bringt uns beide weiter«, ermunterte er sie. Auch wenn sie seine neu aufkeimende Dreistigkeit einerseits ärgerte, freute sie sich andererseits darüber, dass sie offensichtlich wieder dem *alten* Henrik gegenübersaß, den sie schmerzlich vermisste. Obwohl seine Hartnäckigkeit, Verbrechen aufzuklären, sie oftmals in Zwiespalt und gelegentlich auch in echte Schwierigkeiten gebracht hatte, so hatte er sie mit seiner Geduld und Verbissenheit, die er für seine Ermittlungen aufbrachte, auch immer wieder beeindrucken können. Und letztlich waren sie sich auch immer wieder einig geworden, egal ob im Privaten oder ihre Fälle betreffend, die sich gelegentlich kreuzten oder gar zu einer gemeinsamen Ermittlung geworden waren. Jetzt, in diesem Moment, in dem sie bei einem leckeren Essen zusammensaßen, sah es danach aus, als wäre dies erneut geschehen. Hatten Henriks jüngsten Recherchen und die Todesfälle von Dr. Monteiro und Marta etwas miteinander zu tun?

»Gut, offen heraus«, sagte Henrik. »Mein Tavares hat weder seine Bücher abgeholt, noch kann ich ihn seit der Auktion erreichen. Du musst seine Adresse für mich herauszufinden.«

»Weil du was tun willst?«, fragte sie, obwohl die Antwort auf dem Tisch lag.

»Ihm einen Besuch abstatten. Oder besser gesagt, überprüfen, ob er noch am Leben ist.«

16
Henrik

Da er gestern versäumt hatte einzukaufen, war fürs Frühstück nichts mehr im Haus. Aber es war ohnehin niemand da, der sich darüber beschweren konnte. Es war Samstag, dennoch war Helena früh aufgestanden und ins Büro gefahren. Die Wohnung war still und leer an diesem Morgen. Wann Sara vom Übernachten bei ihrer Kindergartenfreundin Débora zurückkam, blieb vorerst unbeantwortet. Helena hatte ihm zwar eine kurze Botschaft auf einem Zettel an der Kühlschranktür hinterlassen, allerdings ohne Angabe einer Uhrzeit. Dass Sara im Lauf des Tages von ihren Großeltern abgeholt wurde, wusste er immerhin noch, obwohl er gestern zu viel Wein getrunken hatte.

Trotz ihrer anfänglichen Diskussionen, war der Abend mit Helena noch sehr schön geworden. Harmonisch, ja sogar romantisch. Auch wenn ihn ein leichter Kopfschmerz plagte, war Henrik voller Zuversicht aufgewacht. Sie würden das hinbekommen, ihre Beziehungskrise überwinden, wenn das nicht sogar schon geschehen war. Er machte sich nichts vor. In den Monaten nach seiner Entlassung aus dem Hospital war Helena nur bei ihm geblieben, weil sie ihn in seinem angeschlagenen Zustand nicht alleinlassen wollte. Aus Mitleid, gewissermaßen, so hart sich das anhörte. Deshalb war es ihm auch so schwergefallen, Dankbarkeit zu zeigen. Er wollte kein Mitleid, sondern ihre Liebe. Und die hatte er gestern so deutlich wie seit Langem nicht gespürt.

Nachdem sie das Bairro Alto durchaus beschwipst hinter sich gelassen hatten und in der Rua do Almada angekommen waren, hatte Helena darauf bestanden, ins Antiquariat zu gehen und den ominösen Umschlag sehen zu dürfen. Sie mussten sich beide beherrschen, ihn nicht zu öffnen. Doch es siegte die Vernunft über die vom Alkohol beflügelte Leichtsinnigkeit und sie fanden schließlich eine äußerste effektive Methode, sich von dem Indiz und ihren Fällen abzulenken. Jedenfalls war gestern Nacht nichts davon zu merken, dass die Psychopillen seiner Libido bisweilen keinen Gefallen taten. Um so bedauerlicher, dass Helena so früh aufgebrochen war, denn gerne hätte er sich noch länger an ihren warmen Körper gedrückt und ihren berauschenden Duft eingeatmet.

Er beschloss, dass ihn nur ein frisch gebrühter, würziger Bica entschädigen konnte. Und dazu ein Tosta Mista, belegt mit Schinken, Käse und einem Spiegelei. Die Pastelaria Emenda in der Rua do Loreto befand sich gleich bei ihm um die Ecke, weshalb er dort durchaus als Stammgast galt. Viele aus dem Viertel holten sich um diese Zeit hier ihr Frühstück, bevor sie sich auf ihren Weg zur Arbeit machten, dementsprechend groß war der Andrang an der Theke. Doch Pedro, der Chef, der ihn gut gelaunt wie immer begrüßte, fand noch einen freien Stuhl für ihn an einem der Tische. Henrik gab seine Bestellung auf und genoss das morgendliche Treiben in dem traditionellen, seit über neunzig Jahren bestehenden Lokal, das die für Portugal typische Mischung aus Café, Konditorei und Snackbar war.

Der Toast war gegessen und sein zweiter Espresso gerade serviert worden, als Helena anrief. Wie er es nicht anders von ihr kannte, kam sie ohne Umschweife zur Sache. »Tut mir leid, *mamãe* hat eben angerufen. Meine Eltern schaffen es erst am Nachmittag, Sara abzuholen, weil *pai* vorher unbedingt noch ins Gartencenter muss. Anscheinend sind dort die Kirschlorbeerstauden im Angebot, die er schon so lange als Sichtschutz für seine Terrasse pflanzen will.«

»Sichtschutz?«, wiederholte Henrik mit gespieltem Entsetzen. »Kann er seinen Blick aufs Meer nicht mehr ertragen?«

»Nein, den rüber zum Nachbarn«, antwortete Helena in sein Lachen hinein. Henrik hatte sie schon lange nicht mehr so ausgelassen und entspannt erlebt. Vielleicht sollte er prüfen, ob sie sich heimlich an seinen Tabletten bediente?

»Bist du nicht verkatert?«, fragte er.

»Nein, gar nicht und du?«

»Mir geht's gut«, sagte er, was auch fast der Wahrheit entsprach.

»Schön zu hören. Jedenfalls habe ich mit Déboras Mutter Rachel gesprochen: Sara kann noch zum Mittagessen bleiben und Rachel bringt sie danach zu dir in den Laden. Ich hoffe, das ist in Ordnung für dich?«

»Okay, das kriege ich hin«, sagte Henrik. »Schade, dass du so früh los bist.«

»Sorry, ich bin aufgewacht und konnte dann nicht mehr einschlafen. Und weil ich dich nicht wecken wollte, nachdem die Nacht so aufregend für dich war …«

»Moment mal«, fuhr er ihr ins Wort, »machst du dich gerade lustig über mich?« Er versuchte beleidigt zu klingen, musste dabei aber lachen.

»Würde mir im Traum nicht einfallen. Ich habe sogar eine Belohnung dafür, dass du dich so angestrengt hast.«

»Das wird ja immer dreister.«

»Also keine Belohnung?«

»Jetzt hast du mich schon neugierig gemacht!«, sagte er, woraufhin sie ihm eine Adresse nannte. Er brauchte nicht nachzufragen, wer dort wohnte.

17
Helena

Da regte sich nichts. Keinerlei Anzeichen von schlechtem Gewissen, dass sie unerlaubt eine Adressabfrage an einen Zivilisten weitergegeben hatte. Sie schielte an ihrem Bildschirm vorbei, über den Mittelgang rüber zu ihrer Kollegin Alexandra, doch die war konzentriert am Tippen. Kurz lag ihr die Frage auf der Zunge, warum auch Alexandra ihren Samstag im Büro verbrachte. Einfach, weil sich Kollegen untereinander eben solche Fragen stellten. Doch Helena entschied sich dagegen. Womöglich würde sie damit eine längere Unterhaltung heraufbeschwören, für die sie keinen Nerv hatte. Vermutlich hatte Alexandra auch gar nicht die Absicht, ihr Einblick in ihr Privatleben zu geben. *Belass die Dinge, wie sie sind!*

Als sie vorhin das Großraumbüro betrat, war sie erleichtert, dass nicht auch noch Damasos an seinem Schreibtisch saß. Von ihm wusste sie zumindest, dass er unverheiratet war, weshalb er seine Wochenenden nicht für eine Familie aufsparen musste. Beste Voraussetzungen also, seine Dienstbeflissenheit auch samstags auszuleben. Doch war Damasos – genau wie sein Vorgänger – keiner, der den Innendienst ertrug. Der *Neue aus Porto,* wie er in der Abteilung gerne genannt wurde, war häufig auf Achse. Oftmals im Rahmen von Spezialermittlungen für Comandante Ralha, wie ihr gesagt wurde, wenn sie nachfragte. Es hatte sich nichts geändert durch die Neubesetzung. Inspetora Helena Gomes wurde gerne außen vor gehalten, wenn es für ihre Ermittlungsarbeit nicht relevant war. Wieso sich also ständig Gedanken machen und sich strikt an Dienstanweisungen halten? Wer befolgte die Vorschriften bei der SPS oder in anderen Abteilungen schon so gewissenhaft wie sie? Niemand, gab sie sich die Antwort. Und genau das war doch ihr Problem, seit sie zur Divisão de Investigação Criminal gekommen war. Darum war sie hier das *schwarze Schaf*, wobei es doch genau umgekehrt sein müsste. Sie liebte ihren Job ohne Frage und trotz all der Grausamkeiten und der Gewalt, die ihr dabei immer wieder begegneten. Doch sie verabscheute das System – jeden Tag ein bisschen mehr. War es an der Zeit, endlich auszubrechen? Vermutlich hätte sie schon gekündigt, wenn sie nicht die Verantwortung für Sara hätte. Sie wollte ihr das bestmögliche Leben bieten, eine vernünftige Ausbildung, vielleicht ein Studium. Unterstützung, die sie sich eben nur leisten konnte, weil sie ein akzeptables und vor allem sicheres Beamtengehalt einstrich. Eine Basis, die sie von ihren Eltern nur bedingt erhalten hatte. Dass sie es ins Polizeikorps geschafft hatte, war allein ihr Verdienst gewesen. Doch sie hatte keinesfalls enden wollen wie ihre Schwester, die seit über zwanzig Jahren als Sekretärin in ein und derselben Fischkonservenfabrik beschäftigt war.

Das Vibrieren ihres Handy holte sie aus den düsteren Überlegungen, die sie leider so häufig einholten und beschäftigten. Sie kannte die Nummer nicht. »Inspetora Gomes, Divisão de Investigação Criminal.«

»Hier spricht Sónia da Silva.«

»Dr. da Silva, was kann ich für Sie tun?«, fragte Helena verhalten. Augenblicklich erwartete sie, dass ihr die Pathologin wegen des Auftritts gestern in der Gerichtsmedizin mit Konsequenzen drohte. Auch wenn sich die Ärztin dafür viel zu freundlich anhörte.

»Ich hatte gestern den Eindruck, dass ich eher etwas für Sie tun kann«, antwortete da Silva.

»Ich verstehe nicht?«

»Ich nehme an, Sie wissen, wo der Cemitério Alemão ist?«

»Cemitério Alemão? Der im Stadtteil Campo de Ourique?«

»Richtig. Können Sie dort hinkommen? Jetzt gleich, sofern es Ihnen möglich ist?«

»Aus welchem Grund?«, wollte Helena wissen.

»Gleich gegenüber dem Haupteingang ist der Associação de caridade, ein kirchlicher Verein, den ich schon von Braga her kenne. Diese karitative Einrichtung kümmert sich auch in Lissabon um die Beisetzung von verarmten Menschen, vor allem um diejenigen, ohne festen Wohnsitz. Ich spende gelegentlich dafür und das sollten Sie ab jetzt auch tun!«, forderte Dr. da Silva sie auf.

Helena verstand, konnte es aber dennoch schwer glauben. »Ich denke, ich brachte zwanzig Minuten«, sagte sie und trennte die Verbindung. Sie schaltete ihren Rechner aus und fischte den Autoschlüssel aus der Schreibtischschublade. »Ich muss kurz weg«, sagte sie zu Alexandra.

»Wohin?«, wollte ihre Kollegin wissen. Helena sah sie durchdringend an. »Okay, geht mich nichts an. Ist ja nur, falls Sèrgio fragt«, wandte Alexandra schnell ein.

»Er weiß Bescheid«, log Helena und verließ das Großraumbüro.

18
Henrik

Dr. Tavares wohnte auf der Anhöhe direkt am Jardim da Graça. Die Fassade des dreistöckigen Eckhauses, das unmittelbar an eine der berühmtesten Aussichtsterrassen Lissabons grenzte, wirkte bescheiden. Was für Henrik beinahe wie Absicht aussah. Denn natürlich konnte man erahnen, welch phänomenale Aussicht die Bewohner von der anderen Seite aus über die Stadt genießen durften. Andererseits herrschte natürlich auch immerzu Trubel vor dem Haus. Tausende von Touristen jeden Tag, angelockt durch die Reiseführer und -blogs, die einen unvergesslichen Panoramablick anpriesen. Ein Versprechen, das sich erfüllte, keine Frage. Aber Henrik war überzeugt, dass der erzkonservativ auftretende und geheimnistuerische Tavares keinen Gefallen an dem steten Menschenauflauf fand.

Er klingelte und klopfte, doch niemand schien zu Hause zu sein. Und es gab nur den einen Eingang, das hatte er überprüft, soweit ihm das möglich gewesen war. Die Mauer, die den hinteren, am Hang liegenden Teil des Hauses abschloss, maß locker fünf Meter Höhe. Unmöglich, darüber einen Blick in den schmalen Garten und die Gebäuderückseite zu erhaschen. Vorne waren die Fenster jedenfalls allesamt verdunkelt, was nicht allein dem aktuellen Sonnenstand geschuldet sein konnte. Das Haus wirkte verlassen, so als wären die Bewohner verreist. Was spielte Dr. Tavares für ein Spiel mit ihm?

Die Eingangstüre war alt, aber massiv. Sein geschulter Blick sagte ihm außerdem, dass man sie zu einem späteren Zeitpunkt verstärkt und mit moderner Schließtechnik aufgerüstet hatte. Das machte sie definitiv einbruchssicher. Egal welche verwegenen Absichten ihm durch den Kopf gingen, hieran würde er sich die Zähne ausbeißen. Unauffällig blickte er sich um. Trotz des noch frühen Vormittags schlenderte bereits ein unermüdlicher Strom von Leuten an ihm vorbei. Er hatte nicht den Eindruck, dass jemand Notiz von ihm nahm. Alle wollten sie nur so schnell wie möglich ihren Blick auf die Sehenswürdigkeiten Lissabons erhaschen und ihre Selfies mit der Stadt im Rücken machen. Vom Sog der Besucher mitgezogen, gelangte er bis zur Hausecke. Dort, zwischen dem Anwesen des Doktors und der Stützmauer der Aussichtsterrasse des Miradouro da Graça, führte eine schmale Treppe abwärts zur nächsten tiefer liegenden Gasse. Das war typisch für diesen in den Berg hineingebauten Stadtteil. Entlang des Gebäudes wuchsen herrlich blühende Bougainvilleen die seitliche Fassade hinauf. Die üppigen Sträucher verströmten nicht nur einen schweren Duft, sie verbargen auch eine Reihe von Kellerfenstern, die Henrik bei seinem ersten Gang um die Stadtvilla nicht aufgefallen waren. Jetzt inspizierte er die Fenster möglichst unauffällig. Natürlich waren sie vergittert. Zumindest drei davon. Übrig blieb eine Hausöffnung, die mittels einer moosbewachsenen Holzabdeckung verschlossen war. Er konnte nicht sagen, was sich hinter den Brettern befand, tippte allerdings auf einen Kohlenschacht. Henrik musste sich tief unter das davor gepflanzte Gewächs bücken, um daran rütteln zu können. Das Holz fühlte sich morsch an. Vermutlich wurde darüber schon seit einem halben Jahrhundert keine Kohle mehr in den Keller befördert.

Er spähte die Treppe rauf und runter. Wie es schien, scheuten die Touristen bis jetzt die unregelmäßigen, teilweise stark erodierten Stufen. Dort, wo er stand, dürfte er auch von der oben vorbeiführenden Calçada da Graça aus nicht zu sehen sein. Konnte er es wagen?

Ohne sich weiter mit den Risiken einer Entdeckung zu beschäftigen, schlüpfte er erneut unter das Geäst der Bougainvillea, packte die marode Abdeckung und riss sie mit einem schnellen Ruck aus ihrer Verankerung. Das Holz knirschte laut, der untere mit feuchter Erde verklebte Teil zerbröselte zwischen seinen Fingern. Er lehnte das, was von der Abdeckung noch übrig war, gegen die Hauswand und betrachtete, was sich dahinter verborgen hatte. Er hatte verdammt noch mal richtig getippt. In das Mauerwerk war eine Öffnung mit Rundbogen eingelassen, die in eine lichtlose Tiefe führte. Er verbot sich, darüber nachzudenken, wieso man bei dem ansonst gut gesicherten Haus diese eine Öffnung vergessen hatte. Manchmal war es besser, Dinge hinzunehmen, wie sie waren, statt sich davon ablenken oder gar verrückt machen zu lassen. Im Moment war es wichtiger, sich mit der Frage zu befassen, wie er am besten dort hineingelangte.

19 Helena

Der hinter einer weiß getünchten Mauer verborgene Cemitério Alemão, der deutsche Friedhof, war im Besitz der evangelischen Kirchengemeinde, welche dieses Stück Land im 19. Jahrhundert von dem Lübecker Kaufmann Nicolaus Bernd Schlick gestiftet bekommen hatte. Das verriet ihr die neben dem Haupttor angebrachte Steintafel. Ein deutscher Friedhof – ausgerechnet … Helena konnte sich nicht daran erinnern, schon jemals hier gewesen zu sein, und falls doch, hatte sie die dort angebrachte Information nicht wahrgenommen.

Zunächst fand sie keinen Hinweis auf den Associação de caridade, zu dem Dr. da Silva sie gelotst hatte. Erst als sie einen Durchgang zum Hinterhof des an den Friedhof grenzenden Gebäudes entdeckte, sah sie das verblichene Schild. Gleich darauf erblickte sie die Pathologin, die auf einem Stuhl vor dem Eingang saß und rauchte.

»Sie haben es gefunden«, begrüßte sie Helena, drückte ihre Zigarette in einen mit Sand gefüllten Behälter und stand auf. Ihr honigfarbenes Haar sah heute noch zerzauster aus als bei der letzten Begegnung. Sónia begrüßte sie auf unerwartet vertraute Art, indem sie ihr rechts und links ein Küsschen auf die Wange drückte. Helena versuchte, deswegen nicht zu überrascht zu wirken.

»Marta wäre schon gestern eingeäschert worden. Das übliche Vorgehen bei mittellosen Menschen. Doch ich konnte den Verein dazu überreden, eine Erdbestattung für sie zu finanzieren, was uns einen Tag Aufschub gewährt. Der Leichnam wurde vor einer knappen Stunde hergebracht.«

»Aber warum?«

»Damit wir sie uns noch einmal ansehen können«, sagte die Pathologin, als wäre das eine abgesprochene Sache zwischen ihnen gewesen. Sónia ging voraus und Helena folgte ihr in das Gebäude der Wohltätigkeitsorganisation. Sie gelangten in ein Foyer, in dem eine Beschilderung auf unterschiedliche Gemeinschafträume hinwies. Plakate an den vergilbten Türen beschrieben die jeweiligen sozialen Projekte, die dahinter betreut und angeboten wurden. Noch war niemand zu sehen oder zu hören. Sónia führte sie einen langen Flur entlang, bis zu einer Glastür, auf der darauf hingewiesen wurde, dass ab hier nur berechtigten Personen der Zutritt gestattet war. Die Ärztin verfügte über einen Schlüssel, um diese Tür zu öffnen. Nach zweimaligem Abbiegen gelangten sie in einen Raum, der für die Versorgung von Verstorbenen ausgestattet war. In der Mitte stand ein Metalltisch, nicht unähnlich denjenigen, die Helena aus der Gerichtsmedizin kannte. Nur war hier alles älter, abgenutzter und wirkte etwas improvisiert. Auch wenn es recht kühl war, roch es streng. Der konservierende Effekt der Kältekammer, in der die Leiche bis vor Kurzem noch verwahrt worden war, verlor bereits seine Wirkung. Auf der matten Auflage lag ein dürrer, ausgemergelter Frauenkörper. Marta. Aus Pietät war der entstellte Kopf der Leiche mit einem Tuch bedeckt, worüber Helena ganz froh war. Erneut das entstellte, teils weggefressene Gesicht betrachten zu müssen, darauf konnte sie wahrlich verzichten. Jemand hatte Marta bereits entkleidet, allerdings war sie noch nicht gesäubert worden. Ihre Haut war mit undefinierbaren Flecken übersäht, stellenweise verschorft und von Ekzemen befallen. Es war das Abbild des körperlichen Verfalls, der einen heimsuchte, wenn man dazu gezwungen war, unter Brücken oder in zugigen Hauseingängen zu nächtigen. Natürlich gab es Einrichtungen, in denen man eine Mahlzeit und gelegentlich einen Schlafplatz bekam, sich duschen und notdürftig medizinisch versorgen konnte. Doch wie es schien, hatte Marta dieses Angebot schon seit Längerem nicht mehr beansprucht. Helena hatte auch schon beobachtet, dass sich im Sommer einige Obdachlose im Fluss oder im Meer säuberten, wenn sie es bis dort hinausschafften und sie nicht augenblicklich wieder vertrieben wurden. Aber auch danach sah Marta nicht aus. Konnte es sein, dass sie die letzten Wochen vor ihrem Ableben darauf bedacht gewesen war, niemandem und nirgendwo aufzufallen? Hatte sie sich versteckt gehalten?

»Wo sind ihre Sachen?«

Die Gerichtsmedizinerin deutete auf einen schwarzen Müllsack, der neben einem zweiten, deutlich breiteren Zugang stand, durch den die Leichen vermutlich herein- und wieder hinaustranportiert wurden, sobald sie für die Bestattung hergerichtet waren. Helena spürte kein Verlangen, in Martas Kleidungsstücken herumzuwühlen, musste jedoch für einen Moment an die zahllosen Stoff- und Lederbänder denken, welche die Frau am Arm getragen hatte und mittels dener sie identifiziert worden war.

»Wir haben eine Stunde«, erklärte da Silva in ihre Überlegungen hinein. Sie hielt ihr ein Döschen mit Kampfercreme hin und deutete an, dass Helena sich ein wenig davon unter die Nase schmieren sollte. Helena tat, wie ihr empfohlen. Danach reichte Sónia ihr ein paar Gummihandschuhe. »Falls wir sie umdrehen müssen«, sagte die Ärztin und nickte ihr aufmunternd zu.

»Wieso tun Sie das, Dr. da Silva?«

»Sónia, bitte!«

»In Ordnung Sónia, ich bin Helena. Und … jetzt, warum?«

»Ich habe dir schon bei unserer ersten Begegnung angesehen, dass du nicht einfach nur an einen Unfall glaubst. Außerdem habe ich ein schlechtes Gewissen. Ich habe mitbekommen, wie du mit Tiago über die Ermittlung der Lebertemperatur gesprochen hast. Natürlich hatte zu diesem Zeitpunkt kein Bedarf dazu bestanden, dennoch hätte ich die Messung durchführen sollen. Auch darum sind wir hier. Mir ist klar, dass das, was wir hier herausfinden, nie bei einer offiziellen Ermittlung verwendet werden kann. Aber wenn es dir Gewissheit verschafft, wäre es schändlich, es nicht zu versuchen.«

»Ich weiß nicht, was sich sagen soll.«

»Es sind keine Worte nötig«, erwiderte Sónia und es hörte sich seltsam pathetisch an.

»Weiß Dr. Falcato davon?«

»Tiago? Natürlich nicht.« Die Pathologin lächelte schmal und ging rüber zu einer Anrichte, um eine Schüssel mit Wasser zu holen, die dort bereitstand. Sie reichte Helena einen Schwamm. »Wir müssen uns mit einer äußerlichen Beschauung abfinden, weil ich sie natürlich nicht öffnen darf. Doch ich kann Blut und Gewebe entnehmen und mir später bei uns im Labor ansehen, sobald ich dort ungestört bin. Aber vorher werden wir sie waschen!«

20
Henrik

Er führte das Vorhaben weniger elegant und waghalsig aus als in seiner Vorstellung. Es kostete Mühe und Zeit, mit den Beinen voran in den schmalen Kohlenschacht zu klettern, und als er unten in der Dunkelheit wieder festen Boden unter den Füßen spürte, war es ihm für den Moment einerlei, ob ihn vielleicht doch jemand beobachtet hatte. Vorerst war er nur froh darüber, dass er in den Keller gekommen war, ohne sich das Genick zu brechen. Was er vor allem dem Umstand verdankte, dass die Kohlerutsche nicht viel tiefer als eine Körperlänge hinabführte. Bis auf ein aufgeschürftes Schienbein und eine angeschlagene Hüfte war er unversehrt geblieben. Das wenige Licht, das durch den Schacht fiel, reichte aus, um den Weg aus dem modrig riechenden Gewölbe zu finden, in dem vermutlich wegen der kalten Feuchtigkeit nichts weiter verwahrt wurde. Der Gang, von dem noch andere Türen abzweigten, führte ihn zu einer Treppe. Am Absatz der gemauerten Stufen zögerte Henrik. Wie Monteiro, war auch Tavares ein Sammler. Er konnte davon ausgehen, dass sich im Haus vermutlich Kunst- und anderweitige Wertgegenstände befanden. Daher musste er mit einer Alarmanlage rechnen. Mit Bewegungsmeldern, vielleicht sogar Kameras. Für einen Moment bekam er Skrupel. Wenn er eine der verschimmelten Kisten aus dem Gang unter das Kellerfenster schob, konnte er darüber wieder hinauskriechen. Noch war es nicht zu spät und selbst wenn man ihn dabei entdeckte, würde er vermutlich glimpflich davonkommen. Doch nach dem Aufwand, der er bis hierher getrieben hatte, wäre es idiotisch, sich nicht wenigstens umzusehen, bevor irgendeine Sicherheitsfirma hier aufkreuzte.

Im Erdgeschoss angekommen, drückte er sich eng gegen die Wand und versuchte mögliche Positionen einer Videoüberwachung ausfindig zu machen. Nirgendwo entdeckte er verdächtig blinkende LED-Lichter. Was noch keine Entwarnung bedeutete. Moderne Anlagen kamen durchaus auch ohne Geflacker aus. Also kümmerte er sich zuerst um einen Fluchtweg. Er suchte die Haustüre und prüfte, ob sie sich von innen ohne Schlüssel entriegeln ließ. Zu seiner großen Erleichterung war das der Fall. Er war hier drin nicht gefangen.

Da nach wie vor keine Sirene aufheulte, konnte er allenfalls einen stillen Alarm ausgelöst haben. Das bescherte ihm zumindest ein paar Minuten. Nicht viel für ein großes Haus mit drei Stockwerken, die er folglich nicht sonderlich gründlich durchsuchen konnte.

Obwohl die Fensterläden zur Straße hin geschlossen waren, reichte das Tageslicht in den Fluren aus, um sich zu orientieren. Schnell war klar, dass sich die Einrichtung deutlich von der in der Monteiro-Villa unterschied. Dort hatte alles mit Bedacht und Sorgfalt seinen Platz gefunden; Gemälde und Skulpturen waren perfekt ausgeleuchtet und stilvoll arrangiert. Bei Dr. Tavares hingegen konnte er keinerlei Ordnung erkennen. Und dennoch schien diese beiden Männer mehr als nur die Sammlerleidenschaft zu verbinden. Er dachte daran, wie Catarina ihren Vater beschrieben hatte. Dass er nicht gerne Gäste empfing, oder etwas in der Art. Auch bei Tavares sah es nicht danach aus, als wäre er ein besonders geselliger Mensch. Diese promovierten, alten Männer verband somit auch die Einsamkeit.

Egal in welches Zimmer er schaute, überall sah es aus, als hätte Tavares irgendwann die Kontrolle über seine Sammlerleidenschaft verloren. Die Möbel, Plastiken, Teppiche, Bilder und Bücher, die er vermutlich über Jahrzehnte angehäuft hatte, standen, lagen und hingen überall kreuz und quer herum. Dabei war nichts von diesen zahllosen Dingen Tand und Talmi, soweit Henrik in der Lage war, das zu beurteilen. In diesen abgedunkelten, zugestellten Zimmern und Gängen lagerte sehr wahrscheinlich ein Vermögen an Kunstgegenständen. Was ihn zu der vorrangigen Frage führte, wie er hier auf die Schnelle etwas finden sollte, was ihm weiterhalf? Vor allem, da er nicht einmal wusste, wonach er überhaupt suchte. Henrik verspürte eine gewisse Erleichterung darüber, dass zumindest keine Pentagramme oder anders geartetes okkultes Teufelszeug Tavares Behausung schmückte. Das stützte seine Vermutung, dass es dem Doktor nicht um den schwarzmagischen Inhalt der Enzyklopädie selbst ging, sondern tatsächlich nur um das Kuvert mit dem Reitersymbol.

Und noch eine Sache war beruhigend. Die Luft in den abgedunkelten Räumen war miefig, aber nicht so schlecht, dass er davon ausgehen konnte, demnächst über einen Toten zu stolpern. Trotzdem zeugte die Wohnung davon, dass sein Auftraggeber ausgeflogen war. Und ein Blick in die Küche untermauerte außerdem, dass Tavares nicht wie Monteiro über Hauspersonal verfügte. Auch dort herrschte ein unübersehbares Chaos, wenn auch nicht in Form von ungespültem Geschirr oder vergammelten Essensresten, im Gegenteil. Tavares benutzte diesen Ort offensichtlich nicht dazu, sich Essen zuzubereiten. Stattdessen waren sämtliche Ablagen mit Büchern und Gegenständen vollgestellt, die nichts in der Küche verloren hatten.

Der Alfonso Tavares, der Henrik im Antiquariat aufgesucht und mit diesem Auftrag betraut hatte, schien so gar nichts mit der Person gemeinsam zu haben, die hier in diesem Chaos lebte. Das gab Henrik zu denken. Wie hatte er sich so in diesem Mann irren können?

Im ersten Obergeschoss entdeckte Henrik endlich, wonach er Ausschau gehalten hatte: ein Büro. Vielmehr handelte es sich um einen Salon, rundum mit schweren Massivholzregalen verkleidet, die bis hoch zur Stuckdecke mit Büchern und Folianten vollgestopft waren. Der herbe, säuerliche Geruch in dem Raum erinnerte ihn an das Antiquariat. In der Mitte des achteckigen Zimmers war ein viktorianischer Schreibtisch aus dunklem Nussholz platziert. Darauf befand sich unter anderem die klassische Messinglampe mit dem grünen Schirm. Diesmal kam er nicht umhin, Licht zu machen, also knipste er sie an. Er musste wissen, ob dieses antike Büromöbel etwas Brauchbares für ihn bereithielt. Henrik setzte sich in den drehbaren Ledersessel. Im Gegensatz zu der Unordnung im Rest des Hauses, waren die Fächer, die er nacheinander öffnete, regelrecht aufgeräumt. Als ehemaliger Kriminalpolizist verfügte er über eine gewisse Erfahrung, was das Durchsuchen von Schreibtischschubladen und Unterlagen anging. Selbstredend stöberte er die üblichen und zu erwartenden Papiere auf. Kontoauszüge, Rechnungen, Anwaltsschreiben und notariell beglaubigte Schriftstücke. Handschriftliche, schwer zu entziffernden Notizen, die sich allerdings nicht wirklich reizauslösend auf seine Polizistenintuition auswirkten. Schließlich fischte er von ganz unten ein unbeschriebenes weißes Blatt heraus. Einen leeren Briefbogen, den er unbeachtet beiseitelegen wollte, doch dann entdeckte er unter dem Schein der Lampe ein Wasserzeichen in der oberen rechten Ecke. Ihm stockte der Atem. *Was zum Teufel!* Unverzüglich erkannte er das Symbol wieder. Es zeigte denselben Reiter zu Pferd, der auch in dem Wachssiegel des mysteriösen Umschlags abgebildet war, den er aus dem Buchumschlag des siebten Bands der *Encyclopedia mundorum intermediorum* geschnitten hatte. Allerdings war hier nicht nur der Reiter zu sehen, sondern auch ein Schriftzug in einem Doppelkreis, der die

Illustration einfasste. Gegen das Licht haltend entzifferte Henrik, was dort in verschnörkelten Lettern geschrieben stand: *Chiado Turf Club – Sociedade para o Melhoramento das Raças de Cavalos.*

Seine Kenntnisse der portugiesischen Sprache waren mittlerweile recht passabel, aber das, was er dort las, musste er dennoch in den Übersetzer seines Handys eingegeben. Mit dem Ergebnis *Gesellschaft zur Verbesserung von Pferderassen* wusste er nichts anzufangen. Natürlich waren ihm in Tavares' Domizil Gemälde aufgefallen, die Pferde zeigten, und auch die ein oder andere Pferdeskulptur, aus Holz geschnitzt, in Bronze gegossen oder aus Stein gemeißelt. Dennoch hatte er seinen Auftraggeber bislang nicht für jemanden gehalten, der sich für Pferde und deren Zucht interessierte. Er googelte nach dieser *Pferderassen-Gesellschaft*, erhielt jedoch keinen Treffer, was diese Sache noch seltsamer machte. Das Gedankenkarussell fing an zu kreisen, doch er ermahnte sich, dass er dafür jetzt keine Zeit hatte. Nicht hier in diesem eigenwilligen Museum. Wobei Gruselkabinett die treffendere Bezeichnung war.

Henrik faltete den Briefbogen zusammen und steckte ihn ein. Auch wenn er nicht mehr daran glaubte, dass innerhalb der nächsten Minuten das Sicherheitspersonal einer Gebäudeüberwachungsfirma hier aufschlug, musste er schleunigst hier raus. Zumal er bereits sehr sicher wusste, wen er zuallererst zum *Chiado Turf Club* befragen wollte.

Auszug aus den persönlichen Aufzeichnungen der Person, die sich Albuquerque nannte.

14. Oktober 1974

Hatte ich wirklich darauf gehofft, dass er nicht wiederkäme? Nein, ich habe es mir lediglich gewünscht. Magellan ist wieder da. Magellan! Ich habe beschlossen, dass er fortan so für mich heißen soll. Keine Namen. Aber ein Pseudonym darf wohl erlaubt sein. Vermutlich wäre er sogar stolz, würde sich was darauf einbilden, dass ich ihn nach dem großen Seefahrer und Entdecker Ferdinand Magellan benenne. Mittlerweile glaube ich nicht mehr, dass er Sozialist ist, auch wenn er die Haare viel zu lang trägt. Aber auch das gehört zu seiner Maskerade.

Heute saßen wir in derselben Vorlesung. Danach bin ich ihm nachgegangen. Ich weiß nicht warum, aber ich konnte nicht anders. Mir war klar, er würde sich einen Platz zum Rauchen suchen. Bislang hatte ich angenommen, Magellan sei ein Einzelgänger, genau wie ich. Einer, der sich aus allem raushielt. Um so überraschter war ich, als ich sah, dass da noch andere waren.

Ich kannte die drei anderen. Nur vage, doch ich weiß sehr wohl, wer sie sind. Sie sind wie ich. Söhne gefallener Helden der Estado Novo. Oder, wie sie die neue Regierung nannte, gewissenlose Verbrecher gegen die Menschenrechte, die in den Gefängnissen des Landes auf ihr Urteil warten. Sofern sie nicht schon während des Umsturzes erschossen wurden. In allen Zeitungen, im Radio und im Fernsehen haben sie nur die friedliche Revolution verkündet und vom Rest der Welt ihr Lob für ihren gewaltfreien Widerstand eingeheimst. Korrigiere! Nicht von der ganzen Welt. Nur von den demokratischen Ländern. Onkel Luis und Vetter Raoul lassen keine Gelegenheit aus, den friedlichen Verlauf dieses Umbruchs in Zweifel zu ziehen. Doch ich schweife ab. Zurück zu Magellan und denen, die er um sich scharrte, denn exakt so sah es für mich aus. So wie ich, waren auch die anderen drei vorerst durch die Maschen geschlüpft und bestreiten nun dasselbe Studienjahr. Bemüht, möglichst nicht aufzufallen. Und doch standen sie rauchend zusammen und ließen sich von Magellan unterhalten. Ich wagte mich nicht nahe genug heran, um zu hören, was er ihnen zu berichten wusste. Doch immer mal wieder sah ich sie lachen. Bereits während ich sie beobachtete, gab ich auch ihnen Pseudonyme und hielt daran fest, sie nach großen portugiesischen Seefahrern zu benennen. Cabral, da Gama und Corte-Real.

Je länger ich hinter einem ausladenden Farn verborgen ihr Treffen beobachtete, desto mehr bekam ich den Eindruck, dass es sich um eine abgesprochene Zusammenkunft handelte. Der Ort war gut gewählt, in einer dieser hinterletzten Ecken des Campus, in dem nur Bewirtschaftungsgebäude standen. Ein weiter Weg von den Hörsälen bis dorthin, nur um eine durchzuziehen. Aber eine gute Stelle, wenn man nicht gesehen werden wollte. Ich roch den Pferdemist. Hinter den übermannshohen Hecken des Universitätsgartens befand sich ein Gestüt. Diejenigen, die dort ihre Gäule eingestellt haben, reiten für gewöhnlich im nahe gelegenen Jardim do Campo Grande aus. Früher zumindest war das so gewesen. Ich habe keine Ahnung, ob dies auch jetzt noch der Fall war, denn ich nehme an, dass auch der Gestütsbesitzer von der Enteignung nicht verschont geblieben war. Doch wie auch immer, das interessiert mich nicht. Mein Fokus liegt auf den vier Kommilitonen, die dort hinter dem Verschlag, in dem die Gärtner ihre Geräte und Werkzeuge einstellten, ein konspiratives Treffen abhielten. Ich muss herauskriegen, was sie vorhaben.

21
Henrik

Rachel, die Mutter von Saras Freundin Débora, sah demonstrativ auf die Uhr an ihrem Handgelenk, als er im Laufschritt vor dem Antiquariat ankam. Er hob bedauernd die Hände, während er nach Atem rang. Spürte gleichwohl ihren kritischen Blick. Sein Einstieg über den Kohlekeller hatte Spuren an seiner Kleidung hinterlassen.

»Wieso hat das Kind keinen Schlüssel?«, wollte sie wissen, statt auf sein Äußeres einzugehen.

Henrik ignorierte die genervte Frau, die es einem Deutschen offensichtlich nicht zugestand, ein paar Minuten zu spät zu kommen. Stattdessen warf er einen fragenden Blick zu Sara. »Wartet ihr schon lang?«

Sara hob die Hand und zeigte ihm drei Finger. Dabei lächelte sie verschmitzt. Rachel stieß empört die Luft aus und stiefelte ohne ein weiteres Wort zu ihrem im Halteverbot abgestellten Wagen.

»Sie hat einen Friseurtermin«, erklärte Sara und fing an zu glucksen. Das helle Kinderlachen war ansteckend. »Wir sollten nicht über sie lachen«, mahnte Henrik, konnte sich das Grinsen aber selbst nicht mehr verkneifen. Peinlich berührt drehte er sich zur Ladentür und schloss sie auf.

»Ich habe eine Frage«, sagte Sara, nachdem sie das Antiquariat betreten hatten.

»Ich höre!«

»Wieso habe ich eigentlich keinen Schlüssel?«

Beide prusteten gleichzeitig drauf los.

»Das sollten wir unbedingt ändern«, sagte Henrik, sobald er sich wieder gefangen hatte. Doch es dauerte noch ein paar Minuten, bis sie sich endlich so weit beruhigt hatten und nicht immer wieder zu kichern begannen, sobald sich ihre Blicke trafen.

»Kann ich den Laptop haben?«, wollte Sara schließlich wissen. Sie saß an seinem Schreibtisch und kritzelte eher unmotiviert mit Buntstiften in ihrem Zeichenblock herum. Henrik war es gerade gelungen, die Telefonnummer von Dr. Eusébio Monteiro herauszüfinden. Er rief im Browser sein Disney-Plus-Abo auf und überließ ihr den Rechner. »Muss kurz einen Anruf machen«, sagte er und ging hinaus in den Laden. Er wählte die Nummer mit der Gewissheit, allenfalls die Hausdame Luisa ans Telefon zu bekommen, die ihn ohnehin sofort abwimmeln würde. Doch zu seiner Überraschung meldete sich Catarina.

»Hier ist Henrik Falkner ... vom Antiquariat«, ergänzte er, als ihm die Pause zu lang wurde.

»Was wollen Sie noch?«

»Nur eine Frage, bitte!«

»Wenn es um Ihre Bücher geht oder um denjenigen, für den Sie ...«

»Chiado Turf Club? Schon mal gehört? Sagt Ihnen das was?«, fiel er ihr ins Wort.

Wieder ließ sie ihn einige Sekunden zappeln. »Was soll das sein?«

»Hatte Ihr Vater jemals irgendwas mit Pferden zu tun?«

Er vernahm ein bitteres Lachen. »Er war so ziemlich gegen alles mit Fell oder Haaren allergisch, ich denke nicht, dass er sich einem Pferd auch nur auf fünfzig Metern genähert hat. Beantwortet das Ihre Frage?«

»Und diesen Club, den hat er auch nie erwähnt?«

»Henrik, bitte! Ich habe keine Ahnung. Außerdem bin ich über Ihr Interesse meinen Vater betreffend sehr verwundert. Allerdings will ich auch gar keine Aufklärung darüber, was sie dazu bewegt, mich dermaßen auszufragen. Lassen Sie mich bitte einfach nur in Ruhe!«

»Es tut mir leid, Catarina. Dennoch wäre es sehr freundlich von Ihnen, wenn Sie sich bei mir melden, falls Sie beim weiteren Sichten Ihres Erbes auf etwas stoßen, das den Chiado Turf Club erwähnt.«

»Warum sollte ich das tun, Henrik?«

»Aus demselben Grund, aus dem Sie sich die Frage stellen sollten, ob der Tod Ihres Vaters nicht vielleicht mehr als nur ein Unfall war«, ließ er sie wissen und trennte die Verbindung. Sollte er mit diesem letzten Satz keine Reaktion erzielen, dann war Catarina Monteiro eine Sackgasse. Wovon er jedoch nicht ausging.

Er schlüpfte durch den Vorhang hindurch zurück in das Kabuff, das er Büro nannte. Sara war in einen Animationsfilm vertieft. Sie bemerkte nicht, dass er den obskuren Umschlag aus der obersten Schublade fischte. »Falls du Durst hast, es ist Saft im Kühlschrank«, erinnerte er sie, doch sie nickte nur abwesend. Er nahm das versiegelte Kuvert mit hinter den Verkaufstresen. Zum gefühlt hundertsten Mal hielt er es gegen das Licht der Deckenleuchte. Auch wenn seine Neugier den Inhalt betreffend mittlerweile einer Folter gleichkam, betrachtete er es weiterhin als Vertrauensbruch seinem Auftraggeber gegenüber, den Umschlag zu öffnen. Weshalb er ein weiteres Mal Dr. Tavares' Nummer wählte, ohne dass der Anruf entgegengenommen wurde. War das ein Zeichen? Er musste endlich wissen, was das Kuvert enthielt.

Bevor er seinen Finger unter die versiegelte Lasche schieben konnte, wurde die Ladentür so schwungvoll aufgestoßen, dass die Schellen darüber gegen die Decke knallten. Zwei Männer stürmten herein. Schwarze Hoodies und Trainingshosen. Die Kapuzen ihrer Pullis über die Köpfe gezogen und die Augen hinter dunklen Sonnenbrillen verborgen. Eine ungünstige Ausstattung, wenn man innerhalb einer Sekunde vom grellen Tageslicht ins gedämpfte Licht im Antiquariat geriet. Die beiden kamen erst einmal ins Straucheln, was beinahe komisch wirkte, auch wenn es das absolut nicht war. Henrik erkannte sofort den Ernst der Situation. Schnell schob er den Umschlag unter die Kasse und schielte dann rüber zum Vorhang. Dahinter war leise ein Dialog zwischen zwei piepsigen Stimmen aus dem Lautsprecher seines Laptops zu hören. Er spürte, wie die Angst seine Luftröhre zuschnürte.

Die Männer erreichten die Verkaufstheke. Henrik straffte seine Schultern. »Suchen Sie was Bestimmtes?«, fragte er so ruhig wie es ihm möglich war. Einer der beiden Vermummten hielt ihm einen Zettel hin. *Encyclopedia mundorum intermediorum Band 7,* konnte er darauf lesen. Henriks Gedanken rasten. Da wusste jemand sehr genau, was er wollte und vor allem, wo es zu finden war. Verhandeln oder sich dumm stellen, würde demnach nicht viel bringen. Zumal er sehr gut erkennen konnte, was sich in der ausgebeulten Bauchtasche des Hoodies befand, in die der Zettelzeiger seine freie Hand vergrub. Auch der zweite Mann hatte seine Hände verdächtig in die aufgenähte Tasche seines Pullis gesteckt. Panik rollte in Henrik heran wie eine Herde aufgescheuchter Büffel. Noch vernahm er nur das grollende Donnern, doch sehr schnell würde der Boden anfangen zu zittern und spätestens dann verlor er die Kontrolle über seinen Körper. Mittlerweile war er vertraut mit diesen Schlüsselreizen, die das Trauma auslösten. Darauf folgte zuweilen eine Ohnmacht. Doch das durfte jetzt keinesfalls geschehen. Wegen Sara musste er unbedingt Herr seiner Sinne bleiben. Von daher erübrigte sich auch jegliche Überlegung, nach hinten zu gehen, um den geforderten siebten

Band der Enzyklopädie zu holen. Wie um ihm diesen Gedanken mit Nachdruck aus dem Kopf zu blasen, vernahm er erneut leise Töne aus dem Büro, die vielleicht auch nur er zu hören vermochte. Dort saß Helenas Tochter und schaute nichtsahnend ihren Kinderfilm. Zum Glück nicht so laut, wie sie das in der Regel tat. Aber vielleicht lief auch gerade eine Szene, die besonders still war. Doch was, wenn demnächst die Dramatik wuchs und diese mit aufpeitschender Musik untermalt wurde?

Er hatte keinen Spielraum für irgendwelche Kapriolen. Auch nicht, weil er kein Gefühl dafür bekam, wie genau die Männer hinter ihren Sonnenbrillen instruiert waren. Mit aller Kraft, die er noch aufzubringen vermochte, zeigte er zuerst seine leeren Hände, dann holte er mit der Rechten das Kuvert wieder unter der Kasse hervor und hielt es hoch. »Es ist nicht das Buch, das Sie wollen, sondern das hier«, sagte er so bestimmt, wie er konnte.

Die beiden sahen sich kurz an, ohne dass Henrik ein ersichtliches Zeichen für eine stille Absprache bemerkte. »Wenn du mich verarscht, brennt diese Bude hier, nur damit wir uns verstehen«, erklärte der mit dem Zettel, knüllte diesen zusammen und warf ihn nach Henrik. Der Mann sprach Portugiesisch mit Akzent. Henrik verortete seine ursprüngliche Heimat nach Osten. Russland, vielleicht. Oder auf den Balkan.

Der Verhandlungsführer packte den Umschlag. Musterte ihn prüfend und reichte ihn an seinen Kumpanen weiter. »Pass gut auf dein kleines Mädchen auf!«, mahnte er Henrik, bevor sie sich umdrehten und so schnell verschwanden, wie sie gekommen waren.

22
Helena

Allein aufgrund äußerlicher Faktoren war es für die Pathologin nur bedingt möglich gewesen, Martas Alter zu bestimmen. Sie konnte jenseits der Sechzig sein, bedachte man jedoch die Lebensweise, wäre es nicht abwegig, wenn sie nur um die fünfzig Jahre alt geworden war. Sicherlich wäre es hilfreich, mehr über die Frau ohne Wohnsitz zu erfahren. Woher sie stammte, was dazu geführt hatte, dass sie auf der Straße gelandet war. Doch Martas Leichnam verriet keine handfesten Antworten auf Helenas zahlreiche Fragen. Es gab auch keine Gewissheit, wie sie zu Tode kam, und doch half die Untersuchung des toten Körpers der Obdachlosen dabei, Helenas Zweifel an ihrem angeblichen Unfall zu verstärken. Auch wenn sich die Gerichtsmedizinerin nicht vollständig festlegen wollte, so fand sie doch verdächtige Abdrücke im Brustbereich der Toten, die von Gewalteinwirkung zeugten. Und die nicht zwingend vom Sturz in den Schacht herrührten, sondern womöglich von einem davor erfolgten Kampf. Das genügte Helena, um ihr Bauchgefühl bestätigt zu sehen. Sie nahm sich vor, das Baustellengelände erneut zu inspizieren, vorrangig in der Absicht, jemanden zu finden, der eventuell etwas in der Nacht von Martas Tod beobachtet hatte. Doch das hatte noch Zeit. Diejenigen, die in der Brache ihr Lager aufschlugen, würden erst bei Einbruch der Dunkelheit dort aufkreuzen.

Bevor sie den Leichenraum der Associação de caridade verließ, warf sie doch noch einen Blick in die Müllbeutel mit den Kleidern der Obdachlosen. Sie musste die Luft anhalten, fand aber recht schnell, was sie suchte. Martas Armbänder, ihr Markenzeichen laut denen, die mit ihr auf der Straße lebten, waren zu einem bunten Wust zusammengeknüllt. Helena steckte sie in einen separaten Plastikbeutel.

»Was willst du damit?«, fragte Sónia hinter ihr.

»Weiß noch nicht«, antwortete sie ehrlich. Dann verabschiedete sie sich mit einer Umarmung von Sónia, verließ das Gebäude und ging zu ihrem Wagen. Auch wenn ihr die Pathologin einen großen Gefallen getan hatte, konnte sie Sónia nicht so recht einordnen. Etwas störte sie. Vielleicht lag es an ihrer ungezwungenen Art. Ihrer Sorglosigkeit, dem Leben gegenüber, die Helena niemals so an den Tag legen könnte. Womöglich beneidete sie Sónia da Silva deswegen? Weil sie nicht so sein konnte. Nie hatte sie so sein können, weil es ihr seit dem Verschwinden ihres Bruders Tómas vor fünfunddreißig Jahren nicht vergönnt gewesen war, unbefangen aufzuwachsen. Da ihre Eltern diesen Schicksalsschlag nie verwunden hatten, war dadurch auch ihre Kindheit und Jugend geprägt worden war. War das gerecht?

Helena hatte vorhin ihr Handy im Auto liegen lassen. Beim Blick darauf sah sie, dass Damasos versucht hatte, sie zu erreichen. Machte der Kollege also doch kein Wochenende? Sie fühlte sich im Moment nicht in der Verfassung, ihn zurückzurufen. Es widerstrebte ihr sogar, zurück ins Büro zu fahren. Also entschloss sie sich für einen Abstecher in die Rua do Almada. Wenn sie Glück hatte, war Sara noch nicht von ihren Eltern abgeholt worden und sie konnte sie noch mal sehen, bevor sie nach Cascais aufbrachen. Heute früh, als sie kurz mit ihr gekuschelt hatte, war Sara noch im Halbschlaf gewesen.

Eine halbe Stunde später betrat sie das Antiquariat. Auch ohne ein Wort von ihm, sah sie Henrik sofort an, dass etwas vorgefallen war. »Ist mit Sara alles in Ordnung?«

»*Mamãe!*«, tönte es sogleich aus dem Büro und ihr kleiner Wirbelwind kam durch den Vorhang gehuscht. Sie bückte sich runter und drückte ihrer Tochter einen Kuss auf den Scheitel.

»Alles okay«, brummte Henrik hinterm Verkaufstresen.

Ein scharfer Blick von ihr reichte und er knickte ein. »Der Umschlag ist weg«, gestand er.

»Ist dein Kunde endlich aufgetaucht?«

Henrik schüttelte den Kopf. »Dafür waren zwei Typen da, die ziemlich eindeutig wussten, was sie von mir zu verlangen hatten.«

Helena warf einen besorgten Blick auf Sara.

»Sie war nicht in Gefahr«, warf Henrik schnell hinterher.

»Ich hab Arielle geschaut«, sagte Sara stolz. Helena nickte und nahm die Hand ihrer Tochter. »Sehr schön. Komm, wir gehen nach oben, ich mache uns was zu essen.« Dann wandte sie sich wieder an Henrik. »Wir klären das später!«

23
Henrik

Er war nicht umgekippt. Das war das einzig Positive an dem Vorfall. Der Rest war alles andere als rühmlich. Ihm war klar, dass aufgrund der bedrohlichen Situation, der Sara vorhin indirekt ausgesetzt gewesen war, ein weiterer Zwist zwischen Helena und ihm vorprogrammiert war. Eine Weile haderte er mit sich, ob er es nicht einfach dabei belassen und Tavares vergessen sollte. Diese Honorarzusage war ohnehin utopisch. Wovon hatte er sich da blenden lassen? Vom seriösen Auftreten des Doktors?

Hätte er nur vorher gewusst, wie der Mann hauste … Ja, was dann? Er machte sich nichts vor. Es hatte nicht an der vermeintlichen Seriosität gelegen. Und nicht einmal so sehr am Geld. Womit Tavares ihn wirklich gekriegt hatte, war dieses Geheimnisumwobene. *Halten Sie sich an die Anweisungen! Mehr brauchen Sie nicht zu wissen!* Er hatte ihn nur mit den minimal nötigen Informationen versorgt. So, als wüsste der Doktor, dass er für derartige Mysterien empfänglich war. Aber das konnte doch nicht sein? Steckte tatsächlich Kalkül dahinter?

Wenn nicht, musste er sich fragen, was Tavares scheute? Würde er je nochmal eine Gelegenheit erhalten, ihn dazu zu befragen? Spätestens bei dem Gedanken daran, dass Tavares möglicherweise nicht mehr am Leben war, kehrte die Gewissheit zurück, dass er das Ganze nicht so einfach hinschmeißen konnte. Dafür war immer noch zu viel von dem Polizisten, der er einmal gewesen war, in seiner Seele und dieser Polizist würde ihm keine Ruhe lassen, wenn er nicht wenigstens versuchte, herauszufinden, was mit dem Mann passiert war, für den er doch *nur* ein paar Bücher ersteigern sollte. *Um jeden Preis,* wohlgemerkt.

Schließlich trafen Fatima und António Gomes ein, um ihre Enkeltochter abzuholen. Er schloss das Antiquariat ab und begleitet sie nach oben. Die Prozedur, bis alle hinreichend begrüßt, die wichtigsten Neuigkeiten ausgetauscht und das Kind endlich eingepackt war, dauerte gute zwei Stunden, in denen keine Zeit blieb, einen Gedanken an den Fall Tavares zu verschwenden. Helena, die sich wie immer schwertat, Sara zu verabschieden, egal wohin und wie lange, wirkte dennoch irgendwie froh darüber, als ihre Eltern endlich im Auto saßen und davonfuhren. Henrik mochte die beiden, sie waren rührige Leute, die es nach dem Verschwinden ihres Sohnes Tomás nicht einfach gehabt hatten, wieder auf die Beine zu kommen. Er konnte dies alles nachvollziehen, denn auch er hatte zu früh seine Ehefrau verloren und wäre daran fast zerbrochen. Allerdings war es auch für ihn immer wieder auch befreiend, wenn Fatima und António gingen, was er Helena allerdings nie wissen ließ. Nachdem sie nun allein waren, wappnete er sich für die Diskussion über den Vorfall von heute Mittag und darüber, was alles hätte passieren können. Doch Helena griff nach ihrer Dienstwaffe und sagte, sie müsse noch einmal los. Offenbar hatte sich endlich jemand bei ihr zurückgemeldet, den sie dringend wegen des Todes von Dr. Monteiro befragen musste.

»Ich dachte, die Sache sei abgeschlossen?«, fragte Henrik, doch da war sie schon durch die Tür. Mit einem Mal überkam ihn das Gefühl, dass sie vor ihm wegrannte. Vor ihm und dem Gespräch, das sie führen sollten und das sich nicht alleine um die mögliche Gefahr drehte, in die Sara und er durch seine jüngsten Aktivitäten geraten waren. Wie schon häufiger in letzter Zeit, befürchtete er, dass das, worüber sie dringend reden sollten, der Status ihrer Beziehung war. Und wie ihre Zukunft aussehen würde. Dieser Gedanke zwang ihn psychisch in die Knie und er konnte die Fangarme der Depression in seinem Nacken spüren. Sofort gingen seine Überlegungen hin zu den Tabletten, die im Badezimmer auf ihn warteten. Die Psychopillen, die sein Leben irgendwie besser machten. Genau das hatte ihn vermutlich zuvor abgehalten, sich diesem Medikament auszuliefern. Aber sienahmen ihm nicht nur die Angst, sie verzerrten auch die Realität. Das durfte er nicht vergessen.

Henrik schüttelte heftig den Kopf, um ihn wieder klar zu bekommen. Er rief sich ihr Abendessen vor zwei Tagen in Erinnerung. Wie schön es gewesen war. Auch danach. Das zeigte doch, dass sie auf einen guten Weg waren. Wieso also plötzlich wieder diese Schwarzmalerei? Um auf andere Gedanken zu kommen, ging er runter ins Antiquariat. Er schloss die Ladentüre wieder auf, ließ sie sogar offen stehen. Es musste Luft herein, auch wenn der vermeintliche Durchzug nie richtig erfolgte. Was im Moment allerdings auch den Vorteil hatte, dass die Hitze draußen blieb, die sich zum Nachmittag hin in der Rua do Almada abgesenkt hatte. Oben auf der kleinen Barterrasse des Esquina waren alle Tische besetzt. Vielleicht sollte er sich ein eiskaltes Bier gönnen. Wenigstens irgendwas, das sein Gemüt besänftigte. Unweigerlich musste er an Helenas gesteigerten Weinkonsum in letzter Zeit denken. War das nicht auch nur eine Form der Flucht? War es seine Schuld, dass sie in letzter Zeit zu viel trank?

Die Lust auf ein Bier verflog so schnell, wie die Leere zurückkehrte, die sich in ihm auszudehnen begann. Er wollte gerade zurück in den Laden, da hörte er die sich nähernden Schritte auf dem Kopfsteinpflaster. Der Hall der Absätze hatte eine gewisse Vertrautheit. Teure, rahmengenähte Lederschuhe. *Hol mich der Teufel!* Er streckte seinen Kopf erneut hinaus in die heiße Nachmittagsluft und sah ihn die Gasse herunterkommen. Da war er nun. Tatsächlich. Wenn auch deutlich verspätet. Dr. Tavares.

24
Helena

Wegen ihren Eltern und dem Trubel, den sie wie üblich und zumeist ungewollt veranstalteten, hatte sie die Nachricht erst spät gelesen. Daher war es unumgänglich, sich sofort auf den Weg zu machen. Ohne Zeit für Erklärungen. Natürlich war Henrik anzusehen, dass er damit ein Problem hatte. Und als sie ihren Wagen erreichte, den sie wie üblich einige Ecken entfernt in der Rua Chagas abgestellt hatte, weil es sonst nirgendwo im Viertel ausreichend Parkplätze gab, holte sie das schlechte Gewissen ihm gegenüber ein. Doch da war es schon zu spät, also zog sie es vor, sich jetzt auf die anstehende Vernehmung zu konzentrieren.

Carlos Ribeiro hatte sich endlich zurückgemeldet. Das stand in der SMS, die ihre Kollegin Alexandra ihr geschickt hatte, während sie noch mit ihren Eltern beschäftigt gewesen war. Der Vorstandsvorsitzende der Bogenschützen bot an, ihn im Vereinsheim zu treffen. Ein Gefallen, den sie ihm auf jeden Fall tun wollte.

Im Wagen stank es nach toter Ratte. Es kam aus der Tüte mit Martas Armschmuck. Sie hatte sie nicht fest genug verschlossen. Aber da ihr altes Vehikel sowieso nicht über eine Klimaanlage verfügte, fuhr sie bei dieser Hitze grundsätzlich mit offenen Fenstern, was den Geruch schnell neutralisierte. Wegen des dichten Verkehrs durch die Innenstadt, der nach wie vor durch unzählige Baustellen schnell zur Nervensache wurde, benötigte sie über eine halbe Stunde, bis sie am Sportclub Atlético e Academia ankam. Auf dem lang gezogenen Rasenstück hinter dem Clubgebäude surrten die Pfeile, bis sie nach fünfzig oder gar siebzig Metern mit einem deutlich vernehmbaren, dumpfen Schlag auf die runden Zielscheiben trafen. Auf den Weg gebracht durch elegant geschwungene Langbögen, die von in Weiß gekleideten Schützinnen und Schützen bedient wurden. Das Bild hatte etwas Meditatives, sah gleichzeitig aber auch affig aus. Als würde irgendeine abgedrehte Endzeitsekte für den Ernstfall üben.

Fest stand jedenfalls, wer hier trainierte, musste sich das erstmal leisten können. Vermutlich war die Mitgliedschaft mit der eines exklusiven Golfclubs zu vergleichen. Schon bei ihrer ersten Befragung hier oben, am Tag nach Monteiros Unfall, fand sie, dass die Leute borniert und snobistisch auftraten und ihre vermeintliche Freundlichkeit aufgesetzt war.

Am Empfang informierte sie eine mechanisch lächelnde Dame, dass sie Carlos Ribeiro auf der Anfängerwiese fand, wo er eine Gruppe interessierter Jugendlicher in die Kunst des Bogenschießens einführte. Da die vermeintlichen Jugendlichen nicht älter als zwölf Jahre sein konnten, entdeckte sie Ribeiro sofort. Seine dürre Gestalt ragte aus den sieben Schülern heraus, die gerade von ihm gezeigt bekamen, wie man die Sehne mit dem richtigen Kniff in den Bogen spannte. Als er Helena auf sich zukommen sah, versteinerte sich seine ohnehin mürrische Miene noch mehr. Er reichte den Bogen an eines der Kinder, gab ein paar Anweisungen, die er mit ausholenden Gesten unterstrich, und ging ihr dann entgegen. Auch er trug Weiß und sein Aufzug erinnerte Helena an den leitenden Professor einer psychiatrischen Einrichtung.

»Inspetora Gomes, nehmen ich an?«

Sie nickte und zeigte ihm ihren Dienstausweis.

»Die Vielzahl ihrer Versuche, mich zu erreichen, lassen mich vermuten, dass es dringend ist«, stellte Ribeiro fest. Sein unnatürlich dunkel gefärbtes Haar bekam in der Sonne einen bläulichen Stich. Sie wusste, dass auch er nahezu siebzig Jahre alt war, doch seine schlanke Figur und die Sonnenbräune, die er von der Algarve mitgebracht hatte, ließen ihn jünger wirken.

»Trotzdem haben Sie sich zwei Wochen Zeit gelassen, darauf zu antworten«, entgegnete sie bissig.

»Suchen wir uns doch einen Platz auf der Terrasse des Vereinslokals«, schlug er vor und deutete rüber zu den unter leinenfarbenen Sonnenschirmen arrangierten Loungemöbeln. Helena folgen dem Mann mit dem übertrieben aufrechten Gang, der mit raumgreifenden Schritten vorauseilte. Auf der Terrasse angekommen, setzte sie sich wie angeboten, und versank sogleich tief in einem der ausladenden Sofas. Auch Ribeiro hatte seine Probleme mit dem Sitzmöbel und wandte einige Mühe auf, seine langen Beine angemessen unterzubringen. »Wollen Sie etwas trinken?«

Helena schüttelte den Kopf. »Kommen wir lieber gleich zur Sache!«

»Bitte, bevor Sie Ihre Fragen stellen ... nun, ich kann mir freilich denken, worum es geht. Was wirklich eine schreckliche Sache ist, die ich zutiefst bedauere. Nun denn, wie Sie schon in Erfahrung gebracht haben, ich war die letzten Tage unten im Süden und dort schätze ich vor allem die Abgeschiedenheit. Mein Geist benötigt hin und wieder diesen Abstand von ... ja, von allem, wenn Sie so wollen. Daher sehe ich dort weder fern, noch höre ich Radio oder lese die Tageszeitung. Und natürlich bleibt das Handy aus, das ich dort nur für Notfälle bei mir trage. Daher habe ich erst gestern nach meiner Rückkehr von Dr. Monteiros Tod erfahren. Und auch, dass sie mich deswegen zu sprechen wünschen.«

»Womit wir beim Thema wären«, entgegnete Helena. »Laut einiger Zeugen aus dem Club kam es an jenem Abend zum Streit zwischen Ihnen und Dr. Monteiro. Gewissermaßen unmittelbar bevor er verunglückte. Worum ging es da?«

Ribeiro strich sich über sein kantiges Kinn. »Ich kann mir zwar nicht vorstellen, was dieser – ich will behaupten nichtige Disput unter uns – mit dem Unfall des werten Doktors zu tun hat, aber gut, Sie sind die Ermittlungsbeamtin und vermutlich gehört diese Befragung schlichtweg ins Protokoll, damit alles seine Richtigkeit hat.« Er nickte wohlwollend.

»Also?«, hakte Helena nach.

»Soweit ich mich erinnere, ging es darum, dass Dr. Monteiro es wieder einmal nicht geschafft hatte, sein Fahrzeug auf dem ihm zugewiesenen Parkplatz abzustellen.« Er hob aufgebracht die Hände. »Und bitte, seine Argumentation, dass besagte Stellfläche zu eng sei und er Angst vor Lackschäden oder Dellen habe, die seinem Oldtimer dort durch das Aus- und Einsteigen anderer Sportskameraden zugefügt werden würden, kann ich leider nicht gelten lassen. Zum einen bürge ich für jedes Vereinsmitglied hinsichtlich der Umsicht im Umgang mit Fremdeigentum – wir sind hier schließlich alle zivilisiert und keine Vandalen – und zum anderen … nun, wenn er so um sein geliebtes Vehikel fürchtet, soll er es in der Garage lassen und eines der anderen Fahrzeuge nutzen, auf die er zurückgreifen kann. Sich deshalb einfach und ungefragt auf einen der breiteren Parkplätze zu stellen, auch wenn diese frei sind … nein, wo kämen wir da hin, wenn jeder macht, was ihm in den Sinn kommt.« Ribeiro japste, gewann aber schnell wieder seine Fassung zurück. »Ich bin hier in meiner Funktion als Vorstandsvorsitzender für die organisatorischen Abläufe und die korrekte Einhaltung der Vereinsstatuten zuständig und ich nehme diesen Posten sehr ernst. Das wissen alle zu schätzen, genau darum wurde ich auf diese Position gewählt. Und auch ein Dr. Monteiro muss sich damit abfinden … oder musste sich … nun, das hat sich gewissermaßen erübrigt.« Für zwei Sekunden sah er zu Boden, um seiner Betroffenheit Ausdruck zu verleihen, die Helena ihm jedoch nicht abnahm.

»Was fahren Sie für einen Wagen?«

Befremdet sah er auf und schielte dann kurz an ihrem linken Ohr vorbei, rüber zum besagten Parkplatz. Sie mochte wetten, dass er auch ihre alte Rostlaube schon ausgemacht hatte, die in seinen Augen nichts dort zu suchen hatte. »Einen Mercedes, wieso?«, antwortete er schließlich.

»Wann haben Sie dann nach Ihrer Auseinandersetzung mit Dr. Monteiro den Club verlassen?«

»Nun, ich musste noch ein paar Dinge für die Fahrt packen. Ich denke gegen zehn Uhr.«

»Also nach Dr. Monteiro.«

Er zuckte mit den Schultern. »Dazu kann ich nichts sagen, wir führen nicht Buch darüber, wann ein Mitglied kommt oder geht. Ich habe nicht darauf geachtet, ob er schon weg war, als ich losfuhr.«

»Obwohl Sie sich davor so sehr darüber echauffiert haben, haben Sie später nicht noch schnell einen prüfenden Blick auf den vermeintlichen Falschparker geworfen?«, setzte Helena nach.

»Nun, kann sein, dass Dr. Monteiro vor mir den Club verlassen hat. Allerdings …« Er suchte ihren Blick und grinste, weil ihm offensichtlich etwas Bedeutsames in den Sinn gekommen war. »Ich fahre in die andere Richtung, müssen Sie wissen. Also nicht runter in die Innenstadt. Wie Sie sicher schon herausgefunden haben, wohne ich in Belém. Die Unfallstelle liegt nicht auf meiner Strecke, von daher konnte ich von dieser Tragödie an diesem Abend leider nichts mitbekommen.«

25
Henrik

Kreidebleich war er. Sein eleganter Anzug mitgenommen und verknittert. Die Mundwinkel hingen ihm nach unten. Er atmete schwer und war gleichzeitig bemüht, angemessen aufzutreten. Doch die Unsicherheit in seinem Schritt war nicht zu übersehen. Der Eindruck, dass der Mann sich in den letzten Tagen irgendwo im Verborgenen gehalten hatte, war unumgänglich. Tavares drängte an ihm vorbei ins Antiquariat, als versuchte er einem unsichtbaren Verfolger zu entkommen. Es fehlte nur noch, dass er sich zwischen den Regalreihen versteckte. Stattdessen wankte er vor bis zum Verkaufstresen, auf den er sich abstützte. Schweiß lief ihm aus den Haaren in den steifen, ein wenig speckigen Hemdkragen.

»Ich habe Ihre Bücher«, sagte Henrik, weil ihm momentan nichts Besseres einfiel. Was hätte er auch sagen sollen? *Ich bin in Ihr Haus eingebrochen, um nach Ihnen zu suchen …*

Der Doktor nickte, doch die Abwesenheit in seinem Blick ließ Henrik daran zweifeln, ob er ihn auch wirklich verstand.

»Kann ich Ihnen etwas anbieten? Kaffee? Tee? Wasser?«

»Wasser«, japste Tavares. »Die Hitze setzt mir heute mehr zu als sonst, fürchte ich.«

Darauf erwiderte Henrik nichts, denn für ihn lag es nicht an der Temperatur, dass der Mann so aufgelöst wirkte. Er holte ein Glas Wasser aus dem Büro und reichte es dem Doktor, der es zittrig zum Mund führte. »Entschuldigen Sie mein Auftreten«, ließ er ihn erneut wissen, nachdem er das Glas in einem Zug leer getrunken hatte.

»Wollen Sie sich setzen?«

»Nicht nötig! Geht schon wieder. Sie haben die Bücher«, wiederholte er. »Das ist prima. Ich wusste, ich kann mich auf Sie verlassen.«

»Allerdings …«, begann Henrik.

»Allerdings?«

»… das Kuvert …«

»Das Kuvert«, wiederholte er murmelnd.

»Es ist weg«, gestand Henrik.

Dr. Tavares Augen wurden groß. »Welches …?«

»Sie wissen, wovon ich spreche«, unterbrach ihn Henrik sofort. Und er wollte auch sofort klarstellen, dass er noch mehr wusste. »Was ist der Chiado Turf Club?«

Tavares klammerte sich nun mit beiden Händen an die Kante der Theke. Er öffnete mehrmals den Mund, bevor etwas herauskam, was jedoch unverständlich war. Bevor Henrik nachfragen konnte, räusperte Tavares sich, dann straffte er seine Schultern und sein Blick verfinsterte sich. »Sie konnten überhaupt nichts von diesem Kuvert wissen.«

»Nachdem Sie die Bücher nicht wie vereinbart abgeholt haben, habe ich mir die Bände genauer angesehen und den versiegelten Umschlag dabei entdeckt …«

»Aber wieso ist er weg? Sie haben doch niemandem davon erzählt?«, raunzte Tavares aufgebracht.

»Offenbar wusste sehr wohl noch jemand von dem versteckten Umschlag im siebten Band der Enzyklopädie. Es gab einen sehr hartnäckigen Mitbieter bei der Auktion …«

Der Doktor wedelte mit seiner Rechten. Wie es schien, brauchte er nicht mehr zu erfahren. »Wie kam es dazu?«

»Heute Vormittag erhielt ich Besuch von zwei Männern, die über sehr genaue Instruktionen diesbezüglich verfügten. Sie ließen mir keine Wahl, als ihnen den Umschlag auszuhändigen. Was ist so Wichtiges darin?«

Tavares neigte überrascht seinen Kopf. »Sie haben ihn nicht geöffnet?«

»Nein, dazu fühlte ich mich nicht berechtigt.«

Der Doktor nickte. Augenscheinlich schien ihn diese letzte Äußerung etwas zu beruhigen. Dafür wuchs Henriks Neugier. »In was haben Sie mich da reingezogen? Und inwieweit hängt der Tod von Dr. Monteiro damit zusammen?«

Tavares streifte das Revers seines Sakkos glatt. »Ich habe davon gehört, dass Sie nicht nur Antiquar, sondern auch Privatermittler sind. Auch deswegen fiel meine Wahl auf Sie, als mir klar wurde, dass ich jemand anderen zu dieser Auktion schicken muss. In weiser Voraussicht, wenn Sie so wollen, da ich gewissermaßen schon ahnte, es könnte etwas Unvorhergesehenes geschehen. Wären Sie bereit, weiter für mich zu arbeiten, und zwar ab jetzt in Ihrer Funktion als Detektiv?« Mit diesen Worten zog er ein Lederetui aus der Innentasche seines Jacketts. Immer noch zittrig, klappte er es auf und legte das Bündel Geldscheine, das sich darin befand, auf den Tresen. »Das sind fünftausend. Mehr konnte ich unter den gegebenen Umständen nicht an mich bringen. Sie erhalten noch einmal dieselbe Summe, wenn Sie mir helfen, das Kuvert wiederzuerlangen.«

Henrik starrte auf den Batzen Geld, der dort neben der Kasse lag. Er dachte an Helena und dann erst darüber nach, ob er psychisch schon wieder bereit für eine derartige Aufgabe war. Mittels seiner Medikamente bekam er zwar wieder recht gut seinen Alltag in Griff. Aber eine Ermittlung zu bewältigen, die nach dem, was er heute erlebt hatte, ganz gewiss mit einem hohen Risiko verbunden war, war freilich eine andere Hausnummer. Dafür brauchte er sich nur seine beiden sonnenbebrillten Besucher in Erinnerung zu rufen. Mit großer Wahrscheinlichkeit hatten sie Waffen bei sich getragen. Was würde passieren, wenn diese bei einer erneuten Konfrontation auch zum Einsatz kamen? Wenn es tatsächlich zum Äußersten kommen sollte? Konnte er das durchstehen?

»Senhor Falkner, ich gestehe, ich brauche Ihre Hilfe. Wir müssen es aufhalten!«, insistierte Dr. Tavares.

Was? Was gibt es aufzuhalten?

»Wir?«, flüsterte Henrik. Egal wie er sich entschied, er wollte von Tavares auf jeden Fall zuerst hören, womit er zu rechnen hatte. Und natürlich die Vorgeschichte, die sie bis zu diesem Punkt gebracht hatte.

»Dr. Monteiro war nicht der Einzige«, sagte Tavares. »Es gab bereits ein weiteres Opfer.«

»Wen?«, entfuhr es Henrik.

»Ein weiteres Mitglied des Chiado Turf Clubs, Senhor Falkner. Mehr kann ich Ihnen zum jetzigen Zeitpunkt nicht sagen. Nur noch, dass ich selbst um mein Leben fürchte … Holen Sie mir den Umschlag zurück und ich verspreche, Sie erfahren die ganze Wahrheit!«

Auszug aus den persönlichen Aufzeichnungen der Person, die sich Albuquerque nannte.

12. November 1974

Ich bin überrascht. Es ist nahezu ein Monat verstrichen, seit ich zuletzt meine Gedanken hier niederschrieb. Zwischenzeitlich ist einiges vorgefallen, womit ich nicht gerechnet habe. Allem voran war ich eine Weile krank, was auch mit den Vorfällen davor zu tun hatte. Wie auch immer es passieren konnte, aber die Seefahrer haben mich eines Abends vor gut drei Wochen überrumpelt und zum Saufen verleitet. Ich hätte intervenieren müssen, Alkohol vertrage ich nicht. Doch ich wollte partout nicht mehr ausgeschlossen und im Dunkeln gelassen werden, weshalb ich nachgab. Mir war natürlich klar, dass ich das Trinkgelage als eine Art Initiierungsritual sehen musste. Meine Eintrittskarte in ihre Runde, weshalb ich die Einladung nicht ausschlagen konnte. Dennoch war ich überrumpelt. Ich war von einer späten Vorlesung gekommen, an der keiner von ihnen teilnahm, was mich schon verwunderte. Als ich danach meine Stube betrat, hockten sie dort zusammen, eingehüllt in dichtem Zigarrenqualm. Mein erster Gedanke war, sogleich wieder die Flucht anzutreten, doch sie hielten mich zurück. Und ehe ich mich versah, hatte ich ein Glas randvoll mit El

Aguardente in der Hand. Es war Cabral, der mir half, es an die Lippen zu führen. Ich schluckte und es brannte sich wie Säure hinunter bis in meinen Magen. Ich fühlte mich sogleich benebelt, gleichermaßen von den Zigarren und vom Schnaps. Danach wurde es leichter, den grausigen Brand zu trinken. Sonst erinnere ich mich nur noch, dass viel gelacht wurde. Und dass Magellan von mir wissen wollte, ob ich an den Teufel glaube. Glaubst du an den Teufel? Nein, das hat er nicht wirklich so gefragt, diese Erinnerung muss auf einem Trugbild meines Rausches basieren, denn wer – betrunken oder nicht – würde so eine Frage stellen?

Tags darauf musste mein Onkel kommen und mich abholen. Die Fakultätsleitung hatte ihn über meinen Zustand informiert und darüber unterrichtet, dass sie Angst um mich hätten. Angst, dass ich sterben könnte, wie er mir später berichtete. Sie wussten natürlich, dass er Arzt war und dass sie mich so ohne Aufsehen vom Campus schaffen konnten. Onkel Luis nahm mich mit, aber nicht zu sich nach Hause. Er dachte auch nicht daran, mich ins Hospital zu verfrachten, dorthin, wo er arbeitete. Nein, er fuhr mich raus aus der Stadt, wovon ich jedoch wenig mitbekam. Als ich im Auto erwachte, hatte er vor einem abgelegenen und arg heruntergekommen Haus gehalten. Er kam um den Wagen herum, öffnete mir die Tür und zerrte mich von der Rückbank. Wir mussten nahe der Küste sein, denn obwohl ich immer noch nicht alle Sinne beisammenhatte, roch ich den Atlantik. Und der Wind blies scharf und trug beißende Kälte mit sich. Er musste mich stützen, die paar Schritte bis ins Haus, wo mich ein greiser Senhor in Empfang nahm. Was danach passierte, fällt mir nicht mehr ein, ich musste wieder weggetreten sein. Später fand ich mich in einem Bett wieder und es bedurfte einer Woche, bis ich es wieder verlassen konnte. Das Bett war miserabel, deutlich schlimmer noch als meine Matratze im Wohnheim, und die Wäsche, in der ich lag, stank nach nassem Hund. Natürlich stank auch ich mittlerweile wie eine Ziege, die seit drei Wochen totgefahren am Straßenrand lag. Mein Gastgeber brachte mir zwar regelmäßig Essen und Trinken, genau genommen hartes Brot und abgestandenes Wasser, allerdings hatte mein Onkel ihn offenbar nicht dazu angewiesen, mich auch zu säubern. Immerhin leerte er gelegentlich die Bettpfanne, aber auch das nicht jeden Tag. So gesehen förderte diese grottenschlechte Unterbringung meine Genesung auf ganz andere Art und Weise, als ich das erwartet hätte. Ich wollte dort keine Minute länger als unbedingt notwendig verweilen.

In all der Zeit sprach der Alte nie ein Wort mit mir. Selbst wenn ich ihm eine Frage stellte, blieb er stumm. Als er sah, dass ich wieder aufrecht stehen konnte, ließ er meinem Onkel eine Nachricht zukommen. Zumindest nehme ich das an, denn Onkel Luis kam noch am selben Tag. Wenn auch nur, um mir zu sagen, dass ich meinen Aufenthalt hier noch eine weitere Woche zu erdulden hatte. Immerhin brachte er mir ein paar Bücher und Lehrmaterial, das ich nachholen sollte. Ich verfluchte ihn, als er ohne mich wieder wegfuhr.

Statt einer, ließ er mich zwei weitere Wochen in der Obhut des Alten, der mir in all der Zeit nie seinen Namen nannte. Wieso auch? Namen sind Schall und Rauch, wie ich schon einmal vermerkte. Da ich nicht mehr bettlägerig war, durfte ich nun Frondienst leisten. Der bestand vor allem darin, Holz für den Winter zu hacken. Eine immense Menge Holz. Die Blasen an meinen Handflächen sind immer noch nicht abgeheilt. Dafür etwas anderes. Etwas, das in mir drinsteckt. Ich kann es nur nicht benennen.

Seit heute bin ich zurück an der Universität. Das war es eigentlich, wovon ich berichten wollte. Doch jetzt ist es Zeit für die nächste Vorlesung.

26
Helena

Carlos Ribeiro war eine aufbrausende Persönlichkeit und so wie sie ihn kennenlernen durfte, äußerst reizbar und leicht eingeschnappt. Aber reichte das, um einen anderen von der Straße zu drängen, nur weil dessen Wagen nicht wie angewiesen abstellt worden war? Oder waren dem noch gravierendere Unstimmigkeiten vorangegangen? Ihr war klar, sie musste noch einmal mit anderen Mitgliedern aus dem Sportverein sprechen. Und damit das Risiko herausfordern, dass sich einer dieser wohlsituierten Bogenschützen an höherer Stelle über sie beschwerte. Was zur Folge haben würde, dass der Comandante davon Wind bekam. Womit der Ofen endgültig aus wäre.

Auf dem Weg zurück zu ihrem Wagen machte sie Fotos von Ribeiros Mercedes, die sie an Lino, den Chef der Spurensicherung schickte. Ins Augen gefallen waren ihr vor allem die Lackschäden am vorderen Teil des linken Kotflügels. Sie bat den Chef der Kriminaltechnik darum, die Lacknummer für diesen Fahrzeugtypen herauszufinden und wenn möglich nochmals mit den gesicherten Spuren in der Fallakte Monteiro abzugleichen. Sie hielt an der vagen Hoffnung fest, dass vielleicht doch Splitter oder zumindest Partikel dieser Farbe am Jaguar des Doktors vorhanden waren, die bislang noch nicht zugeordnet werden konnten und deshalb nicht im Abschlussbericht der Spurensicherung auftauchten.

Sie war noch nicht einmal losgefahren, da meldete sich Lino schon bei ihr. Er verzichtete auf eine Begrüßung und begann sie unverzüglich zusammenzustauchen. »Glaubst du wirklich, meine

Leute würden so etwas übersehen oder unerwähnt lassen, nur weil sie nichts damit anfangen können?«

»*Desculpe*, Lino!«, entschuldigte sie sich. »Ich gehe hier lediglich einer Spur nach und besagter Wagen hat auffällige Kratzer im Bereich oberhalb des linken Scheinwerfers und über dem Radkasten. Das kannst du auf den Bildern gut erkennen«, machte sie ihm deutlich.

»Eindeutig zu hoch, da brauche ich nicht einmal nachmessen. Die Stoßstange des Jaguars liegt wesentlich tiefer. Für mich sieht das aus, als hätte er etwas gestreift, etwa auf Oberschenkelhöhe eines Erwachsenen. Ich würde mir diesen Mercedes ja ansehen, allerdings lese ich hier im Computer, dass die Akte, die für alle offenkundig als Verkehrsunfall deklariert ist, bereits geschlossen wurde. Wieso schnüffelst du deswegen noch herum? Kannst du es nicht einmal einfach gut sein lassen, Helena?«

»Du kennst mich, ich …« Sie hielt inne. Was sollte sie noch vorbringen, schließlich hatte er recht. Offiziell ging es sie nichts mehr an, und auch wenn sie für sich kein Ende fand, sollte sie damit aufhören, andere Kollegen deswegen in Schwierigkeiten zu bringen. Zuerst Tiago, dann Sónia, jetzt Lino … *merda*!

»Ich tue mal so, als hätte diese Unterhaltung nicht stattgefunden, meine Liebe«, ließ der Forensiker sie wissen.

»Danke Lino!«, erwiderte sie und trennte die Verbindung. Ihre Gedanken hatten bereits einen weiteren Satz gemacht. Falls Carlos Ribeiro sich seine Luxuskarosse nicht am Heck von Monteiros Jaguar beschädigt hatte, blieb eine weitere Möglichkeit, bei der er sich in jener Nacht einen Lackschaden zugezogen haben könnte. Allerdings nur, wenn er nicht wie beteuert vom Sportclub aus nach Belém gefahren war, sondern die Straße Richtung Zentrum genommen hatte. Sollte sich ihr Verdacht bestätigen, dann hatte Ribeiro sie unverhohlen angelogen.

27
Henrik

»Sie hören von mir, heute noch«, versprach Dr. Tavares und stakste aus dem Antiquariat, ohne seine teuer erstandenen Bücher mitzunehmen. Das war vor zwei Stunden gewesen und seitdem versuchte Henrik mit viel Willenskraft seinen seelischen Zustand auf einem Niveau zu halten, auf dem er weiterhin einigermaßen funktionierte. Die paar Minuten mit dem Doktor hatten seiner Psyche beinah mehr abverlangt als der Überfall am Vormittag. Immerhin war es ihm zwischenzeitlich gelungen, bis zur Ladentür zu kommen und diese abzuschließen. Das Geldbündel lag unberührt dort, wo der Doktor es zurückgelassen hatte. Irgendwie wusste er, sobald er es berührte, war der Pakt zwischen ihm und Tavares besiegelt. Danach gab es kein Zurück mehr. Er musste liefern, oder … Nun, es gelang ihm nicht, sich vorzustellen, was passierte, wenn er den neuen Auftrag von Tavares nicht erfüllte.

Schon seit geraumer Zeit hockte er auf dem antiken Stuhl, der neben dem Tresen bereitstand, für den Fall, dass einer seiner meist betagten Stammkunden ein Päuschen brauchte oder sich länger in ein antiquarisches Werk vertiefen wollte, bevor er eine Kaufentscheidung traf. Erst das Fiepen seines Handys holte ihn aus der Lethargie, in die ihn das Wirrwarr seiner Gedanken hineingeschaukelt hatte. Zum wiederholten Male schielte er rüber zu dem Geldbündel, bevor er die eingegangene E-Mail öffnete, die vom Doktor stammte.

Lieber Senhor Falkner!

Verzeihen Sie meinen Auftritt von vorhin. Ich war aufgebracht, das war unangemessen. Dennoch baue ich auf Ihre Unterstützung. Anbei eine Liste: Gabriel Borges, Pierre Andrade, Clemente de Moura. Bei diesen drei Herren handelt es sich um die noch verbliebenen Mitglieder des Chiado Turf Club. Wie bereits angedeutet, gehe ich davon aus, dass mindestens einer von ihnen kürzlich dem werten Dr. Monteiro gefolgt ist. Aber ich will nichts beschönigen, wir sind alle dem Tod geweiht. Doch bitte bedenken Sie überdies die Möglichkeit, dass sich einer dieser drei auch für das Sterben verantwortlich zeichnen kann.

Es grüßt Sie vertrauensvoll

Ihr Dr. Alfonso Tavares.

Heilige Scheiße!

Henrik packte das Geldbündel, brachte es ins Büro und stopfte es in die unterste Schublade seines Schreibtisches. Dann stürmte er hinaus, quer durch den Laden und versuchte die Tür zu öffnen. Er rüttelte mehrfach daran, bis ihm einfiel, dass er sie vorhin abgesperrt hatte. Es bereitete ihm Schwierigkeiten, den Schlüssel ins Schloss zu stochern. Mit rasendem Herzen in der Brust stand er endlich in der Gasse und lechzte nach Luft. Sie fühlte sich heiß und klebrig an, außerdem schmeckte sie nach Fisch, verbranntem Gummi und Abgasen. Er torkelte über die Straße und setzte sich auf die steile Treppe, die hinter dem Esquina hinauf zur nächsten Gasse führte. Der schmale Durchlass bekam nur am späten

Vormittag kurz etwas Sonne ab und lag damit den restlichen Tag im Schatten. Außerdem pfiff stets ein leichter Wind hindurch, der davor den Atlantik gestreichelt hatte und deswegen immer auch eine mit Meersalz angereicherte Kühle mit sich führte. Eine Kühle, die heute eher seiner Einbildung entstammte, aber sie half trotzdem, seinen Puls wieder auf eine normale Frequenz zu bringen und einen einigermaßen klaren Kopf zu bekommen.

Was sollte er tun? Nein, diese Frage war hinfällig. Er wusste sehr genau, dass er nach der E-Mail von Tavares nicht mehr untätig bleiben konnte. Egal wie es um ihn stand. Seine psychische, durch Medikamente stabilisierte Verfassung war das eine. Aber er machte sich nichts vor. Auch körperlich war er nicht unbedingt fit. Die weiterhin bestehende, eingeschränkte Bewegungsfreiheit des linken Arms, wegen der Vernarbung im Brustbereich, dort über dem Herzen, wo die Kugel eingedrungen war, war dabei noch das geringere Problem. Er hätte die physiotherapeutischen Übungen einfach nur konsequent weiter betreiben sollen, aber wie so vieles, hatte er auch diese zu sehr schleifen lassen. Von seiner Grundkondition ganz abgesehen. Doch damit musste er nun wohl oder übel klarkommen. Ob seine Verfassung ausreichte, die von Tavares prophezeite Mordserie zu stoppen, würde sich zeigen.

Ihm kam in den Sinn, dass der Doktor es offengelassen hatte, ob er ebenfalls dem Chiado Turf Club angehörte. Wobei Henrik davon ausging, da Tavares sich gleichwohl bedroht fühlte. Er durfte nicht vergessen, ihn bei nächster Gelegenheit danach zu fragen.

Was er jetzt jedoch als Erstes brauchte, war eine Strategie, und wieso sollte ihn diese nicht bei einem eiskalten Bier ereilen? Der Plan gefiel ihm und er stemmte sich auf seine immer noch wackligen Beine und stiefelte hinauf zum Esquina. Auf der vorgelagerten Terrasse, die keilförmig die Rua do Almada spaltete, war kein Platz zu ergattern, also betrat er die kleine Eckkneipe und ging direkt zur Bar. Seit er dem Esquina gegenüber wohnte, hatte er schon einige Servicekräfte kommen und gehen sehen. Den jungen Mann am Ausschank kannte er hingegen noch nicht. Henrik bestellte ein Super Bock und kaum stand die durch die Kälte angelaufene Flasche vor ihm, drückte er sie sich gegen die Stirn, was dem Kellner ein Grinsen entlockte. »Sie sind der Alemão vom Laden auf der anderen Straßenseite«, stellte er fest.

Henrik nickte. »Hängt hier irgendwo ein Bild von mir?«

»Nicht, dass ich wüsste, aber mein Cousin hat sie ab und an erwähnt.«

»Ihr Cousin?«

»Victor!«

»Ah ja, hab ihn schon eine Weile nicht mehr gesehen«, antwortete Henrik wenig euphorisch und trank von seinem Bier. Er konnte Victor, den Besitzer der Bar, nicht unbedingt als einen Freund bezeichnen. Eine Weile hegte Henrik den Verdacht, dass Victor ihn bespitzelt hatte, ohne dafür jedoch je konkrete Beweise gefunden zu haben. Doch sein Verdacht reichte aus, um sich von dem Barbetreiber fernzuhalten. Andererseits war es bisweilen praktisch, eine Kneipe gleich gegenüber zu haben, und Victor glänzte seit geraumer Zeit mit Abwesenheit. Jetzt, da er den Barmann genauer betrachtete, erkannte er eine gewisse Ähnlichkeit zwischen den beiden Cousins. Vor allem die Augenpartie und auch die wulstige Stirn erinnerten ihn an Victor, ebenso wie das tiefschwarze Haar. Und so wie seine nackten Arme aussahen, teilten sie sich auch die Leidenschaft für Tätowierungen.

»Er kümmert sich jetzt vorwiegend um das Ponte Final, ein Lokal drüben in Almada, direkt am Wasser gelegen, mit bestem Blick auf die Brücke und natürlich auf die Innenstadt. Victor hatte einen guten Riecher, als er das Restaurant vor zwei Jahren kaufte. Er hat daraus einen ziemlich begehrten Szenetreff gemacht. Schon davon gehört?«

Henrik reagiert mit Kopfschütteln.

»Es liegt gleich beim Panoramic Elevator da Boca do Vento, dem Aufzug, mit dem man vom Ufer die Klippe hinauf zur Altstadt von Almada fahren kann. Die auf der anderen Seite des Tejo haben sich echt gemacht, was das angeht. Wenn du Interesse hast, ich kann dir jederzeit einen Tisch reservieren, für den du sonst mindestens drei Wochen auf der Warteliste stehst.«

»Ich geb' Bescheid, wenn mir danach ist«, antwortete Henrik, doch sein deutliches Desinteresse schien Victors Cousin nicht zu stören.

»Ich werde ihn auf alle Fälle von dir grüßen.«

»Ja, mach das«, murrte Henrik, der mittlerweile bereute, mit seinem Bier nicht gleich wieder nach draußen gegangen zu sein.

»Was wollte Luan heute Morgen bei dir? Der wird doch nicht etwa anfangen zu lesen?«

Sofort war Henrik elektrisiert. »Luan?«, fragte er nun deutlich aufmerksamer als noch vor drei Sekunden.

»Ja, der Typ mit dem Hoodie. Ich habe ihn aus dem Laden kommen sehen, als ich gerade die Terrasse gefegt habe.«

»Ach der«, entgegnete Henrik und setzte die Bierflasche wieder an seine Lippen, um seine Aufregung zu kaschieren. Nachdem er getrunken hatte, suchte er den Blick von Victors Cousin. »Kennst du auch Luans Kumpel, den, der vorhin mit dabei war?«

»Sorry, der hatte noch seine Kapuze auf, als sie rauskamen. Wird vermutlich auch einer vom Albaner-Clan gewesen sein. Eigentlich keine Leute, mit denen ich mich abgebe, aber Luan und ich, wir boxen im selben Club.«

Die offensichtlich plattgedrückte Nase des Barkeepers hätte ihn schon vorab darauf schließen lassen können, welchem Sport der Mann nachging. In Victors Familie schien nicht nur ein gewisser Hang zu Tattoos, sondern auch zum Kampfsport zu bestehen. Henrik begrüßte jedenfalls, dass Victors Cousin eine leichtfertige Plaudertasche war. Zumindest in diesem Punkt unterschied er sich von seinem älteren Verwandten. Längst hatte Henrik sich wieder gefangen und fühlte sich ausreichend konzentriert, um die richtigen Fragen zu stellen. »Wo boxt du? Vielleicht schaue ich ja mal vorbei. Bin ohnehin auf der Suche nach dem passenden Workout für mich.« Er tätschelte seinen Bauch, der seit der regelmäßigen Einnahme der Psychopillen wieder angewachsen war.

»Echt jetzt?«

»*Claro.* Und das mit dem Tisch im Ponte Final, ich sollte da unbedingt mit meiner Freundin hin, was meinst du? Damit kann ich sicher Eindruck schinden.«

»*Claro, claro,* Alter! Und davor noch eine romantische Fahrt mit dem Panorama-Aufzug. Das wird ein *incrível* Date. Sag mir einfach an welchem Tag!«

Henrik trank sein Bier leer und bestellte ein weiteres, denn noch hatte er nicht alles erfahren, was er wissen wollte. Er rückte in die rechte Ecke des Tresens und nippte nur verhalten daran, um möglichst nüchtern zu bleiben. Victors Cousin war nun damit beschäftigt, Cocktails zu mixen.

»Gold Glove Boxing, Rua Reinaldo«, rief der Barmann ihm zu, als er nach ein paar Minuten wieder in seine Richtung kam, um in dem Regal hinter ihm passende Gläser zu suchen.

»Was?«, stellte Henrik sich dumm.

Victors Cousin stellte die Gläser ab, hob seine Hände, ballte sie zu Fäusten und vollführte ein paar Schläge Schattenboxen. »Morgen Abend, halb neun, wenn du Bock hast!«

»Morgen«, wiederholte Henrik und Victors Cousin streckte seinen Daumen nach oben. Bevor er nachfragen konnte, ob auch Luan zu dieser Zeit dort seine Fäuste schwang, vibrierte das Handy in seiner Tasche. Es war Helena. Er ließ das Bier stehen, klemmte einen Zehner unter die Flasche und eilte hinaus auf die Straße, bevor er das Gespräch entgegennahm.

»Wo bist du?«

Er schielte über die Straße. »Zu Hause«, antwortete er, was fast stimmte. »Warum fragst du?«

»Du hast versucht mich zu erreichen?«

Der Lärm von der Barterrasse nötigte ihn dazu, sich den Finger ins linke Ohr zu stecken. Er entfernte sich ein paar Schritte weiter weg vom Esquina. »Ja, wegen Monteiro. Ich habe eine Spur, die dich interessieren dürfte.«

Er registrierte, dass sich ihre Atemfrequenz erhöhte. »Gut! Ich hoffe nur nicht, dass dich das noch mehr in Schwierigkeiten bringt. Leider werde ich noch eine Weile beschäftigt sein. Ich muss zu einem Hausbrand.«

»Bist du jetzt auch die Feuerwehr?«

»Es gab einen Toten und alles deutet darauf hin, dass das Feuer mit Absicht gelegt worden ist.«

»Himmel noch mal. Wo ist das passiert?«

»Das ist das Problem«, sagte sie, doch er verstand nicht, was sie meinte. Für einen Moment konnte er nur entferntes Sirenenheulen aus dem Handy hören.

»Helena?«

»Ein Toter, Henrik, verdammt«, hörte er sie raunen.

»Sorry, ich kapiere es nicht?«

»Calçada da Graça, gleich neben dem Miradouro. Klingelts?«

Er fühlte sich, als hätte man einen Kübel Eiswasser über ihn ausgegossen. »Calçada da Graça«, wiederholte er wie in Trance.

»Genau da«, antwortete Helena. »Wir reden später!«, fügte sie an und trennte die Verbindung.

Henrik brauchte die nächstgelegene Hauswand, um sich abzustützen. Er hätte die fünftausend Euro, die er vorhin in seiner Schreibtischschublade deponiert hatte, ohne mit der Wimper zu zucken darauf verwettet, dass er den Namen des Brandopfers bereits kannte.

Auszug aus den persönlichen Aufzeichnungen der Person, die sich Albuquerque nannte.

13. November 1974

Magellan hat unsere Bude regelrecht verkommen lassen. Aber das bemängele ich nicht. Ich war zu sehr davon überrascht, wie er mich begrüßte. Als gehörte ich schon immer dazu. Er rief die anderen zusammen und die vier Seefahrer vermittelten mir den Eindruck, dass sie während meiner Abwesenheit nichts mit sich anzufangen wussten. Was davon kann ich glauben? Auf die Frage, was in den letzten Wochen passiert war, reagierten sie mit Ausflüchten oder erzählten, was ich in den Vorlesungen verpasst hatte. Als ob es das ist, was mich interessiert.

Gegen Abend und nach einem langen Tag in den Hörsälen wollte ich nur noch ins Bett. Doch die Seefahrer bestanden plötzlich darauf, dass ich sie begleitete. Cabral hat einen besseren Ort für ihre Rauchertreffen aufgetan. Jenseits des Campusgeländes, auf Seiten des Gestüts. Angeblich kennt er dort jemanden. Vom Campus aus gibt es eine Stelle in der Hecke, durch die wir uns hindurchzwängten. Danach waren es nur ein paar Schritte zu einem Schuppen, der weitgehend dem Verfall überlassen wurde. Ich versuchte, nicht zu enttäuscht zu wirken, ob ihres infantilen Benehmens. Cabral hatte einen Schlüssel für das Vorhängeschloss, mit dem die schief in den Angeln hängende Tür verriegelt war. Vielleicht stimmte es ja doch mit dem Bekannten hier drüben.

Im Schuppen stank es nach feuchten Sägespänen und Kompost. Die windschiefe Hütte war leergeräumt bis auf ein paar Fässer, Kisten und vor sich hin gammelnde Strohballen. Das alte Gebälk war mit Spinnweben durchzogen, Staub tanzte im fahlen Licht, das durch die Löcher im Dach fiel. Es war kalt, aber natürlich besser, als bei dem Wetter draußen rumzustehen. Sie hatten vier der Holzkisten zu einem Carré zusammengerückt. Dort ließen wir uns nieder. Das Benzinfeuerzeug ging rum, mit dem sich Magellan, Cabral, da Gama und Corte-Real ihre Zigaretten anzündeten. Sie lachten, als ich ablehnte, auch eine zu rauchen. Verlangten dann, dass ich endlich berichtete, was mit mir los war. Ich schob eine schlimme Grippe vor, die ich im Haus meines Onkels auskurierte. Dabei konnte ich sehen, wie Magellan interessiert meine schwieligen Hände musterte, woraufhin ich sie schnell versteckte.

Nachdem die Kippen ausgedrückt waren, sprang Cabral auf und öffnete die Kiste, auf der er gesessen hatte. Er holte ein Gewehr daraus hervor. Es musste mein entsetzter Blick gewesen sein, der sie erheiterte. Die Flinte wäre mit im Angebot für den Schuppen gewesen, erklärte Cabral. Und dass sie auch Munition dazu hätten. Sie planten einen Jagdausflug im Jardim do Campo Grande. Es gab Rotwild dort, auch Füchse und Hasen. Sie sagten mir nicht, was sie zu erlegen gedachten. Abgesehen davon, dass es nicht gestattet war. Mir wurde mulmig, aber ich glaube, es gelang mir ganz gut, mich zu verstellen.

28
Helena

Die Adresse, zu der Damasos sie beordert hatte, war dieselbe, die sie erst gestern Morgen im Melderegister der Stadt abgefragt hatte. Sie hatte Henrik am Telefon nicht zu fragen gewagt, ob er schon dort gewesen war. Aber sie nahm es an, irgendwie konnte es gar nicht anders sein. Seit dem Feuer war ihr jedenfalls bewusst, dass sie da in etwas weitaus Größeres geraten war, als es zu Anfang den Anschein hatte. Der Unfall von Monteiro, der Tod von Marta und nun dieses Feuer, das ein weiteres Leben gekostet hatte. Noch konnte nicht festgestellt werden, ob es sich bei der Brandleiche um den Eigentümer des Hauses handelte. Doch wenn dem so war, hieß der Mann Dr. Alfonso Tavares. Eben jener Tavares, der ihren Lebensgefährten mit der Beschaffung einer antiquarischen Enzyklopädie beauftragt hatte, die sich nach Henriks Einschätzung mit schwarzer Magie beschäftigte. Doch das war vermutlich völlig irrelevant, denn irgendwie ging es dabei um diesen mysteriösen, mit Wachs versiegelten Umschlag, den Henrik in einem der Bände gefunden hatte. Exakt das Kuvert, das später von zwei zwielichtigen Typen konfisziert worden war. Schon allein die Tatsache, dass Henrik so offensichtlich in all das involviert war, machte es für Helena unmöglich, damit erneut vor Ralhas Schreibtisch anzutanzen. Es ging nicht. Erst recht nicht, wenn herauskam, dass sie es war, die Henrik die Information über Tavares Wohnort besorgt hatte. Sie war so was von am Arsch.

Wie auch immer sie es anzustellen gedachte, es führte kein Weg daran vorbei, dass die Mordkommission die Ermittlung zum Unfall von Monteiro wieder aufnahm. Denn es hing alles zusammen, auch wenn sie noch keine Vorstellung davon hatte, in welcher Weise.

Sie musste mit Sérgio Damasos sprechen. Er war der Einzige, der diese Zusammenhänge erkennen und auch akzeptieren würde. Vor allem, wenn sie ihm die E-Mail zeigte, die ihr Henrik vorhin weitergeleitet hatte und die diesen Vorkommnissen eine bislang ungeahnte Dramatik verlieh.

All diese Überlegungen schossen ihr durch den Kopf, während sie in der Calçada da Graça an ihren Wagen gelehnt darauf wartete, dass der zuständige Feuerwehrkommandant ihnen die Genehmigung erteilte, das zum Teil ausgebrannte Haus betreten zu dürfen. Es war nahezu Mitternacht geworden, trotzdem klebte ihr die Bluse am Rücken. Das Feuer hatte die Hitze des Tages hier oben konserviert. Sie hatte Feuerwehrleute darüber reden hören, wie froh sie waren, dass zumindest der Wind sich heute zurückgehalten hatte, der hier oben auf der Anhöhe sonst weitaus mehr zu spüren war als in den tiefer liegenden Stadtteilen. Bei entsprechendem Funkenflug hätte der Brand weitaus verheerendere Folgen haben können.

Der Brand war natürlich längst gelöscht und auch die verbliebenen Glutnester unter Kontrolle. Selbst die Schaulustigen waren in der letzten Stunde sichtlich weniger geworden, obwohl sich immer noch einige von ihnen an die Absperrgitter drängten und die Polícia Municipal nach wie vor alle Hände voll zu tun hatte, die Menge in Schach zu halten.

Auch die Leiche war bereits abtransportiert worden. Der Brigadeführer hatte angegeben, dass die Person zur Unkenntlichkeit verbrannt war, was ein Gerichtsmediziner bestätigt hatte. Es war weder Sónia noch Tiago gewesen, was ihr irgendwie ganz gelegen kam. Für beide hätte sie zu diesem Zeitpunkt keinen Kopf gehabt.

Sie würde morgen einen amtlichen Anlass haben, Tiago in seinem gekachelten Totenreich aufzusuchen. Immer vorausgesetzt, sie war dann überhaupt noch im Dienst. Sie nahm sich jedenfalls vor, ihn nochmals um Entschuldigung für ihren Auftritt vor drei Tagen zu bitten.

Damasos tauchte neben ihr auf. Er hatte vorhin verlauten lassen, einen erneuten Vorstoß bei der Einsatzleitung zu wagen. Vor etwa einer Stunde waren zwei Brandsachverständige angerückt, um eine erste Einschätzung zur Ursache des Feuers vorzunehmen. »Gibt's Neuigkeiten?«, fragte sie. Selbst um diese Uhrzeit und obwohl auch er schon ähnlich lang hier zum Warten verurteilt herumgestanden hatte, sah er in seinem lichtgrauen Anzug immer noch aus wie aus dem Ei gepellt. Abgesehen von ein paar Ascheflocken, die sich auf seinen Schultern und im akkurat gescheitelten Haar angesammelt hatten.

»Was haben wir über Dr. Tavares?«, fragte er zurück. Helena hatte beim zuständigen Bereitschaftsdienst im Präsidium eine Personenabfrage angefordert und vor ein paar Minuten erste Informationen erhalten, die sie erneut aufrief. »Alfonso Tavares, geboren 1952, promovierter Wirtschaftswissenschaftler, der Zeit seines Arbeitslebens als Unternehmensberater tätig war. Besaß offenbar mehrere eigene Firmen, die er allesamt vor fünf Jahren verkauft hat. Mangels Nachkommen, wie ich annehme. Wir haben noch keine Bankauskünfte, aber ich schätze, der Mann hinterlässt ein gewaltiges Vermögen«, fasste Helena kurz zusammen.

»Keine Angehörigen, also?«, hakte Damasos nach.

»Zumindest keine offiziellen, wie es aussieht. Was sagen die Brandexperten?«

Damasos schürzte seinen Lippen. »Alles deutet darauf hin, dass sich von dort, wo man das Brandopfer gefunden hat, auch das Feuer ausgebreitet hat. Offiziell gehen wir vorerst von einem Raubmord aus, der außer Kontrolle geraten ist.«

»So einfach dürfen wir es uns nicht machen!«, entgegnete Helena, auch wenn sie diese Theorie liebend gern bestätigt hätte.

»Sind Sie jetzt bereit, Ihre Andeutungen von vorhin zu konkretisieren? Ich denke, uns bleibt noch ausreichend Zeit, bis man uns den Zutritt in das Haus gewährt.« Er sah an sich hinab und wackelte mit seinem polierten Budapester. »Ich hätte was zum Wechseln mitbringen sollen. Ich hoffe, die von der Feuerwehr haben ein Paar Gummistiefel für mich.«

Helena erwiderte nichts hinsichtlich seiner Bedenken, sondern betrachtete lediglich ihre ausgelatschten Sneaker, nur um festzustellen, dass es für sie nicht mehr nötig war, die alten Dinger noch vor Ruß und Löschwasserschlick zu schützen.

»Dr. Monteiro und der Hausbesitzer kannten sich«, teilte sie Damasos mit.

»Der Unfalltote?«, hakte ihr Kollege nach, obwohl er genau wusste, von wem sie sprach.

Helena nickte. »Sie haben zusammen studiert.«

Damasos hob die Augenbrauen. »Wann war das, in den Siebzigern? Wenn das die einzige Verbindung zwischen diesen beiden Herren ist, dürfte das nicht ausreichen, um den Comandante umzustimmen.«

»Es gibt noch mehr. Doch alles, was ich Ihnen jetzt sage, muss vorerst unter uns bleiben!«

29
Henrik

Stechender Brandgeruch hatte in der Luft gehangen. Das Haus, in das er gestern eingebrochen war, war in Teilen ausgebrannt. Und man hatte eine verkohlte Leiche darin gefunden. Soweit Helenas knappe Zusammenfassung, die hinreichend Anlass für ihn gab, sich selbst davon zu überzeugen. Verborgen in einer Traube Schaulustiger, hatte er den Abtransport des schwarzen Leichensacks beobachtet. Seitdem fragte er sich, ob er gestern Spuren hinterlassen hatte. Eine Frage, die vermutlich auch Helena beschäftigte. Doch seine Sorgen diesbezüglich hielten sich in Grenzen. Schon allein des Feuers wegen, das alles getilgt haben dürfte, was auf sein illegales Eindringen hindeuten könnte. Außerdem hatte er sich nur im Arbeitszimmer von Dr. Tavares etwas länger aufgehalten, während er in dessen Schubladen gewühlt hatte. Das Briefpapier mit dem Wasserzeichen des Chiado Turf Club trug er immer noch zusammengefaltet in seiner hinteren Hosentasche mit sich herum. Eine Weile hatte er nicht mehr daran gedacht. Auch Helena wusste noch nichts davon. Dafür kannte sie die E-Mail, die ihm Tavares noch schicken konnte, bevor man ihn verbrannte. Was brauchte es noch mehr, damit sich nun auch die Polizei mit der mysteriösen *Gesellschaft zur Verbesserung von Pferderassen* befasste?

Nach seiner Stippvisite in Graça war er erst gar nicht mehr ins Bett gegangen. Er hatte gleich damit angefangen, im Antiquariat nach den drei Namen Borges, Andrade und de Moura Ausschau zu halten. Doch wie es sich bisher darstellte, hatte keiner von ihnen im Fokus von Martins Verbrechensrecherchen gestanden. Mittlerweile hatte Henrik auch jedes einzelne Druckwerk durchgesehen, das sich in irgendeiner Form mit Pferden befasste. Es war ohnehin unglaublich, wie viele Bücher, Folianten, aber auch Skizzen und Radierungen sein Inventar dazu umfasste. Doch bislang war er auch in dieser Richtung nirgendwo auf Hinweise und Vermerke seines Onkels gestoßen, die einen Zusammenhang zu einem wie auch immer gearteten Chiado Turf Club herstellten. Neben der gemeinsamen Universitätszeit war dieser seltsame Club die einzige Verbindung zwischen den beiden toten Doktoren. Und womöglich noch zu einem dritten Opfer, wenn er der Prognose von Tavares glauben durfte.

Nach wie vor tigerte er rat- und rastlos im Antiquariat herum. Wartete gewissermaßen auch darauf, dass Helena von dem Einsatz nach Haus kam. Es war höchste Zeit für eine Strategie- oder vielmehr Krisensitzung. Je länger die Warterei dauerte, desto schlechter fühlte er sich. Vorhin war er kurz in der Wohnung gewesen, um seine tägliche Morgendosis Doxepin einzunehmen, doch die Wirkung ließ auf sich warten. Sein Herz schlug schneller als sonst, allerdings konnte das auch Einbildung sein. Und natürlich spürte er die Angst. Noch drückte sie sich in seinem Inneren eng an irgendeine Körperwandung. Doch sie lauerte und sog dabei Energie aus seinen Zellen. Wenn sie zu stark wurde, fiel sie über seine Seele her. Vielleicht sollte er noch einmal hinaufgehen und eine zweite Tablette schlucken? Zumal er sich jetzt keinen Rückschlag leisten konnte. Er musste aufmerksam bei der Sache bleiben und herausfinden, was diese Handvoll Männer miteinander zu schaffen hatte? Waren auch die anderen drei Sammler, so wie Monteiro und Tavares?

Wieder sah er auf die Uhr und erschrak darüber, wie spät es schon war. Helena war vermutlich direkt ins Büro gefahren. Auch dort konnte sie duschen und hatte Kleidung zum Wechseln in ihrem Spind.

Um nicht weiter an die Tabletten im Badezimmer zu denken, vergrub er sich gedanklich wieder in seinen Fall. Aus dem Auftrag zur Wiederbeschaffung des Kuverts für Tavares war eine Mordermittlung geworden. Freilich konnte er das auch vollständig der Polizei überlassen. Doch wegen der fünftausend Euro, die der Doktor ihm überlassen hatte, fühlte er sich ihm gegenüber weiterhin verpflichtet. Der nächste logische Schritt wäre, einen erneuten Vorstoß bei Catarina zu wagen. Sie nach den Senhores Borges, Andrade und de Moura zu fragen. Allerdings wäre da auch noch eine zweite Sache … Er prüfte auf dem Handy die Busverbindungen ins Teresinhas-Viertel, nur um festzustellen, dass er dies vor zwei Stunden schon einmal getan hatte. Offenbar war ihm während seiner Stöberei im Laden wieder ein Stück seiner Erinnerung abhandengekommen. Noch während er über dieses erneut aufgetretene Phänomen nachdachte, vernahm er von draußen das vertraute Blubbern eines Zweitaktmotors, das zwischen den Häusern in der Rua do Almada widerhallte. Eine halbe Minute später betrat Gisela das Antiquariat. Sie nahm den Helm ab und schüttelte ihre wilde Lockenmähne, die sie seit Kurzem pink gefärbt hatte.

»Hab ich was vergessen?«, fragte Henrik verdutzt.

»So wie du dreinschaust, offensichtlich. Du sagtest, ich solle heute den Laden machen.«

»Wann?«

»Letzte Woche! Willst du die WhatsApp sehen?«

Henrik hob die Hände. »Nein, ich glaube dir.«

»*Merda*, wenn ich geahnt hätte, dass du es vergisst, hätte ich auch ausschlafen können. Du siehst übrigens scheiße aus!«

Henrik kannte die dreiundzwanzigjährige Gisela nun schon eine Weile und wenn er etwas besonders an ihr schätzte, dann ihre schonungslose Ehrlichkeit. »Danke!«, knurrte er und betrachtete die junge Frau, die er während einer seiner Ermittlungen kennengelernt hatte. Irgendwie hatten sie sich angefreundet und Gisela, die sich mit Gelegenheitsjobs, dem Restaurieren alter Möbel und Reparieren von Zweirädern ihren Lebensunterhalt verdiente, hatte begonnen, gelegentlich für ihn zu arbeiten. Anfangs, als er noch regelmäßig als Privatermittler tätig war, hatte er Gisela hie und da bei Observationen eingesetzt, sofern er sie damit keinen allzu großen Risiken aussetzte. Später beschäftigte er sie mehr und mehr als Aushilfe im Antiquariat. Gerade in der Zeit seiner Rekonvaleszenz war sie ihm eine willkommene Hilfe gewesen, und wenn alle Stricke rissen, auch mal als Kindermädchen für Sara eingesprungen. Allerdings kam er gerade nicht mehr dahinter, wieso er sie für heute im Laden brauchte. Hatte er einen Termin verbummelt?

»Soll ich bleiben?«, fragte sie.

»Klar, wenn du schon mal hier bist«, antwortete er und sogleich kam ihm eine Idee. »Ach, kann ich mir mal kurz deinen Roller leihen?«

30
Helena

Gabriel Borges, Pierre Andrade, Clemente de Moura. Bis auf letzteren gängige Namen in Portugal. Doch nachdem sie den Altersfaktor in die Datenbank hatte miteinfließen lassen, wurde die Sache übersichtlicher. Und das Wichtigste vorab: Es war in den letzten Wochen niemand mit einem dieser Namen verstorben. Keine Unfälle, erst recht keine Morde.

Damasos war so weit wie eben möglich eingeweiht, was dazu führte, dass der sonst so selbstsichere Kommissar etwas ratlos wirkte. Er verlangte von ihr zu hören, wie sie mit den Informationen aus der E-Mail umgehen wollten, und vor allem, wie sie die Sache dem Comandante verkaufen sollten, ohne dabei ihre *Quelle* zu nennen.

Bei den drei Personen, die sie den Namen in Tavares' E-Mail altersmäßig am treffendsten zuordnen konnte, handelte es sich ausnahmslos um erfolgreiche Geschäftsleute. Männer aus der höheren Gesellschaft. Männer mit Macht, auch wenn keiner mehr beruflich aktiv war. Doch davon durfte man sich nicht täuschen lassen. Wer es einmal so weit nach oben geschafft hatte, der verlor seinen Einfluss nicht. Es würde nicht einfach werden, an sie heranzukommen. Nicht ohne das Zutun des Comandante. Selbstverständlich würde Ralha zuallererst einen Beweis dafür sehen wollen, dass das Leben dieser Herren in Gefahr war. Das war der Punkt, mit dem sie sich in die Zwickmühle manövrierte. Helena konnte ihrem Vorgesetzten die E-Mail vorlegen, jedoch nicht ohne eine Erklärung, wie sie an diese Nachricht gelangt war.

Helena sah Damasos an, wie unwohl er sich damit fühlte, den Comandante nicht über die wahre Herkunft informieren zu können. Dabei *könnte* er es ohne Frage. Sie kannten sich zwar noch nicht so lang, aber Damasos konnte sich trotzdem denken, woher dieses Dokument stammte. Wen sie damit meinte, wenn sie von ihrer Quelle sprach, die sie nicht nennen wollte. Und wie eng sie mit dieser Quelle in Verbindung stand, was ja das eigentliche Problem darstellte. Sérgio Damasos konnte sich überdies ausmalen, dass er auf seine beste Ermittlerin verzichten musste, wenn die Dinge ausgesprochen wurden. Weshalb Helena schwer darauf baute, dass er diesen Fakt bei seinem weiteren strategischen Vorgehen mit einkalkulierte. Nur was passierte, wenn Ralha die Argumentation nicht ausreichte, dass die drei Senhores im selben Zeitraum und an derselben Universität wie die bereits verstorbenen Doktoren Tavares und Monteiro studiert hatten? Dieser Sachverhalt allein war dürftig, das war Damasos genau so klar wie Helena. Aktuell saßen Alexandra und zwei andere Kollegen daran, weitere Berührungspunkte zwischen den Kandidaten auszugraben. Doch noch hatten sie nichts Nennenswertes gefunden und die Zeit spielte gnadenlos gegen sie.

Erschwerend kam hinzu, dass entsprechend dem Gutachten der Kriminaltechnik nur bei Alfonso Tavares ein Gewaltverbrechen vorlag. Alles in allem war das zu wenig, um ihre Ermittlungen auf Gabriel Borges, Pierre Andrade und Clemente de Moura auszuweiten. Helena musste damit rechnen, dass Damasos bald einknickte, wenn sie nicht schnell handfeste Ergebnisse lieferte. Es war nur eine Frage von Stunden, bis er vor Ralha den Namen Henrik Falkner fallen ließ, da war sie sicher. Sie sah es ihm an, immer wenn sie an ihrem Bildschirm vorbei zu ihm rüber linste und ihn dabei beobachtete, wie er mit mahlendem Kiefer vor sich hinstarrte. Sobald die Spurensicherung auch nur einen klitzekleinen Hinweis dazu vorlegte, dass Henrik unerlaubt ins Haus von Tavares eingedrungen war, konnte sie ohnehin alles Weitere vergessen. Und wenn sie ihr letztes Telefonat rekapitulierte, hatte sie keine Zweifel daran, dass er es getan hatte.

Die kurze Nacht, die ihnen nach der Begehung des vom Feuer stark beschädigten Hauses geblieben war, war auch an Damasos nicht spurlos vorübergegangen. Auch wenn er sich umgezogen hatte, war er den Brandgeruch vermutlich ebenso wenig losgeworden wie sie. Der beißende Gestank haftete an ihren Haaren und in jeder Pore ihrer Haut, auch wenn sie unten in den Gemeinschaftsräumen nahezu eine Viertelstunde unter der Dusche gestanden hatte. Sie hätte auch kurz heimfahren können, aber sie wollte Henrik nicht begegnen. Für eine Unterredung mit ihm hatte sie sich zu erschöpft gefühlt.

»Wir müssen dem Comandante die E-Mail zeigen«, insistierte Damasos erneut.

Verdammt, ja, das sah sie doch ein. »Wir drehen uns im Kreis«, flüsterte sie, jedoch laut genug, dass ihr Kollege es hörte. Doch ihr war klar, dass auch Ralha sofort durchschauen würde, aus welcher Ecke die Information stammte. Und der Comandante reagierte äußerst allergisch auf den Namen Henrik Falkner, der in den letzten Jahren gelegentlich in die Ermittlungen seiner Diensthabenden hineingepfuscht hatte. Mehr noch: Hätte Henrik nicht Indizien oder Anhaltspunkte zu ungeklärten Verbrechen im Antiquariat aufgestöbert und weiterverfolgt, wären diese Fälle gar nicht erst erneut aufgerollt worden. So jedoch sah sich Ralha dazu gezwungen, Akten wieder zu öffnen, die aus Sicht der Präfektur besser für immer geschlossen geblieben wären. Genau darum ging es doch zumeist. Um illegale Machenschaften, die man lieber weiter unter dem Teppich wissen wollte, unter den man sie einst gekehrt hatte, um sich Erklärungen gegenüber der

Öffentlichkeit zu sparen. Um das Gesicht zu wahren. Oder um zu verhindern, dass es zu Anklagen gegen Leute kam, die sich bis dahin als unantastbar wähnten. Henrik Falkner wirbelte Staub auf. Zu viel für einige führende Personen in Politik, Hochfinanz, Wirtschaft oder Industrie. Er war zu einem roten Tuch geworden. Ohne Frage, Ralha würde ausrasten, wenn er realisierte, dass Henrik erneut seine Finger im Spiel hatte, und dann versuchen, ihn für den Mord an Tavares dranzukriegen.

»Da ist noch etwas, was wir in Hinblick auf das Alter der Senhores nicht außer Acht lassen sollten«, spielte sie ihre nächste Karte aus. Vielleicht reichte diese, um einen Stich zu landen.

»Politische Motivation«, entgegnete Damasos und konnte es nicht unterlassen, dabei mit den Augen zu rollen.

»Mir scheißegal, dass die Führungsebene davon nichts hören will, aber es ist nicht abwegig, dass diese Männer aus regimetreuen Familien stammen. Als es zum Sturz der Diktatur kam, waren sie um die zwanzig und gemessen an ihrem Wohlstand, könnten sie sehr wohl Salazaristen gewesen sein. Zumindest ihre Väter …«

Damasos wedelte mit den Händen. »Bitte Inspetora, halten Sie den Ball flach. Soweit wir wissen, waren diese Herren auch nach der Revolution noch an der Universität und haben dort ihre Abschlüsse gemacht, was den Anhängern der Estado Novo ab 1974 nicht mehr gestattet war.«

»Ach hören Sie doch auf, Sie glauben doch nicht, dass damals kein Einziger dieser Faschisten durch das sozialistische Netz gerutscht ist. Meiner Meinung nach sind die meisten Rechten damals unbescholten und mit heiler Haut davongekommen und nur ein kleiner Teil von ihnen ist zur Verantwortung gezogen worden.«

»Worauf wollen Sie eigentlich hinaus? Spekulieren Sie auf einen Art Racheplan eines vom Regime politisch Verfolgten?

Rache für etwas, das seit über fünfzig Jahren hinter uns liegt? Das kann nicht Ihr Ernst ein!«

»Beim aktuellen Stand der Ermittlung können wir es dennoch nicht ausschließen«, beharrte Helena.

Damasos strich sich übers Kinn, dass erstmals, seit sie ihn kannte, unrasiert aussah. »Wenn Sie dem Comandante damit kommen wollen, erwarten Sie bitte nicht, dass ich Sie begleite. Diese Theorie dürfen Sie allein mit ihm ausfechten.«

Helena wollte ihn einen Feigling schimpfen, doch das Vibrieren ihres Handys hielt sie davon ab. Auf dem Display leuchtete die Nummer der Gerichtsmedizin. Es war Tiago, der immer noch kurz angebunden wirkte. »Ich habe mir die Brandleiche angesehen. Es handelt sich zweifelsfrei um einen Mann«, berichtete er. Helena hegte plötzlich die Hoffnung, dass ihnen das Sektionsergebnis des Toten zu weiteren Argumenten verhalf, um Ralha zu überzeugen.

»Und noch was«, fuhr Tiago fort. »Als man ihn anzündete, war er bereits tot.«

»Wir kommen«, entschied Helena und sprang auf.

Auszug aus den persönlichen Aufzeichnungen der Person, die sich Albuquerque nannte.

21. November 1974

Endlich hat Magellan sich verzogen. Wie so häufig in den letzten Tagen, wollte er, dass ich ihn begleite. Ins Clubhaus, wie sie den Schuppen nun nennen. Ich schiebe eine dringende Hausarbeit vor, bei der die Abgabefrist bevorsteht. Er muss nicht wissen, dass ich sie längst abgeliefert habe. Der Grund, wieso ich nicht mit den Seefahrern zusammensitzen will: Ich bin ein wenig durch den Wind. Nein, wenn ich ehrlich bin, es tobt ein Sturm über meinem Herzen und schuld ist die Neue im Sekretariat des Dekans. Bis letzte Woche hockte dort noch die alte Schreckschraube Senhora Gonçalves. Jetzt heißt es, sie sei schwer erkrankt. Vermutlich vergiftet von ihrer eigenen Bosheit. Jedenfalls gibt es keinerlei Grund, sich deswegen zu grämen, denn sie haben den Drachen durch eine Prinzessin ersetzt.

Nein, eine Prinzessin ist sie freilich nicht. Diese blaublütige Titulierung ist zu hoch gegriffen, denn sie ist von einfachem Schlag. Das sieht man schon daran, wie sie sich kleidet. Dennoch ist sie so schön, wie es dem gemeinen Volk eigentlich nicht zusteht. Ihre Anmut hält mich weiterhin in ihrem Bann. Selbst Paula, der ich den Hof machen durfte, bevor ihre Familie noch rechtzeitig vor der Revolution nach Brasilien geflohen ist, verfügte nicht über diese Ausstrahlung. Ich stelle fest, dass ich schon eine Weile nicht mehr an Paula gedacht habe. Ich weiß natürlich, dass sie mich nicht geliebt hat. Wir waren lediglich füreinander arrangiert worden. Dennoch und wenn alles so geblieben wäre, wie es die Weltordnung der Estado Novo vorgeschrieben hat, wäre Paula keine schlechte Partie gewesen.

Doch nun sie. Mariposa. Das ist ihr Name. Ich habe ihn, kaum dass ich das Sekretariat verlassen habe, bei einem der Hausmeister erfragt. Einem geschwätzigen Kerl namens Nuno, der für ein paar Escudos keine Grenzen zu kennen scheint. Mariposa. Sie ist für die Universitätsverwaltung nicht nur ein reizvoller Anblick, sondern auch eine deutliche Verbesserung, was Freundlichkeit und Zuvorkommenheit angeht. Und wenn ich bedenke, dass man sie für die Nachfolge des Drachen eingestellt hat, muss sie zwangsläufig auch über einen gewissen Intellekt verfügen.

31
Henrik

Der Boxclub befand sich im Teresinhas-Viertel, unmittelbar südlich des Flughafens. Vier- bis fünfstöckige Gebäude säumten die Straße. Irgendwo dahinter verlief die Autobahn E1, deren permanentes raues Keuchen zu hören war. Mit Giselas Vespa, die sie nur sehr widerwillig herausgerückt hatte, war er deutlich schneller hierhergelangt als mithilfe der Linienbusverbindung, die ihn zu dreimaligem Umsteigen gezwungen hätte. Dafür irrte er eine Weile herum, weil er vergessen hatte, sein Handy zu laden, und die verbliebenen sechs Prozent nicht für die Navigation verschwenden wollte. Teresinhas galt als ein Stadtteil, den man als Tourist besser aussparte. Abgesehen davon, dass es in manchen Ecken sogar gefährlich werden konnte, gab es hier für Urlauber nichts Sehenswertes zu entdecken. Es sei denn, man wollte sich mit eigenen Augen davon überzeugen, dass Lissabon nicht nur in kultureller und historischer Hinsicht eine der bemerkenswertesten Metropolen Europas war. Denn dieses Viertel stand eindrucksvoll für die Schattenseiten der Stadt. Wer hier hauste, lag unter dem Einkommensdurchschnitt. Es war keine Gegend, in der man einfach nur lebte. Die Menschen hier waren gezwungen, zu überleben.

Es war kurz nach Mittag und von daher zu früh. Abgesehen davon, dass er vermeiden wollte, Victors Cousin über den Weg zu laufen, nahm er an, dass die *harten Jungs* selbst sonntags erst gegen Abend mit ihrem Training begannen. Aber es konnte nicht schaden, sich einfach nur mal ein Bild von der Lage zu machen.

Zu mehr fühlte er sich ohnehin nicht bereit. Er war jedenfalls nicht standhaft genug, den Boxclub zu betreten, auch wenn die Fahrt mit dem Roller quer durch die Stadt seinem labilen Gemüt irgendwie gutgetan hatte. Gerade so, als wäre er seiner Angststörung davongebrettert. Doch der Eindruck mochte trügerisch sein. Er war in den vergangenen Monaten schon häufiger auf die Launenhaftigkeit seiner Psyche hereingefallen.

Mit Gewissheit war er durch das Auf- und Abfahren der Rua Reinaldo bereits jemanden aufgefallen. Und es hatte sich vermutlich schon herumgesprochen, dass der Kerl auf der Vespa nicht hierhergehörte …

Endlich entdeckte er das Schild. Henrik bremste und hielt auf der anderen Straßenseite, weit genug entfernt von der Zufahrt des Boxclubs, der sich in einem Hinterhof befand. Er sah sich um und war vorerst zufrieden mit der Aussicht. Von hier aus hatte er im Blick, wer rein- und rausfuhr, war aber gleichzeitig ausreichend verborgen durch einen vor ihm abgestellten Kleintransporter. Auch wenn Giselas Vespa optisch nicht den besten Eindruck machte – was den Motor anging, war das Gefährt top in Schuss. Er konnte sich darauf verlassen, dass sie unverzüglich ansprang, sollte es nötig sein, schnell das Weite zu suchen. Sonderlich wohl war ihm nach wie vor nicht, auch wenn wenig los war auf der Straße. Die paar Geschäfte, Minimärkte, Handyläden und Nagelstudios, die geöffnet hatten, zogen keine Kundschaft an. Und ohne Passanten um sich herum, fiel er zwangsläufig noch mehr auf. Allzu lange konnte er auf diese Weise nicht hier herumlungern, wollte er nicht Gefahr laufen, das Interesse von irgendeiner Straßengang zu wecken. Außerdem schrumpfte der Schatten des Gebäudes, in dem er stand, schnell unter ihm weg. Es dauerte keine Viertelstunde und die Sonne brannte ungefiltert auf ihn runter. Die Hitze sorgte dafür, dass er im benachbarten

Minimarkt zwei Flaschen Mineralwasser kaufte. Nachdem die erste geleert war, wurde ihm klar, dass er näher ran musste, wenn er überhaupt irgendetwas in Erfahrung bringen wollte.

Wegen des Leichtsinns, dem er gelegentlich die Zügel in die Hand gab, war er schon häufiger in brenzlige Situationen geraten. Doch das war natürlich alles geschehen, bevor im Frühjahr die Kugel in seine Brust eingedrungen war. Danach fehlte ihm lange Wochen der Mut und später, als er wieder zu mehr Risiken bereit war, schaltete sein Gehirn manchmal ab, wenn Stress und Aufregung zu heftig wurden.

Während er noch mit sich rang, glitt ein schwarzer Range Rover an ihm vorbei und bog in die Zufahrt zum Gold Glove Boxing ab. Auch wenn die Scheiben auffällig dunkel getönt waren und er den Fahrer höchstens für eine Sekunde und nur im Profil sehen konnte, war er überzeugt davon, dass es sich um Luan handelte. Diese Erkenntnis legte einen Schalter bei ihm um. Plötzlich spürte er die heiße Temperatur nicht mehr. Der Schweiß, der ihm den Rücken runter lief, fühlte sich nicht mehr nur schmierig an, sondern eigentümlich kühl, auch wenn kaum ein Luftzug zu vernehmen war. Er dachte an Helena, die sich den *verwegenen Henrik* zurückwünschte. Denjenigen, der gefährlichen Situationen nicht aus dem Weg ging und sich Herausforderungen stellte. Natürlich hatte sie ihm das nie so gesagt, aber um das zu erkennen, brauchte es keine Worte. Er sah es in ihren Blicken, das Bedauern, wenn nicht sogar das Mitleid darüber, was aus ihm geworden war. Wie oft hatte sie ihn für seine waghalsigen Aktionen während seiner Ermittlungen gescholten, wie häufig hatten sie sich deswegen gezofft. Und dennoch war es genau diese draufgängerische Art gewesen, die ihn für sie überhaupt interessant gemacht hatte. Davon war er überzeugt, und darum musste er wieder dieser Mann werden.

Per WhatsApp schickte er Helena seinen Standort. Wagemut gut und schön, aber nicht ohne ein Quäntchen Rückendeckung. Wobei diese auf jeden Fall zu spät kommen würde, falls er aufs Übelste zusammengeschlagen in einer schmalen Seitengasse lag und … Besser, er beendete das Gedankenspiel an diesem Punkt. Weiterhin entschlossen, stellte er den Roller auf den Ständer und trank die zweite Flasche Wasser leer. Dann ging über die Straße. Irgendwie wusste der vernünftige Teil seines Gehirns recht gut, dass es sich dabei um eine Übersprungsreaktion handelte. Doch er wollte es wissen, auch wenn sein Plan nicht weiter reichte als bis zu dem Punkt, dem Albaner gegenüberzutreten. Vielleicht hätte er die zweite Pille nicht nehmen sollen, kurz bevor er aufgebrochen war. Schließlich könnte ihn die doppelte Dosis noch lethargischer machen. Doch im Moment fühlte es sich an, als bewirkte sie genau das, worauf er gebaut hatte.

Henrik betrat den Innenhof. Bei dem hinten liegenden einstöckigen Gebäude handelte es sich um eine ausrangierte Fabrikhalle. Die Fenster hatte man allesamt mittels weißer Farbe blind gemacht. Der Eingang zum Boxclub bestand aus einer angerosteten Metalltür mit einem vergilbten Aufkleber über der gesprungenen Lackierung. Vom *Gold* im Namen des Faustkampfvereins keine Spur. Doch wie es aussah, musste er die Trainingsstätte gar nicht betreten. Luan stand noch bei seinem Wagen und zog gerade eine Sporttasche aus dem Kofferraum. An der Mauer zum Nachbargrundstück parkten vier aufgemotzte Karren, alle in schwarz mit verchromten Felgen und abgedunkelten Scheiben. Victors Cousin hatte von der albanischen Mafia gesprochen. Henrik versuchte, nicht weiter darüber nachzudenken. Momentan waren nur er und Luan auf diesem Parkplatz. Als dieser Henriks Schritte in seinem Rücken vernahm, drehte er sich in einer leichtfüßig tänzelnden Bewegung zu ihm um. Seine Überraschung darüber, dass Henrik ihn so schnell hatte aufspüren können, blitzte nur für den Hauch einer Sekunde auf. Luan war jemand, der mit unvorhersehbaren Situationen umzugehen verstand. Dennoch glaubte Henrik, auch Bewunderung in den schwarzen Augen des Boxers zu erkennen, die heute nicht hinter dunklen Sonnenbrillengläsern verborgen waren. Die kurzweilige Anerkennung wandelte sich jedoch schnell in Aggressivität um.

»Wer hat dich beauftragt? War es Lobo?«, platze es aus Henrik heraus.

»Du hast keine Ahnung, mit wem du dich anlegst, alter Mann!«, fauchte Luan und schwang seine Sporttasche entschlossen über seine Schulter, bevor er zwei Schritte auf ihn zu machte. »Und wer verdammt soll das sein, dieser Lobo?«

Henrik stellte fest, dass er den Albaner größer in Erinnerung hatte. Der Mann boxte allenfalls Mittelgewicht, doch er wollte keinesfalls in Erfahrung bringen, wie talentiert er darin war. Es kostete Überwindung, nicht zurückzuweichen. »Ich zahle für die Auskunft«, raunte Henrik.

Luan fuhr sich über sein kurz geschorenes Haar. Er blieb nach außen hin unbeeindruckt, doch Henrik meinte zu erkennen, dass der Albaner seinen Preis abwog. »Keine Interesse!«, blaffte er schließlich. »Und jetzt verpisst dich und denk dran, wenn ich dich noch einmal hier in der Straße sehe, bist du tot, Alemão!«

Henrik ignorierte die Drohung. Er wollte nicht so leicht zurückstecken. »Du machst für Geld doch alles. Worin liegt der Unterschied, ob ich dich anheuere oder es ein anderer tut?«

Wieder traf ihn dieser stechende Blick. »Manchmal steht einem die Ehre im Weg.«

32
Helena

»Was hast du oben beim Flughafen gemacht?«, fragte sie in dem Tonfall, den sie anschlug, wenn sie im Vernehmungsraum einem Verdächtigen gegenübersaß. Eigentlich interessierte sie eine brennendere Frage, aber sie wollte ihn nicht gleich völlig überrumpeln. Nachdem sie ihn vorhin, als sie nach Hause gekommen war, nicht wie gewohnt in der Küche antraf, war sie runter in den Laden gegangen. Er saß hinterm Schreibtisch in der winzigen Kammer, die Büro und Lager zugleich war und die er wegen der fensterlosen Enge eigentlich nicht mochte. Was es umso verwunderlicher machte, dass er sich dort verschanzte. Vor ihm lag ein Schreibblock. Doch alles, was sie darin ausmachen konnte, als sie sich bis zur Schreibtischkante vorgearbeitet hatte, war Gekritzel.

»Dachte, ich hätte eine Spur«, sagte Henrik, dem deutlich anzusehen war, dass sie ihn durch ihr überraschendes Auftauchen aus einem Gedankentunnel geholt hatte. »War aber eine Sackgasse.«

»Wenn es nichts war, wieso hast du mir deinen Standort geschickt?«

»Irgendwie aus Versehen«, brummte er und sah dabei aus, als hatte er das bis eben vergessen.

»Hast du mir sonst was zu sagen?«

Er schüttelte den Kopf.

»Ehrlich? Sind wir wieder einmal an dem Punkt angelangt, an dem du Dinge verschweigst? Wichtige Dinge, wohlgemerkt!«

»Gibt es schon was über das Brandopfer?«, fragte er, statt eine Antwort zu geben. Im Gegensatz zu ihm, konnte sie sich natürlich immer darauf berufen, dass sie keine Ermittlungsergebnisse weitergeben durfte. Auch wenn Henrik das noch nie sonderlich interessiert hatte. Er argumentierte stets damit, dass es schließlich um Wahrheit und Gerechtigkeit ginge und Vorschriften in solchen Fällen zweitrangig waren. Sie rief sich ins Gedächtnis, was sie von Tiago erfahren hatte. Und auch dass der Comandante trotz dieses Obduktionsergebnisses weiter wegen Raubmords ermitteln lassen wollte. So lautete auch die offizielle Pressemeldung. Der oder die Täter sind beim Einbruch überrascht worden und haben das Opfer im Affekt ermordet. Danach haben sie Panik bekommen und ein Feuer gelegt, um ihre Spuren zu verwischen. Von einem Zusammenhang mit dem Unfalltod von Dr. Monteiro wollte Ralha nichts wissen. Helena hatte bei der Unterredung mit ihrem Vorgesetzten sofort wieder der Verdacht ereilt, dass jemand in höherer Position das Verfahren einbremste. Das hatte sie im Anschluss an ihr Gespräch mit Ralha auch Damasos mitgeteilt, woraufhin er ihr attestierte, dass sie paranoid sei. Um danach darauf zu bestehen, endlich Henrik als Quelle für ihre Informationen zu nennen. Er gewährte ihr Zeit bis morgen, die Sache selbst offenzulegen. Ansonsten würde er es tun.

Und jetzt hockte ihr Lebensgefährte vor ihr und mimte den Ahnungslosen. Helena machte einen tiefen Atemzug. Auch wenn er sich unmöglich verhielt, brauchte sie ihn jetzt mehr denn je an ihrer Seite. *Für Wahrheit und Gerechtigkeit* gewissermaßen und gegen die Widerstände, die ihr mal wieder im Dezernat entgegenschlugen.

»Tavares, falls er es ist, wurde erwürgt und erst danach angezündet«, ließ sie Henrik wissen. Er wirkte wenig überrascht.

»Als Brandbeschleuniger wurde Spiritus verwendet. Der Tote war damit post mortem übergossen worden. Traurig genug, dass es dieser Erkenntnis bedurfte, um von der Staatsanwaltschaft die Genehmigung für einen DNA-Abgleich zu erhalten.«

»Gibt es denn Zweifel, dass es sich um den Doktor handelt?« Der Polizist, der er einmal war, stellte wie selbstverständlich die richtige Frage.

»Alle Körpermerkmale sprechen dafür. Größe, Alter, Konstitution. Soweit die Gerichtsmedizin das anhand der Überreste feststellen konnte, handelt es sich um den Hausbesitzer Alfonso Tavares. Dennoch halte ich die zusätzliche Maßnahme zur Identifizierung der Leiche für sehr angebracht.«

»Was passiert mit den anderen Herren, die auf Tavares Liste stehen?«

Helena schüttelte den Kopf. »Alle wohlauf, soweit sich das überprüfen ließ. Der Doktor muss sich geirrt haben, als er von einem weiteren Toten sprach. Womöglich hatte er bereits eine Ahnung, dass er in Gefahr schwebte und meinte sich selbst damit. Womit er letztlich Recht behielt.« Helena stemmte ihre Hände in die Hüften und sah ihn herausfordernd an. »Und jetzt du und ohne Ausflüchte!«, verlangte sie.

Henrik blickte zu ihr auf und nickte. »Du liegst richtig mit deiner Vermutung. Ich war im Haus des Doktors.«

33
Henrik

Henrik verbrachte den Morgen damit, im Antiquariat weiter nach Hinweisen zu suchen. Immerhin war die Anzahl an Personen im Rahmen dieser Ermittlung um einiges angewachsen. Es fiel ihm nur unglaublich schwer, seine Konzentration zusammenzuhalten. Keine optimale Voraussetzung, um empfänglich für die verschlüsselten Botschaften seines Onkels zu sein. Gedanklich driftete er immer wieder zu seinem gestrigen Aufeinandertreffen mit dem Albaner ab. Helena gegenüber hatte er behauptet, dass die Spur eine Sackgasse war, aber das stimmte so nicht. Etwas, das Luan gesagt hatte, ließ ihn nicht los. Diese Sache mit der Ehre. Was war der Grund dafür, dass der Boxer offenbar nicht anders konnte und nicht einmal mit Geld zu locken war? Und da war noch etwas: Warum hatte Luan Henrik nicht einfach seine Fäuste spüren lassen? Die Angst vor einer Anzeige, die ihn womöglich in den Knast brachte, weil er juristisch schon vorbelastet war? Vielleicht eine Bewährungsstrafe mit sich herumtrug? Denkbar, aber nicht so recht befriedigend. Weswegen Henrik sich zwangsläufig fragte, ob der Grund dafür, dass Luan nicht auf ihn losgegangen war, ebenfalls mit der von ihm erwähnten Ehre zu tun hatte. Der Gedanke war vermessen und trotzdem gefiel er ihm besser als alle anderen Möglichkeiten. Vielleicht hatte Luans Auftraggeber explizit angeordnet, dass keine körperliche Gewalt angewendet werden durfte. Und wenn dem so war – galt diese Anweisung grundsätzlich oder explizit nur für Henrik? Und wie lange hatte sie noch Bestand?

Wer hat Luan beauftragt?

Wer wusste von dem Kuvert?

Die Liste dürfte nicht sonderlich umfangreich sein. Die Mitglieder des Chiado Turf Clubs? Und Tavares, den Henrik mittlerweile ziemlich sicher für ein Mitglied dieser dubiosen Pferdefreunde hielt. Vielleicht aber auch Catarina? Ein zu seinem Bedauern äußerst flüchtiger Gedanke flatterte durch seinen Kopf, zu schnell und löchrig, als dass er ihn einfangen konnte. Zumindest verhalf er ihm zu der Einsicht, dass im Antiquariat momentan nichts weiter auszurichten war. Er musste raus, sich dem annehmen, was Helena wegen ihrer Polizeimarke nicht tun konnte. Es war ohnehin ein Wunder, dass sie ihm weiterhin vertraute, nach dem Einbruch bei Tavares. Was aus ihrer Sicht nicht einmal ein Problem gewesen wäre, wenn der Doktor noch leben würde. Doch nun suchte die Kripo seinen Mörder und könnte dabei auf Indizien stoßen, die sie direkt zu ihm führten. Wenn dem so war, wer aus ihrer Abteilung sollte Helena noch glauben, dass sie nichts davon wusste, was ihr Lebenspartner getrieben hatte?

Verständlicherweise war Helena nicht sonderlich erfreut darüber, wie sich die Dinge entwickelten. Und dennoch hatte sie sich mit ihrer Kritik über seinen Alleingang zurückgehalten. Vermutlich auch, weil sie sich selbst eine Teilschuld gab, schließlich hatte sie Tavares' Adresse zu ihm durchgestochen. Es könnte verzwickter nicht sein. Zumal sie seine Hilfe bei den immer komplexer werdenden Ermittlungen jetzt erst recht nicht aufs Spiel setzen konnte. Nicht, dass er sich darauf etwas einbildete. Es belastete ihn immens, sie in diese verfängliche Lage gebracht zu haben. Daher musste er sein Bestes geben, um ihr bei der Aufklärung der Morde beizustehen. Abgesehen davon, dass es auch mal wieder um seinen Kopf ging.

Nachdem die doppelte Dosis Doxepin gestern so tadellos gewirkt hatte, hielt er auch heute daran fest. Es war also nicht die Angst, die ihn hemmte, kaum dass er auf das Kopfsteinpflaster der Rua do Almada hinaustrat. Es war die Hitze, die ihm die Luft raubte. Wie sollte das nur weitergehen? Die Wasserknappheit war bereits wieder ein großes Reizthema in der Stadt. Die übermäßig starken Regenfälle von vor ein paar Wochen, die vielerorts zu Überschwemmungen geführt hatten, hatten dennoch nicht genügt, die Trinkwasserreservoire ausreichend zu füllen. Und nun ächzten schon wieder alle wegen der Trockenheit.

In seine Überlegungen versunken, war er über die Rua do Loreto unterwegs zur Haltestelle der Eléctrico am Praça Luís de Camões. Den Mann bemerkte er etwa auf halber Strecke zufällig, in der Spieglung des Schaufensters einer Manteigaria-Filiale, die für ihre leckeren Pastéis de Nata bekannt war. Doch das Verlangen auf die verführerischen Puddingteilchen war schlagartig vergessen. Stattdessen versuchte Henrik zu rekapitulieren, seit wann er bereits verfolgt wurde, und ärgerte sich gleichzeitig über seine Nachlässigkeit. Vor seinem Trauma war er weitaus empfänglicher für derartige Situationen gewesen. Denn es war nicht ausgeblieben, dass er in den Fokus gewisser Leute gerückt war, nachdem er begonnen hatte, sich dem Erbe seines Onkels zu widmen. Weshalb er schnell gelernt hatte, immer darauf zu achten, ob jemand ihn verfolgte oder beobachtete. Es war nicht seinem geschulten Unterbewusstsein zu verdanken, ausgerechnet in dieser Sekunde in die Schaufensterspiegelung zu schauen, sondern nur Zufall. Und zu einem großen Teil natürlich auch dem Umstand, dass sein Verfolger kein Unbekannter für ihn war.

Beabsichtigte der Mann, ihm bis hinein in die Straßenbahn zu folgen? Sollte er es darauf ankommen lassen? Ausprobieren, wie weit er zu gehen bereit war? Oder sollte Henrik ihn augenblicklich konfrontieren? Zweifel regten sich. Was, wenn auch hier nur der Zufall mitspielte und er sich lächerlich machte?

Nein, verdammt! Lass dich jetzt bloß nicht auf dieses Psychospielchen deines Gehirns ein! Tu, was du sonst in so einem Fall auch getan hättest. Bevor du …

Henrik schlug einen Haken und rannte über die Straße, was zu einem lautstarken Hupkonzert auf der Rua do Loreto führte. Ungeachtet der erbosten Autofahrer, die er zu Bremsmanövern zwang, erreichte er das Trottoir auf der Gegenseite. Sein Verfolger blieb wie angewurzelt stehen und wurde noch bleicher, als er es ohnehin schon war.

»Was wollen Sie?«, fauchte Henrik ihm entgegen.

Statt einer Antwort, wirbelte der Mann im schwarzen Anzug herum und rannte in die Richtung davon, aus der sie gekommen waren.

Auszug aus den persönlichen Aufzeichnungen der Person, die sich Albuquerque nannte.

27. November 1974

Ich habe mich dazu entschlossen, den Seefahrern zu vertrauen, ganz ohne den Rat meines Onkels einzuholen. Er braucht nicht alles über mich zu wissen. Im Stillen nenne ich mich ab jetzt Albuquerque.

Als ich mich am späten Abend durch die Hecke zwängte und den Schuppen betrat, war nur Cabral da. Sein Anblick sorgte dafür, dass mein Herz für zwei Schläge aussetzte. Er hatte eine blutverschmierte Schlachterschürze umgebunden. Ein verstörender Anblick, aber ich erinnere mich, dass seine Familie eine Großschlachterei besitzt. Oder besessen hat, denn ich kann mir gut vorstellen, dass diese enteignet wurde. Es gab nämlich Gerüchte, dass die Geheimpolizei im Keller dieser Schlachterei Verhörräume betrieben hat. Die in Todesangst ausgestoßenen Schreie von Menschen oder Schweinen mochten sich bisweilen nicht groß unterscheiden. Aber ich schweife ab. Cabral jedenfalls sah zum Fürchten aus. In seinen Augen brannte ein kaltes Feuer. Rote Spritzer sprenkelten sein Gesicht und die Hemdsärmel. In der Rechten hielt er ein

Messer. Ich schielte über seine Schulter hinweg und erkannte, dass sie es getan hatten. Versuchte mich daran zu erinnern, ob ich irgendwann in der letzten Stunde einen Schuss gehört hatte. »Wann«, fragte ich und merkte, wie kraftlos meine Stimme klang. »Heute im Morgengrauen«, teilte er mir lächelnd mit. Ich fragte mich, ob Magellan in aller Früh unsere Stube verlassen hatte, konnte mich aber nicht daran erinnern. Cabral redete inzwischen weiter. Berichtete, dass ihnen nach dem Abschuss die Zeit gefehlt hatte, das Reh auszunehmen. Doch jetzt sei es ausgeblutet und vielleicht war noch was zu retten. »Komm, pack mit an!«, verlangte er.

Ich fragte nicht nach, nahm aber an, es waren Magellan und Cabral, die die Hinterläufe des Rehs gespreizt an einen niederen Querbalken genagelt und den Hals des Wilds aufgeschlitzt hatten, bevor sie sich heute Morgen in die erste Vorlesung gesetzt hatten. Der leblose Kopf mit den leeren Augen baumelte einen halben Meter über einem Blecheimer, der zur Hälfte mit Blut gefüllt war. Cabral reichte mir das Jagdmesser. »Brich es auf«, verlangte er. Ich war wie erstarrt. »Stellst du dich an?«, fragte er und zielte mit der Klinge auf mein Brustbein. Ich habe schon vor einer Weile festgestellt, dass er ein Talent dafür besitzt, unterschwellige Drohungen auszusprechen. Was vermutlich bei ihm in der Familie lag. Ich weiß sehr wohl, wer Cabrals Vater ist, auch wenn ich ihm nie persönlich vorgestellt worden bin. Aber ich habe ihn mindestes einmal aus der Ferne gesehen. Bei einem Empfang, zu dem auch mein Vater geladen war und zu dem ich ihn begleiten durfte. Cabrals Vater brauchte einen nur anzusehen und es beschlich einen das Gefühl, dass es um einen geschehen war. Im Büro meines Vaters hing eine Fotografie, auf der sie sich die

Hand gaben. Ich habe bisher nicht gewagt, Cabral zu fragen, ob die Revolutionäre seinen Vater am Leben gelassen haben. Jetzt stelle ich fest, dass ich es nicht bedauern würde, wenn dem nicht so wäre.

Was das Auswaiden das Rehs angeht, habe ich die Flucht ergriffen. Weniger vor dem toten Tier und dessen eindringlichem Gestank als vor Cabral, mit dem ich nicht weiter allein im Schuppen sein wollte. Ich bin sicher, damit habe ich ihnen wieder einen Grund gegeben, über mich zu lachen.

34
Helena

Es war Sónia, die ans Telefon ging, obwohl sie unter Tiagos Durchwahl anrief. »Ist der DNA-Abgleich fertig?«, fragte Helena nach kurzem Zögern.

»*Olá* Helena!«, begrüßte sie die Ärztin mit Nachdruck, offenbar um ihr vorzuhalten, dass man eine Unterhaltung auch freundlicher beginnen konnte. Als wenn sie das nicht wüsste. *So bin ich, komm damit klar*, lag ihr auf der Zunge, doch sie schluckte die Worte hinunter. Sie hatte jetzt nicht den Nerv, sich für ihr Verhalten zu rechtfertigen, und erst recht nicht, sich dafür zu entschuldigen. »Hast du jetzt was für mich oder nicht?«, knurrte sie stattdessen. Daraufhin waren Tippgeräusche auf einer Computertastatur zu hören. »Nein, noch nicht«, sagte Sónia, nun deutlich kühler. »Es ist schwierig. Du hast die Überreste gesehen, der schlechte Zustand verzögert alles. Aber wir konnten Erbgut isolieren. Du hörst von uns, sobald das Ergebnis vorliegt.« Drei Atemzüge lang herrschte Schweigen. »Bei Martas Begräbnis hat alles geklappt«, sagte Sónia und überraschte sie mit diesem Themenwechsel.

»Gut«, sagte Helena und blieb unschlüssig, was die Gerichtsmedizinerin nun von ihr erwartete. Schließlich hatte sie sich bereits hinreichend für die unkonventionelle Hilfe bedankt.

»Gehen wir was trinken?«, fragte Sónia in die Stille hinein. »Falls du in den nächsten Tagen mal Zeit erübrigen kannst?«

»Ja, warum nicht«, antwortete Helena, diesmal ohne zu zögern, was sie mehr verwunderte als Sónias Frage. Sie konnte sich nicht vorstellen, was die Gerichtsmedizinerin dazu bewog, sich privat mit ihr treffen zu wollen.

Helena hatte nie viele Freundinnen gehabt. Schon früher nicht, als sie noch zur Schule ging. Damals waren sie und ihre Schwester Clara immer nur die Mädchen, deren Bruder verschwunden war. Als hätte sie dieser Schicksalsschlag stigmatisiert. Gerade so, als wäre diese Sache ansteckend und diejenigen, die ihnen zu nahekamen, würden dadurch ähnliche Tragödien in ihre Familien einschleppen. Diese verstörende Erfahrung aus ihrer Kindheit und Jugend blieb irgendwie an ihr haften. Jedenfalls tat sie sich auch später immer schwer damit, Leute an sich heranzulassen, was sich in deren Verhalten ihr gegenüber widerspiegelte. Das zog sich bis hinein in die Zeit ihrer Ausbildung bei der Polizei. Trafen sich die Kadettinnen und Kadetten außerhalb der Akademie zum Ausgehen oder Partymachen, war sie immer eine der Letzten, die gefragt wurde, ob sie sich ihnen anschloss – sofern man sie nicht völlig vergaß. Was dazu führte, dass sie sich immer eher unwohl und nicht willkommen fühlte. So wurde sie zur Einzelgängerin, ohne es groß zu bereuen. Denn es machte ihr Leben irgendwie einfacher.

»Prima, ich freue mich. Schreib mir einfach, wann es in den nächsten Tagen bei dir passt«, sagte Sónia und zerstreute damit ihre Gedanken. Die Ärztin verabschiedete sich und Helena brauchte einige Minuten, bis sie sich wieder gesammelt hatte, bevor sie den Zwischenbericht der Kriminaltechnik über die Bewertung der Spurenlage im Fall Tavares aufrief. Im Erdgeschoss hatte das Feuer gründliche Arbeit geleistet. Hier konnten bislang keine nennenswerten Indizien ausgewertet werden und es bestand wenig Hoffnung, dass noch was Brauchbares auftauchte. Allerdings lagen Hinweise vor, dass der oder die Täter über den einstigen Kohlenschacht ins Haus gelangt waren. Die marode

Abdeckung, die das schmale Fenster dort hinunter verschloss, war gewaltsam entfernt worden. Helena wusste, wer dafür verantwortlich war, denn die vorliegende Einschätzung deckte sich mit Henriks Schilderung. Es war nachlässig von ihm gewesen, dass er nach dem Einbruch nicht erneut unter die Sträucher gekrochen war, um das Kellerfenster wieder abzudecken. Wobei sie davon ausging, dass Linos Leute die Stelle trotzdem entdeckt hätten. Laut dem Bericht des Kriminaltechnikers wurden im Bereich des Schachts ein paar Fasern sichergestellt, aber keine verwertbare DNA. Sie musste das verdammt nochmal im Blick behalten, auch wenn sie keine Idee hatte, wie sich diese Sache lösen ließ, wenn doch noch irgendwelche Spuren auftauchten. Henriks Vergleichsproben waren schon seit einer Weile in ihrer Datenbank vorhanden. Sobald das passierte, würde man sie wegen Befangenheit von dieser Ermittlung entbinden. Wenn sie darüber nachdachte, spürte sie lähmende Angst. Was sollte sie nur tun, wenn ihr die Kontrolle entglitt? Und wie viel Zeit blieb ihr noch, bis diese absehbare Katastrophe sie einholte?

Wollte sie Henrik und sich retten, musste sie den wahren Täter vorher aufspüren. Leider hatte sie bis hierhin nur einen brauchbaren Verdächtigen, der sich jedoch nur mit dem Tod von Dr. Monteiro in Verbindung bringen ließ. Und gegebenenfalls mit Martas Ableben, wenn sie mehr schlecht als recht herumspekulierte. Sie hatte es noch nicht gewagt, ihren dünnen Verdacht mit Damasos zu diskutieren. Würde er sie überhaupt noch anhören? Sie hatte ihn heute noch nicht gesehen. Hockte er womöglich schon mit dem Comandante zusammen, um ihm die Fakten nun lückenlos auf den Tisch zu legen?

Sie durfte sich jetzt nicht verrückt machen. Schließlich brauchte sie ihren Verstand wahrlich für Wichtigeres. Also zurück zu Carlos Ribeiro und dem Streit, den er mit Eusébio Monteiro vor dem Clubhaus der Bogenschützen hatte. Dafür gab es Zeugen. Doch was hatte sich nach der Auseinandersetzung zwischen den beiden im späteren Verlauf des 8. Augusts diesen Jahres wirklich zugetragen?

Sie hatte eine Abfrage bei der Verkehrsüberwachung gestartet, die jedoch keine Treffer brachte. Ribeiro war in dieser Nacht von keiner Geschwindigkeitsmessung erfasst worden. Sie wusste also immer noch nicht, ob er sie angelogen hatte und dem Doktor gefolgt war, als dieser mit seinem Jaguar das Sportgelände verließ. Ihr fehlte der Beweis, dass der Vorstandsvorsitzende der Bogenschützen seinen Vereinskameraden in jener engen Kehre der kurvigen Bergstraße so massiv bedrängt hatte, dass Monteiro dort die Leitplanke durchbrach und den Abhang hinunterstürzte. Hatte Ribeiro danach angehalten und erkannt, was er angerichtet hatte? Oder ist er in seiner Panik einfach weitergerast? Zu schnell, weshalb er in der nächsten Spitzkehre die ihm zu Fuß entgegenkommende Marta beinahe über den Haufen fuhr.

So konnte es sich zugetragen haben, doch es dürfte extrem schwierig werden, diese Ereigniskette mit Beweisen zu untermauern. Und selbst wenn ihr das gelang, ließ das noch keine belegbaren Rückschlüsse auf Martas Tod zu. Henrik hatte schon die Unwägbarkeit zu bedenken gegeben, dass Ribeiro binnen eines Sekundenbruchteils hatte erfassen können, wer ihm da in den Lichtkegel seiner Scheinwerfer geraten war. Außer natürlich, er war Marta schon früher begegnet. Es war allgemein bekannt, dass Obdachlose im Sommer auf dem Berg ihre wilden Lager aufschlugen. Was, wenn Marta den Weg hoch häufiger in Kauf nahm, um dort oben die Nacht zu verbringen? Was, wenn sich ihr Lager nahe am Gelände der Sportschützen befand? So wie Helena Ribeiro kennengelernt hatte, würde der pedantische Vorstandsvorsitzende dagegen intervenieren. Die illegalen

Camper auf jeden Fall vertreiben lassen oder das Ganze selbst in die Hand nehmen. Und plötzlich sah Ribeiro sich erneut mit der Obdachlosen konfrontiert. In einer Extremsituation, schließlich hatte er kurz davor Monteiro in den Abgrund geschossen. Und aus dem Nichts tauchte dieses unbequeme Individuum vor seiner Kühlerhaube auf und er schaffte es gerade so, ihr auszuweichen. Hatte sie ihn erkannt? Ribeiro musste davon ausgehen, immerhin hatte er sich schon mehrfach mit ihr angelegt, wegen ihrer Dreistigkeit, auf dem Sportgelände zu nächtigen …

Helena fand dieses Gedankenspiel nicht abwegig. Die Frage war jedoch, ob Ribeiro über so viel kriminelle Energie verfügte, die alte Frau in einen stillgelegten Bauschacht zu stoßen, um sie als Zeugin ein für alle Mal zu beseitigen. Sie musste überprüfen lassen, ob Carlos Ribeiro tatsächlich zwei Wochen an der Algarve zugebracht hatte oder diese Zeit aufwenden musste, um Marta aufzuspüren.

Helena hielt inne. Die Kratzer am Kotflügel. Wieso hatte sie nicht schon früher diese Verbindung hergestellt? Bestand die Möglichkeit, dass das Aufeinandertreffen von Ribeiro und Marta in der Nacht des 8. August vielleicht doch intensiver war als bislang angenommen?

Helena sah sich noch einmal die Fotos an, die sie von Carlos Ribeiros Mercedes gemacht hatte. Danach las sie zum wiederholten Male Martas Aussage, die von der Ortspolizei in jener Nacht aufgenommen worden war. Kein Wort davon, dass sie etwas mit sich geführt hatte. Aber hätte Marta das erwähnt, wenn davon auszugehen war, dass sie es sich widerrechtlich angeeignet hatte? Dem Bericht nach hatte niemand die Stelle überprüft, an der es laut Marta zu der Begegnung mit dem nächtlichen Raser kam. Helena erkannte, dass sie sich dort oben noch einmal genauer umsehen musste.

35
Henrik

Sein Äußeres ließ nicht erahnen, wie schnell der Mann rennen konnte. Die Hosenbeine flatterten um seine Knöchel, während er seine teuer aussehenden, aufpolierten Schnürschuhe mit weit ausholenden Schritten klackernd auf den gekachelten Gehweg setzte. Dabei wich er geschickt den entgegenkommenden Passanten aus, als verfügte er über eine gewisse Übung im Flüchten. Henrik hatte deutlich mehr Probleme mit den Leuten, die seinen Weg blockierten, weshalb er keinen Meter aufholte. Erst als der Anzugträger um die nächstmögliche Ecke bog, hinein in die Rua da Emenda, die steil abwärts runter zum Fluss führte, herrschte weniger Betrieb. Doch die selbst bei trockenem Wetter schlüpfrigen Fliesen verlangten höchste Konzentration, um sich nicht langzulegen. Zudem geriet er deutlich schneller an seine körperliche Grenze als der Gejagte. Bergab fühlte sich nun jeder Schritt so an, als würden ihm die Kniescheiben davonfliegen. Da war es beinahe eine Erlösung, als der Anzugmann nach rund hundert Metern erneut links ausscherte, hinein in die Travessa Guilherme Cossoul, die wiederum parallel zum Tejo verlief und nach nur einem Block an einem kleinen, begrünten Platz endete. Der Largo Barão Quintela war für die bronzene Estátua A Verdade bekannt, ein zu Ehren des Schriftstellers Eça de Queirós errichtetes Denkmal. Henrik war letztlich egal, ob es die schwindende Kondition, ein Orientierungsproblem oder die beeindruckende Bronzestatue war, die den Mann langsamer werden ließ. Er war einfach nur scheißfroh darüber, als er ihn im Schatten des Monuments an einem der

Rockschöße seines Sakkos zu fassen bekam. Sein überschüssiger, nicht mehr zu bremsender Schwung sorgte dafür, dass sie beide über den kniehohen Metallzaun hinweg in das üppige Blumenarrangement hineinstolperten, aus dem der Dichter mit der nackten Dame in den Armen aufragte. Keuchend um Sauerstoff ringend, erinnerte Henrik sich daran, dass es sich bei der Entblößten um eine allegorische Darstellung der Wahrheit handelte, wie auch das in den Steinsockel der Skulptur eingravierte Zitat von Eça de Queirós verlauten ließ. »Über der starken Nacktheit der Wahrheit der durchsichtige Mantel der Fantasie«, rezitierte in dieser Sekunde der neben ihm kauernde Anzugträger, abgehackt durch die Atemstöße, die seinem schmalen Brustkorb entwichen.

»Mein Gedanke!«, raunzte Henrik ihn an und mühte sich auf die Beine. Von der anderen Straßenseite waren erste Handykameras auf sie gerichtet. Ihr tölpelhaftes Straucheln in die Blütenpracht würde vermutlich demnächst auf Instagram und TikTok in aller Welt viral gehen.

Der Mann ergriff die Hand, die Henrik ihm entgegengestreckt hatte. Er zog ihn hoch und wurde für diese Hilfestellung sogleich mit einem scharfen Stechen in der Brust bestraft, das von dem Narbengewebe rund um die Einschussstelle ausstrahlte. Mit zusammengebissenen Zähnen schaffte er es zurück auf den Gehweg. Der Verfolger, der zum Gejagten geworden war, tat es ihm gleich. Synchron klopften sie sich die Erde aus den Klamotten, wobei Henrik feststellte, dass dessen Anzug mehr gelitten hatte, als seine verblichene Jeans.

»Warum sind Sie weggerannt?«, knurrte Henrik.

»Sie sahen so wütend aus, das hat mir Angst gemacht.«

»Wieso sind sie mir überhaupt nachgeschlichen?«

Während der Mann noch nach einer Antwort suchte, schielte Henrik rüber zu den Leuten, die sich dort vor dem Schaufenster eines Fliesenfachhandels zusammengefunden hatten. Einige filmten immer noch, während andere darauf zu warten schienen, dass das Spektakel weiterging. »Besser wir verziehen uns, bevor wir noch weiter auffallen«, sagte Henrik und versetzte dem Anzugträger einen leichten Schubs. Auf diese Weise gelangten sie um den Largo Barão Quintela herum in die Rua das Flores. Dort machte er ein kleines Café aus, in das er den Mann hineindrängte. Er platzierte ihn auf einem Stuhl am Fenster, setzte sich ihm gegenüber und musterte ihn eindringlich. »Dann schießen Sie mal los, Senhor …?«

»Martins, Jacinto Martins«, stellte der Mann sich vor, der sich mit ihm vor vier Tagen ein Bieterduell auf die *Encyclopedia mundorum intermediorum* geliefert und letztlich den Kürzeren dabei gezogen hatte. Bis vor ein paar Minuten gehörte Jacinto Martins für Henrik noch zu den Kandidaten, die den Albaner auf ihn angesetzt haben könnten, um an das versiegelte Kuvert zu kommen. Nur hätte es für Martins dann keinen Grund mehr gegeben, ihm weiter hinterherzuschleichen. Henrik musste herausfinden, wie viel der bleiche Mann mit den eingefallenen Wangen und der Halbglatze wusste. »Gut, Senhor Martins, ich kann mir denken, was Sie von mir wollen. Sie kennen den Preis«, begann Henrik. Ehe Martins antworten konnte, kam eine Bedienung an den Tisch. Henrik bestellte eine Bica. Der blasse Mann, der trotz seines Anzugs und der Hetzjagd durch das Chiado-Viertel nicht zu transpirieren schien, während an Henrik weiterhin die Brühe runterlief, verlangte ein stilles Wasser. Die Kellnerin wirkte wenig erfreut über die schmale Order, für die sie den letzten noch freien Tisch im Café hergeben musste.

»Diese Summe kann ich nicht aufbringen«, gestand Martins, nachdem die junge Frau zurück hinter der Schanktheke war. Sobald er sprach, fiel auf, dass er mit einem unschönen Überbiss gestraft war.

»Bei der Auktion haben Sie tapfer gegengehalten«, erinnerte ihn Henrik, der keineswegs vorhatte, die Enzyklopädie weiterzuverkaufen, selbst wenn der rechtmäßige Besitzer nun tot war. Aber er musste dahinterkommen, wie weit Martins gehen würde. Und vor allem wofür? »Was ist so besonders an diesen Büchern?«

Martins zuckte wie vom Blitz getroffen zusammen. »Wie können Sie das fragen?« Er hielt inne, dann kam die Erleuchtung. »Sie haben die Enzyklopädie nicht für sich selbst erstanden. Jemand hat Sie beauftragt. Herr im Himmel, ich Narr. Wer ist es? Ich muss es wissen!«

Henrik kam ein Gedanke. Was, wenn Martins sehr wohl wusste, für wen er auf der Versteigerung gewesen war? Wenn er Tavares schon aufgesucht hatte, um ihm die Enzyklopädie abzukaufen? Und was, wenn er dem Doktor nicht geglaubt hatte, dass die Bücher nicht bei ihm im Haus waren? War der Mann darüber so in Rage geraten, dass er Tavares zuerst erwürgt und danach angezündet hatte? »Sie würden alles tun für diese Bücher, richtig?«, fragte Henrik mit versteinerter Miene.

»Das können Sie nicht verstehen, das weiß ich jetzt. Ihnen fehlt der Bezug. Und natürlich der Glaube. Ich gebe Ihnen Geld, wenn sie mir verraten, wer sie jetzt in seinem Besitz hat.«

Henrik revidierte seinen Verdacht gegen Jacinto Martins. So gut konnte niemand schauspielern. Der Mann war ohne Zweifel verrückt, schien aber keine Ahnung davon zu haben, wer Alfonso Tavares war. »Dann helfen Sie mir! Welche Bedeutung hat die *Encyclopedia mundorum intermediorum* für Sie? Werden Sie unsterblich, wenn Sie sie bei Vollmond laut vorlesen? Oder lässt sich damit das Tor zu Hölle öffnen?«

Martins stand abrupt auf, genau in der Sekunde, als die Bedienung ihm sein Wasser hinstellen wollte. Wegen seiner forschen Bewegung schlug er ihr das Tablett aus der Hand. Der Inhalt ergoss sich über die Frau, das Glas fiel zu Boden und zersplitterte. Auch Henriks Espresso musste daran glauben und rutschte ebenfalls vom Tablett. Das Chaos war perfekt und Martins nutzte es, um erneut zu türmen.

36
Helena

Die Brache lag auf der Strecke, weshalb sie abbog und auf das Gelände fuhr, bis der mit Graffitis beschmierte Bauzaun sie stoppte. Es war nicht die offizielle Zufahrt, doch die war ohnehin verschlossen, seit dort nicht mehr gearbeitet wurde.

Sie stieg aus und hielt Ausschau nach einer geeigneten Stelle, um hinter die Absperrung zu gelangen. Jetzt am Vormittag interessierte sich niemand für sie. Auf der Avenida Brasília schob sich der Verkehr zäh und lärmend Richtung Innenstadt. Auf der Westseite des Areals fand sie eine Lücke. Zwei der Bretter waren herausgetreten worden. Der Schaden war frisch. Vielleicht hatte sie Glück und konnte noch ein paar von ihnen aufstöbern, sofern sie in der Nacht nicht durch den Wachschutz vertrieben worden waren. Helena zwängte sich durch das Loch. Spitze Holzsplitter kratzen über ihren Nacken. Sie fluchte still in sich hinein, dann stand sie auf dem ruhenden Baustellengelände. Erstaunlicherweise dämpfte der Bauzaun den Radau auf der Küstenstraße.

Nach etwa fünfzig Metern passierte sie den Schacht, in dem Marta gestorben war. Die Absperrbänder der Kriminaltechniker flatterten im Wind. Jemand hatte provisorisch Bretter über die quadratische Grube gelegt. Im Polizeibericht war vermerkt, dass die alte Baustellenabdeckung von *Unbekannt* entfernt worden war. Nur konnte niemand sagen, wann das passiert war. Sobald auf so einer Großbaustelle nicht mehr gearbeitet wurde, stahlen sich Leute aufs Gelände und kassierten alles ein, was nicht niet- und nagelfest war, hieß es nur. Helena traute dieser allgemeinen

Mutmaßung nicht. Vielleicht hatte da jemand vorausgeplant und die Abdeckung nicht nur entwendet, um Brennholz zu klauen.

Sie ging weiter, hin zu den Rohbauten. Betonierte Skelette, durch die der Wind pfiff. Es gab ein paar gemauerte Nischen, in denen man Schutz fand, das hatte sie bei ihrer ersten Begehung an dem Abend, an dem Marta hier gefunden wurde, schon ausgekundschaftet. Damals waren selbstredend alle ausgeflogen, als die Polizei anrückte. Heute und um diese Uhrzeit würde niemand mit ihr rechnen.

Sie hatten ihre Spuren hinterlassen. Leere Schnapsflaschen und zerdrückte Bierdosen. Alte Zeitungen und ranzige Kartonagen. Rußige Stellen auf dem nackten Beton, wo kleine Feuer gebrannt hatten. Allerdings niemanden, den sie hätte befragen können. Ihre Schritte hallten an den nackten Wänden wider. Doch da war noch ein anderes Geräusch. Sie blieb stehen. Es klang wie ein Schnarchen, gleich hinter der nächsten Mauer. Helena schob sich vorsichtig um die Ecke. Der Raum hatte kein Fenster. Aus der Schwärze strömte ihr scharfer Uringestank entgegen. Etwas regte sich. Grunzte. Schnarchte weiter. Ihre Augen gewöhnten sich an die Dunkelheit. Links an der Wand waren Kartons und die Überreste eines zerschlissenen Schlafsacks zu so etwas wie einem Nest drapiert. Darin lag eine Gestalt, zugedeckt mir einer löchrigen Plane. Sie konnte nur einen zerzausten Haarschopf ausmachen, glaubte aber, dass es sich, schon allein der vibrierenden Atemgeräusche nach, um einen Mann handelte. Helena verstand auch, warum er nicht wie alle anderen schon längst das Weite gesucht hatte, als sie in seinen Ausdünstungen den Alkohol riechen konnte. Er hatte seinen Rausch noch nicht ausgeschlafen. Vermutlich hatten seine Leidensgenossen ihn deswegen einfach liegen lassen. »Wachen Sie auf!«, rief sie und bekam als Antwort nur ein langgezogenes Röcheln, das sich nicht von den vorausgegangen Schnarchgeräuschen unterschied. Also ging sie zu dem schlafenden Mann, der ihr den Rücken zudrehte, und beugte sich flach atmend zu ihm hinab. Sie rüttelte an der spitzen Schulter, die sich unter der öligen Persenning abzeichnete.

»Kommen Sie, wachen ...«

Sie kam nicht dazu, die Aufforderung in Gänze zu wiederholten. Der Mann wirbelte herum, seine Rechte kam aus dem Nichts und packte sie an der Gurgel. Helena warf sich dem Reflex folgend nach hinten, verspürte aber sogleich, wie die langen, kantigen Fingernägel des Obdachlosen ihr die Haut am Hals aufritzen. Während sie auf dem Hintern landete, trat sie nach ihm, konnte aber wegen der Plane nicht ausmachen, wohin ihr Tritt ihn traf. Der Mann heulte auf und rollte sich so schnell wieder zusammen, wie er ihr vor einer Sekunde entgegengeschnellt gekommen war. Helena robbte im Krabbengang weit genug von ihm weg, bevor sie wieder auf die Beine kam. Dann holte sie ihre Dienstpistole aus dem Holster am Gürtel, hielt den Lauf aber zu Boden gerichtet. »Polizei! Stehen Sie sofort auf!«

Daraufhin vergrub er sich noch tiefer unter dem modrig stinkenden Segeltuch.

»Keine Spielchen jetzt, Sie haben mich angegriffen!«

»Nicht wahr ...«, kam es leise unter der Plane hervor, »... nur verteidigt ...«

Helena tastete vorsichtig nach den Kratzern, die der Mann ihr zugefügt hatte. Es befand sich Blut an ihren Fingerspitzen. Eigentlich hatte sie eine derartige Konfrontation vermeiden wollen. Trotzdem versuchte sie sich zu beruhigen.

»Wie heißen Sie?«, fragte sie nun etwas sanfter, erhielt aber nur ein unverständliches Nuscheln als Antwort. »José? Sagten Sie José?«

»Gehen Sie weg!«, verlangte er. Seine Zunge war schwer vom Alkohol. »Ich hab nix getan.«

»Kannten Sie Marta?«

Für ein paar Sekunden schien der Mann unter der Plane, der vielleicht José hieß, nicht einmal mehr zu atmen. Helena musste sich beherrschen, nicht nachzuhaken. Aber gleichzeitig wusste sie, dass er Zeit zum Überlegen brauchte und sie ihn nicht drängen durfte.

»Warum fragen Sie nach ihr?«, kam es zögerlich aus der Ecke. Immerhin barg seine Gegenfrage die Antwort, die sie hören wollte.

»Ich untersuche ihren Tod.«

José machte ein Geräusch, das alles bedeuten konnte.

»Sie haben gehört, was ihr passiert ist, José?«

»Jeder hat's gehört.«

»Waren Sie auch hier, als sie in den Schacht fiel?«

Wieder nur dieses Grunzen.

»Ich habe Sie nicht verstanden!«

»Nein, nicht hier …«

»Wann haben Sie Marta zuletzt gesehen?«

Langsam drehte sich José zu ihr um. Sein Kopf kam unter der Plane hervor. Dunkle, tief in den Höhlen liegende glanzlose Augen starrten ihr entgegen. Er trug einen zerzausten Vollbart, der sein ausgezehrtes Gesicht aber nicht verbergen konnte.

»Wann?«

»Sie hat sich rar gemacht, die letzten Wochen«, lallte er. In seinem Mund ragten nur noch ein paar vereinzelte schwarze Zahnstummel aus dem entzündeten Zahnfleisch.

»Wie meinen Sie das?«

Er schüttelte den Kopf, als könnte er seine Worte dadurch in die richtige Reihenfolge bringen. »Sie war nicht an ihren Plätzen, dort wo sie üblicherweise rumhängt. Einmal …« José verstummte und bekam einen glasigen Blick. Schlaf mir jetzt nicht wieder ein, Freundchen, dachte Helena. »Was?«

»Einmal, ich hab sie getroffen. Im … weiß nich mehr wo, aber sie hat mich angeschrien. Marta macht sowas nich.«

»Marta hat die Leute sonst nicht angeschrien?«, fasste Helena nach.

»Nie … nie hat sie … nie böse, zu niemandem …« Er schmatzte und bewegte seinen Lippen, als suchte er seine Zunge.

»Aber an dem Tag, an dem Sie Marta getroffen haben, da war sie böse auf Sie. Können Sie sich denken, wieso?«

»Nich nur auf mich …«

»Es waren noch mehr von … noch mehr Obdachlose dort, die Marta beschimpft hat. Kannten Sie jemanden davon? Können Sie mir Namen nennen?«

Er hob die schmutzige Hand und spreizte seine langen Spinnenfinger, die vorhin kurz um ihren Hals gelegen hatten.

»Fünf? Sie meinen, Sie waren zu fünft, als Marta böse war und rumgeschrien hat?«

»Marta macht sowas nich …«

Helena überlegte. Vielleicht würde Dinis ihr den Gefallen tun und ihre eine Streife schicken, die den Mann verwahrte, bis er ausgenüchtert war. Allerdings hatte sie Bedenken, dass er dann womöglich gar nicht mehr bereit war, mit ihr zu reden.

»José, versuchen Sie sich bitte daran zu erinnern, wann Marta Sie und die anderen angeschrien hat?«

»Frag selbst!«, raunte er trotzig.

»Ich kann Sie nicht fragen, José, das wissen Sie doch. Marta ist tot.«

»Tot«, wiederholte er leise. »Ja, hab's vergessen.«

Auszug aus den persönlichen Aufzeichnungen der Person, die sich Albuquerque nannte.

5. Dezember 1974

Ich versuche meine Enttäuschung zu verbergen. Auch, weil ich sie nicht erklären könnte. Die Seefahrer haben beschlossen, lieber Reiter zu sein. Mir fallen keine portugiesischen Heroen zu Ross ein. Natürlich, wir haben eine Anzahl an Reiterstatuen in der Stadt, Dom José I auf dem Praca do Comercio oder … nun, so spontan bleibt es nur bei dem einen, aber bei José I handelt es sich immerhin um einen König dieses Landes. Aber es ist nicht Magellans Ansinnen, sich mit einem Herrscher gleichzustellen. Ich denke nicht, dass er das im Kopf hatte, als er beschloss, uns diesen Namen zu geben. Schuld allein ist die Umgebung. Das Gestüt, das laute Schnauben der Tiere, das bisweilen zu hören war. Vielleicht auch der Gestank, der fortwährend vom großen Misthaufen herüberwehte und zu riechen war, zumindest bevor der Zigarettenqualm die Luft im Schuppen erfüllte.

Nun sind wir also der Chiado Turf Club. Das schlug Magellan vor und Cabral, da Gama und Corte-Real stimmten zu. Als sie mich alle ansahen, hob auch ich die Hand, auch wenn ich es für einen blöden Einfall hielt. Wieso braucht diese Runde überhaupt einen Namen? »Was soll das sein, ein Turf Club?«, wollte Corte-Real wissen und nahm mir diese Frage gewissermaßen aus dem Mund. »Eine Gesellschaft zur Verbesserung von Pferderassen«, antwortete Magellan, ohne lang zu überlegen. »Aber wir haben doch gar nichts mit Pferden am Hut«, widersprach Corte-Real. »Eben deswegen«, antwortete Magellan und lachte schallend.

37
Helena

Die Sonne stach auf sie herab. Aber auch sonst bereitete es ihr keinerlei Vergnügen, in dem mit stachelbewehrtem Gestrüpp dicht bewachsenen Hang herumzuklettern. Infernalisches Zirpen untermalte orchestral jeden ihrer Tritte auf dem abschüssigen Untergrund. Der aufgewirbelte Staub des trockenen Bodens hatte sich mit dem Schweiß auf ihrer Stirn zu einer klebrigen Schicht verbunden. Die Kratzer an ihrem Hals brannten vom Salz, das aus ihrem Körper sickerte. Sie hatte die Wunden im Auto desinfiziert und notdürftig versorgt, bevor sie hier heraufgefahren war. Im Nachhinein hätte sie vielleicht doch nicht auf Pflaster verzichten sollen. Nach etwa zehn Minuten vergaß sie sämtliche Zipperlein, die ihr die Südflanke des Monsanto bis dahin zugefügt hatte. Die aufgeschrammten Unterarme, Handrücken und Fußknöchel waren vergessen, als sie das matte Glänzen eines Metallgitters in einem Feuerdornbusch ausmachte. Dort lag, was sie gesucht hatte: ein verbeulter Einkaufswagen. Er hatte Rost angesetzt und eines der schwenkbaren Vorderräder fehlte, aber er war da. Und das war noch nicht alles. Darin und weiter den Hang abwärts lagen die Habseligkeiten von jemandem verstreut, der schon viele Jahre auf der Straße lebte und alles mit sich geführt hatte, was man irgendwann vielleicht noch brauchen konnte. Innerhalb der nächsten Zehntelsekunde schoss die Frage ihr in den Kopf, wieso Marta am Tag nach dem Unfall nicht zurückgekehrt war, um das alles hier wieder einzusammeln? Wer hatte ihr solche Angst gemacht, dass sie es nicht wagte, sich das wenige, das sie besaß, wiederzuholen?

Helena setzte sich in dem abschüssigen Hang auf den Hosenboden und rief Lino an. »Ich brauche ein Team«, verlangte sie, kaum dass sie ihn am Ohr hatte. Er war nicht begeistert, nachdem sie geschildert hatte, was sie von dem Kriminaltechniker erwartete.

»Um Müll auf einer Bergflanke aufzulesen, sind meine Leute etwas überqualifiziert«, grummelte er.

»Der Einkaufswagen muss auf jeden Fall ins Labor«, herrschte Helena ihn an. Sie war sich nicht sicher, glaubte aber dennoch, Lackspuren daran entdeckt zu haben.

»Aber nur, weil ich weiß, dass du selten daneben liegst«, murrte Lino. Er konnte sich natürlich denken, dass der Einsatz nicht von ihrem Vorgesetzten abgesegnet worden war. Doch er wusste auch, dass allein Helena sich für den Einsatz der Spurensicherung verantworten musste. Eine Auseinandersetzung, die sie in Kauf nahm, erst recht, weil sie endlich das Gefühl hatte, mit den Ermittlungen einen entscheidenden Schritt vorangekommen zu sein. Der von der Straße gerammte Einkaufswagen stellte die Verknüpfung zu Marta her und belegte ihre Aussage zur Unfallnacht. Die Schrammen an Carlos Ribeiros Mercedes, der Streit mit Monteiro, die Falschaussage des Sportschützen, am besagten Abend nicht auf dieser Straße unterwegs gewesen zu sein – all das fügte sich nach und nach passend zusammen. Jetzt bedurfte es nur noch einer Verbindung zu Alfonso Tavares oder einem der anderen drei Senhores, um Ribeiro vorladen zu können. Sollte sie hier was auftun, konnte der Comandante gar nicht mehr anders, als sie die Untersuchung wieder aufnehmen zu lassen.

Die Zuversicht verlieh ihr neuen Auftrieb und sie kraxelte nahezu leichtfüßig den Hang wieder hinauf bis zur Straße. Dort fand sie sogar Schatten unter den Pinien, die oberhalb der Trasse wuchsen. Hier wollte sie warten, bis die Forensiker eintrafen und sich derweil die skurrile Unterhaltung mit dem Obdachlosen José noch einmal durch den Kopf gehen lassen. Marta hatte offenbar Streit mit den Brüdern und Schwestern, mit denen sie ihr Schicksal teilte. Erneut bereute sie, den Mann, der sich vor ihr unter einer Plane versteckte, nicht doch in Gewahrsam genommen zu haben. Es wäre sehr hilfreich gewesen, wenn er sich zumindest daran erinnert hätte, wie zeitnah vor ihrem Tod diese Auseinandersetzung sich zugetragen hatte. So hatte sie eine Aussage, die sie nicht einordnen konnte und die somit vorerst wenig zu gebrauchen war.

Ihr Handy vibrierte und riss sie aus ihren Überlegungen. Sie rechnete mit einem Anruf von Damasos oder gar Ralha höchstpersönlich. Doch es war erneut Lino. »Dein Einkaufswagen muss warten«, sagte er.

»Was? Wieso?«

»Leiche im Príncipe Real, ich denke, der nächste Anruf kommt von deinem Chef.«

38
Henrik

Jacinto Martins war eindeutig besessen. Aber war der Okkultist auch ein Mörder? Tendenziell hielt Henrik ihn nicht dafür, weshalb er ihn vorerst davonkommen ließ. Falls er je noch Fragen an Martins haben sollte, würde er ihn aufspüren, jetzt da er seinen Namen kannte. Wobei er davon ausging, dass der Irrgläubige früher oder später freiwillig wieder bei ihm auftauchte. Martins wusste, wo er oder besser die Enzyklopädie zu finden war. Vermutlich hatte er das Antiquariat schon eine Weile ausgespäht. Nur wer hatte ihm das gesteckt? Henrik tippte zuallererst auf Catarina. War Martins bei ihr gewesen, um sich nach ihm zu erkundigen? Vielleicht hatte er den Teufelsanbeter doch zu früh flüchten lassen.

Flecken des verschütteten Espresso sprenkelten seine Hose, aber er verzichtete auf einen Abstecher in die Rua do Almada. Dank Martins unverhofftem Auftauchen, hinkte er ohnehin schon seinem heutigen Zeitplan hinterher. Zu der ersten Adresse auf seinem Zettel konnte er zu Fuß gehen. Er marschierte hoch zum Bairro Alto, passierte den südlichen Zipfel des Ausgehviertels und erreichte den Largo do Carmo, einen seiner Lieblingsplätze in der Stadt. Erste Straßenmusiker hatten sich schon eingefunden und unterhielten die Touristen, die auf den Bänken im Schatten der Palisanderbäume eine Rast einlegten. Die meisten von ihnen waren vom Baixa-Viertel mit dem weltberühmten Elevador de Santa Justa hier heraufgekommen, diesem beeindruckenden, gusseisernen und über hundertzwanzig Jahre alten Aufzug, der von hier nur wenige Schritte entfernt war. Im Frühjahr, wenn die Bäume in lilafarbener Blütenpracht standen, war dieser Ort besonders reizvoll, aber auch jetzt verspürte er sofort wieder Lust, sich eine sonnengeschützte Ecke zu suchen und den Moment zu genießen. Aber ein Päuschen war jetzt keinesfalls drin. Henrik überquerte den Platz, und erreichte nach wenigen Minuten die Igreja de São Roque und die Aussichtsterrassen von São Pedro de Alcântara. Die Fassaden der vier- bis fünfstöckigen Häuser auf der Rua Dom Perdo strahlten im erneuerten Glanz des Neoklassizismus und gaben ein prächtiges Bild ab. Nur der Lärm zerstörte die Idylle der mit turmhohen Platanen gesäumten Straße. Es herrschte Verkehrschaos und wie alle Südländer waren auch die Portugiesen nicht abgeneigt, ihre Hupen großzügig zu benutzen. Auf Höhe des Miradouro stockte die Blechlawine endgültig. Uniformierte waren hektisch damit zugange, den Verkehr am Kloster von São Pedro umzuleiten. Weiter Richtung Botanischer Garten war die Straße gesperrt. Die Szene erinnerte an vorgestern Nacht, als das Haus von Dr. Tavares brannte. Nur wurde heute keine Feuerwehr benötigt. Dafür war das Aufgebot an Polizeifahrzeugen nicht weniger gering. Henrik drängte sich durch die Schaulustigen bis vor an die Absperrung. Blaulichter kreiselten. Auch ein Notarztwagen war bereits eingetroffen. Er sah es sofort. Der Einsatz betraf das Gebäude, zu dem er unterwegs gewesen war. Die Hausnummer stimmte. Er brauchte nicht mehr zu sehen. Es gab nur eine Sache, die ein derartiges Aufgebot an Einsatzkräften rechtfertigte. Er war zu spät.

Unter Beschwerden schob er sich wieder durch die Menschenmenge, um zu verschwinden, bevor jemand von den Uniformierten oder Zivilbeamten ihn entdeckte. Und bevor er ein weiteres Mal an diesem Tag auf ein Handyvideo gebannt wurde. Zum aktuellen Stand der Ermittlungen war es besser, er war nie hier gewesen. Besser vor allem für Helena, die womöglich hierher hatte anrücken müssen. Erst als er wieder in den Schatten der Platanen gelangte, beschleunigte er seine Schritte. Er wollte möglichst schnell möglichst viel Abstand zwischen sich und den Polizeieinsatz in der Rua Dom Pedro bringen.

Helena und er waren zu langsam gewesen. Der Mörder, der die Mitglieder der mysteriösen *Gesellschaft zur Verbesserung von Pferderassen* dezimierte, hatte wieder zugeschlagen, ohne dass sie auch nur über den Ansatz eines Motivs verfügten. Offen gestanden konnten sie diesen Täter nur aufhalten, wenn sie die Hintergründe verstanden. Doch davon waren sie mit ihren Ermittlungen meilenweit entfernt. Er musste herausfinden, was sich in dem versiegelten Kuvert befand, denn es gab keinen Zweifel mehr, dass darin eine Antwort auf diesen Wahnsinn enthalten war.

39
Helena

Die Wohnung verfügte die gehobene Ausstattung, mit der in dieser Traumlage zu rechnen war. Dunkles Parkett, hohe Decken, mit Stuck eingefasst. Balkone nach Osten, mit direktem Blick hinweg über den Praça dos Restauradores rüber zum Castelo de São Jorge. Sechs Zimmer, zwei Bäder. Heutzutage unbezahlbar. Das Interior war gepflegt, aber alt. Wertvoll, soweit sie das einschätzen konnte. Schwere Holztische, geschwungene, mit dunklem Leder bezogene Canapés und andere Sitzmöbel auf raffiniert gedrechselten Beinen, die allesamt aus der Zeit der Jahrhundertwende stammten. Der von vor einhundertvierundzwanzig Jahren, wohlgemerkt. Auch die Gemälde an den Wänden zeugten nicht nur von Geschmack, sondern auch von Reichtum. Die großzügig geschnittene Wohnung war penibel aufgeräumt, was sicher der Haushälterin geschuldet war, die vor etwa einer Stunde die Polizei verständigt hatte. Seit deren Eintreffen kauerte sie von Weinkrämpfen geschüttelt auf einem der ausladenden Sofas. Unter Tränen gab sie zu Protokoll, dass sie vormittags vom Einkaufen kam und den Hausherrn nicht wie üblich um diese Zeit in seinem Büro vorgefunden hatte, welches in einem Eckzimmer der Wohnung untergebracht war. Stattdessen entdeckte sie ihn eine halbe Stunde später in der Badewanne liegend, obwohl er in den dreiunddreißig Jahren, in denen sie für ihn arbeitete, stets nur geduscht, aber niemals ein Vollbad genommen hatte. Aber natürlich war heißes Badewasser die effektivere Variante, wenn man vorhatte, auszubluten.

Pierre Andrande, einundsiebzig Jahre alt, stammte aus einer vermögenden Familie und war Zeit seines Arbeitslebens ein erfolgreicher Wirtschaftsökonom, der es bis in die Vorstandsebene des größten Ölkonzerns des Landes geschafft hatte, bevor er vor fünf Jahren seinen Ruhestand angetreten hatte. Doch auch danach war der alleinstehende Mann unermüdlich und verdingte sich weiterhin als Berater von zwei Aktiengesellschaften. Eine Funktion, in der er bis zum heutigen Tag aktiv war. Andrande war nie verheiratet und bei bester Gesundheit, wie sein vor wenigen Minuten herbeizitierter Freund und Anwalt Héctor Martínez zu berichten wusste. Keine finanziellen Sorgen, keine Spur von Depression. In den Augen des Rechtsbeistands spiegelte sich nichts außer Unverständnis über den Freitod seines Mandanten.

Gestohlen wurde auch nichts, soweit Haushälterin und Justiziar das auf die Schnelle feststellen konnten. Aber diese Frage war ohnehin nur eine Formalität. Dafür, dass jemand während der Abwesenheit der Haushälterin gewaltsam in die Wohnung eingedrungen war, lagen keinerlei Hinweise vor. Fremdeinwirkung Fehlanzeige. Oder?

Sie entdeckte Sónia unter den in weiße Overalls gehüllten Leuten von der Spurensicherung. Die Gerichtsmedizinerin begrüßte sie mit einem Lächeln. »Jetzt sehen wir uns doch früher als geplant«, stellte sie fest und begab sich, ohne eine Antwort abzuwarten, zu der Leiche ins Badezimmer. Helena brauchte frische Luft. Sie öffnete eine der Flügeltüren, trat hinaus auf den Balkon und schaute hinab auf ihre Stadt, die von der grellen Mittagssonne überstrahlt wurde. Fünf Stockwerke unten ihr, auf der Rua Dom Pedro, knirschten und quietschten die Straßenbahnen im Minutentakt vorbei, während sie versuchte, ihren Kopf zu leeren. Plötzlich bemerkte sie, dass Damasos neben ihr stand. Wegen des warmen Winds, der vom Sund her über den Miradouro São

Pedro de Alcântara hinweg bis zu ihr heraufwehte, konnte sie es aushalten, ihn so nahe bei sich stehen zu haben.

»Sie wissen, dass er auf der Liste stand«, sagte sie, ohne sich ihm zuzuwenden.

»Natürlich. Dennoch war es Suizid.«

»Oder man hat es danach aussehen lassen«, widersprach Helena.

»Die Möglichkeit besteht immer«, sagte ihr Kollege. »Wir haben die Genehmigung für eine Befragung der verbliebenen Senhores.«

»Ralha hat eingewilligt?«

»Ganz ohne eine Erklärung zu verlangen, wie wir zu diesen Namen gekommen sind.«

»Das ist gut«, erwiderte Helena, der Damasos' vorwurfsvoller Tonfall nicht entging. Natürlich hatte er recht. Sie hatte die Ermittlung in diese Richtung hinausgezögert, um Henrik zu schützen.

»Freuen Sie sich nicht zu früh. Wenn der Comandante nichts darüber im Bericht liest, wird er uns zu sich zitieren.«

Helena wusste nicht, was sie darauf entgegnen sollte. Sie hatte einen schweren Fehler begangen, der womöglich ein Leben gekostet hatte.

»Ich bin so weit«, hörte sie Sónia von drinnen rufen, woraufhin sie ihre Hände von dem kunstvoll geschmiedeten Balkongeländer löste und an Damasos vorbei zurück in das weiträumige Wohnzimmer trat. Sie vernahm, dass der *Neue aus Porto* ihr folgte. »Irgendeine Erkenntnis, die über das hinausgeht, was uns geboten wurde?«, drängte Damasos sich vor.

»Abgesehen davon, dass er sich bekleidet mit Pyjama und Morgenmantel in die Wanne gelegt hat?«, fragte Sónia zurück.

»Abgesehen davon«, bekräftigte Damasos.

Die Ärztin tausche einen Blick mit Helena, bevor sie antwortete. »Keine äußerlichen Verletzungen. Wenn er gezwungen wurde, leistete er keinen Widerstand. Wirklich belegen kann ich das erst, wenn er auf dem Untersuchungstisch liegt. Für wesentlich aufschlussreicher halte ich vorerst die Charakteristik der Schnitte über den Handgelenken. Die sind äußerst beherzt durchgeführt worden. Er hat weder gezögert noch mehrere Male angesetzt, sondern einmal gezielt geschnitten. Das benötigt einen starken Willen, was ich bei jemandem mit labiler Psyche und Suizidgedanken für unwahrscheinlich halte. Alles Weitere nach der Obduktion.«

»Fürs Erste sehr aufschlussreich«, sagte Damasos, nickte und marschierte zackig davon.

»Ist er immer so?«, fragte Sónia.

»Alte Schule«, sagte Helena.

»Militärschule, meinst du wohl«, erwiderte Sónia, was Helena ein schmales Lächeln abrang. Vermutlich hätte das nach dem Verlauf des heutigen Tages sonst niemand geschafft.

»Lust auf einen Absacker, wenn wir hier durch sind?«, wollte Sónia wissen.

40
Henrik

Wird spät!, lautete Helenas knappe Nachricht auf seinem Handy. Im Radio sprachen sie von einem Unfall mit Todesfolge, der sich in der Rua Dom Pedro ereignet haben soll. Noch wusste niemand was Genaues, aber Henrik hätte sein Antiquariat darauf verwettet, dass es Pierre Andrande erwischt hatte. Wobei er einen Unfall für ziemlich unwahrscheinlich hielt.

Andrande, Tavares, Monteiro. Wer war der Nächste? Gabriel Borges oder Clemente de Moura? Beide wohnten nicht im Zentrum. Borges hatte ein Anwesen an der Küste, bei Estoril. De Moura residierte nicht weniger feudal drüben bei Almada. Wollte er dort nicht sowieso hin? Er erinnerte sich an seine Unterhaltung an der Bar des Esquina. An Victors Cousin, der ihm dieses neue Restaurant auf der anderen Flussseite schmackhaft gemacht hatte. Er kam nicht mehr auf den Namen. Abgesehen davon, dass es Unsinn war, zu denken, das eine hätte etwas mit dem anderen zu tun. *Jag jetzt bloß keinen Gespenstern hinterher*, mahnte er sich.

Die Adressen von Borges und de Moura hatte Helena ihm überlassen, als für sie noch unklar war, ob ihr Vorgesetzter einer Befragung zustimmen würde. Das dürfte sich mit dem heutigen Toten erledigt haben. Also war für ihn da nichts mehr auszurichten. Die beiden Herren würden ab sofort von der Polizei überwacht werden. Vermutlich rund um die Uhr. Er konnte sich abschminken, auch nur in die Nähe der verbliebenen zwei Mitglieder des Chiado Turf Clubs zu kommen.

Womit also den freien Abend verbringen?

Henrik musste nicht lang überlegen, packte zusammen, was er brauchte und machte sich auf den Weg. Er entschied sich gegen den Bus, schließlich hatte er keine Eile. Seit er seine Dosis Doxepin erhöht hatte, fühlte er sich deutlich komfortabler in seiner Haut. Unverständlich, wieso er sich vormals so angestellt hatte, was dieses Medikament betraf.

Bevor er nicht nur ein Loch in der Brust, sondern auch eine psychische Delle abbekommen hatte, war er viel zu Fuß gegangen. Die Stadt hatte er so am intensivsten in sich aufnehmen können. Nachdem er ewig lange im Nebel herumgeirrt war, fühlte er sich nun gut genug, um wieder an die alten Rituale anzuknüpfen. Er durfte nur nicht vergessen, dass seine Sinne nicht mehr so scharf waren, wie noch vor einem halben Jahr, ohne die Tabletten. Das Aufeinandertreffen mit Jacinto Martins hatte ihn daran erinnert, weshalb er nun umsichtiger als zuletzt durch die Gassen schlenderte. Er wählte die Route am Miradouro de Santa Catarina vorbei, wo sich erfahrungsgemäß jetzt, da sich die Sonne anschickte, demnächst im Atlantik zu versinken, eine nahezu unüberschaubare Menge an Leuten versammelte. Die Aussichtsterrasse war ein beliebter Treffpunkt von jungen Menschen, die den Abend mit Musik, Tanz und Cannabis zelebrierten. Der würzig-süße Duft von Marihuana hing schwer in der sich langsam abkühlenden Luft. Er folgte der Calçada Marquês Abrantes, die auf halber Höhe nach Südwesten verlief und in der in letzter Zeit viele Gebäude renoviert worden waren, was das Viertel oberhalb der alten Docks und Hafenanlagen deutlich aufwertete. Alles in allem begann er den Spaziergang richtig zu genießen. Nach zwanzig Minuten passierte er die französische Botschaft, dann das Marionetten-Museum und gleich darauf kam die Igreja de Santos-o-Velho in Sicht, ein in zartem Rosa gestrichener Sakralbau mit zwei Türmen, die einen dreieckigen Giebel flankierten, der ursprünglich aus dem 12. Jahrhundert stammte, wobei er nicht sagen konnte, wie viel nach der Renovierung im 19. Jahrhundert noch von dem ursprünglichen Gemäuer übrig geblieben war. Ein neuer Anstrich wäre allerdings durchaus erstrebenswert, dachte Henrik, der den vermeintlich interessierten Blick auf die Kirche dazu nutze, sich ein weiteres Mal nach Verfolgern umzusehen. Doch seine Bedenken blieben unbegründet. Oder war er nur zu sehr vom Charme Lissabons umgarnt, um etwas zu bemerken?

Nach der Kirche bog er rechts ab. Der Himmel glühte bereits rot, als er zum dritten Mal in dieser Woche die Rua Sacramento durchschritt. Entschlossen, diesmal auf direktem Weg die Nummer 17 anzusteuern, statt vorher den bewährten Beobachtungsposten unter dem Torbogen des Casa do Visconde de Sacavém zu konsultieren. Doch dieses Vorhaben durchkreuzte die Sichtung eines ihm vertraut erscheinenden schwarzen Range Rovers mit abgedunkelten Scheiben, der unmittelbar vor der Stadtvilla parkte. Wieder war er gezwungen, sich unter den Kameraaugen des benachbarten Botschaftsgebäudes augenfälliger als beabsichtigt zu verhalten. Er verbarg sich hinter einem anderen Geländewagen, erkannte aber zu spät, dass das klobige Gefährt über ein Diplomatenkennzeichen verfügte. Doch Henrik verschwendete keinen Gedanken daran, was die Angestellten der US-Auslandsbehörden an den Überwachungsmonitoren von seinem Verhalten hielten. Alles, was ihn im Moment interessierte, war die Szene, die sich zwanzig Meter entfernt vorm Eingangsportal der Monteiros abspielte.

Sie stritten offensichtlich. Allerdings nicht lauthals, sondern nur durch leises, bösartiges Zischen, sodass Henrik nicht verstehen konnte, worum es sich bei der Auseinandersetzung zwischen Catarina Monteiro und dem boxenden Albaner Luan drehte.

Auszug aus den persönlichen Aufzeichnungen der Person, die sich Albuquerque nannte.

8. Dezember 1974

Ich konnte nicht umhin, mich mit der Namensvergabe unseres Clubs zu beschäftigen. In der Universitätsbibliothek fand ich Hinweise auf einen aus dem Englischen übersetzten Jockey Club de Paris, wobei auch dieser nichts mit Pferden zu tun hatte. Weniger noch als der unsere, möchte ich behaupten, denn hierbei handelte es sich um einen traditionellen, privaten Herrenclub in Frankreich. Ein Treffpunkt der Elite der französischen Gesellschaft des 19. Jahrhunderts, wenn auch nicht ausschließlich aristokratisch. Also doch eine gewisse Übereinstimmung mit uns.

Immer häufiger redet Magellan bei unseren Zusammenkünften vom großen Umbruch. Einer Gegenrevolution. Das jedenfalls verstehen die anderen drei darunter und Magellan bestärkt sie in dieser Annahme. »Sind wir damit eine Untergrundbewegung?«, wollte Corte-Real wissen. »Nein, nennen wir es lieber eine Geheimgesellschaft«, bekam er von Magellan zur Antwort. Woraufhin alle nickten. Mich eingenommen, auch wenn ich die Absicht dahinter nicht verstehe. Das tun die anderen drei im Übrigen auch nicht, doch keiner wird das vor Magellan zugeben.

Natürlich hinterfrage ich fortwährend seine Absichten, was ich allerdings niemals laut ausspreche. Vieles was Magellan von sich gibt, lässt sich nämlich auch anderweitig interpretieren. Wenn er beispielsweise von der Macht philosophiert, die er in seinem Rücken wähnt und die dazu dienen soll, Portugal wieder an uns zu reißen, bezweifle ich regelmäßig, dass er damit den politischen Untergrund der Salazaristen meint.

Die Diskussionen sind einseitig und verlaufen schnell im Sand, da stets viel getrunken wird, so als feierten sie schon einen Sieg. Es ist schwer, so zu tun, als zechte ich mit. Doch bisher war es mir gelungen, einen größeren Rausch zu vermeiden. Keinesfalls habe ich vor, auf Anordnung meines Onkels, erneut eine Entziehungskur auf dem Land zu machen. Außerdem bin ich bestrebt, einen klaren Kopf zu bewahren. Auch wenn ich es noch nicht durchschaue, verfolgt Magellan einen Plan. Es geht ihm nicht darum, ausgewählte Freunde um sich zu scharen, um mit ihnen zu rauchen, Schnaps zu trinken und irgendwann die Sozialisten wieder aus dem Land zu jagen. Dennoch liegt auf der Hand, dass er uns für etwas rekrutieren will und dies womöglich sogar schon erfolgreich getan hat.

41
Helena

Von der Rua Dom Pedro ins Bairro Alto waren es nur ein paar Schritte. Noch war es viel zu früh; das Ausgehviertel war gerade erst im Begriff zu erwachen. Erst in zwei, drei Stunden würden die schmalen Gassen vollgestopft mit feierlustigen Menschen sein. In und vor den Restaurants saßen ausschließlich Touristen beim Abendessen. Es war wie eine unausgesprochene Vereinbarung, dass die Besucher der Stadt zeitig dinierten, um danach den Hiesigen Platz zu machen, die sich in der Regel nicht vor halb zehn zum Essen einfanden. Sónia und Helena waren sich einig, dass sie ohnehin nur etwas trinken wollten. In den Bars, an denen sie vorbeikamen, herrschte gähnende Leere, einige hatten noch gar nicht geöffnet. Helena war unschlüssig, welche Kneipe sie ansteuern sollte. Erst recht, als ihr in den Sinn kam, dass Sónia ja neu in Lissabon war und vermutlich erwartete, in Helenas Lieblingsbar im Bairro geführt zu werden. Ab da fühlte sie sich richtig unter Druck gesetzt. Sie verspürte Scham darüber, dass sie so wenig über das ausschweifende Nachtleben der Stadt wusste, in der sie seit jeher lebte. Gefangen in dieser Zwickmühle betrat sie schließlich aufs Geratewohl das nächstbeste Etablissement, das sich allerdings als noble Vinothek entpuppte.

Sónia schloss zu ihr auf und hob die linke Braue.

»Wir können auch woanders hin«, sagte Helena schnell.

»Nein, ist cool, so gediegen. Bist du öfter hier?«

War das sarkastisch gemeint? Helena bereute sogleich, den Vorschlag der Ärztin auf einen Absacker angenommen zu haben. Doch Sónia zog sich bereits einen Stuhl heran und setzte sich an einen der Tische, die aus entzwei gesägten Weinfässern bestanden, auf denen runde Glasplatten angebracht waren. Helena nahm ihr gegenüber Platz und ließ ihren Blick über die Bar hinweg zu den deckenhohen Weinregalen wandern. Alles sah neu und aufgeräumt aus. Sie waren die einzigen Gäste. »Ich war noch nie hier«, gestand sie, was Sónia mit einem schmalen Lächeln kommentierte. »Egal, ziehen wir uns einen teuren Rotwein rein!«, entschied die Pathologin. Wie auf Bestellung eilte ein Kellner herbei, weißes Hemd, bordeauxrote Schürze, Männerdutt. Sehr jung. Er sah nicht aus, als dürfte er schon Wein trinken.

»Was ist die Tagesempfehlung?«, fragte Sónia.

Der Kellner musste über seine Schulter zurückblicken, rüber zu der Schiefertafel, konsultierte dann sicherheitshalber auch noch sein Tablet, mit dem er die Bestellungen aufnahm. »Weiß oder rot?«

»Rot natürlich!«, sagte Sónia, obwohl Helena bei der immer noch vorherrschenden Temperatur einem eiskalten Vinho Verde den Vorzug gegeben hätte.

»Wie wäre ein Alentejano, der 2020er Icone Reserva, eine Cuvée aus Syrah und den regionalen Sorten Alicante Bouschet und Touriga Nacional, ausgebaut in amerikanischer Eiche. Intensives Bouquet von Blau- und Brombeeren, fein untermalt von Pfefferaromen, Röstaromen und Vanille …«

»Wie viel Prozent Syrah?«, unterbrach Sónia das Milchgesicht. Augenscheinlich hatte sie ihren Spaß.

»Achtzig«, antwortete der Kellner mit professionellem Ernst.

»Du liest das doch nicht alles von diesem Ding ab, mein Freund?«

Die Verlegenheit pumpte eine dunkle Röte in seine Wangen, die die Konkurrenz zu den schweren Rotweinen nicht scheuen brauchte.

»Egal, nehmen wir!«, entschied Sónia. Der Kellner beeilte sich, von ihnen wegzukommen.

»Das war gemein«, sagte Helena.

»Komm schon – ›Fein untermalt von Pfefferaromen‹? Das musste sein.« Sónias grüne Augen leuchteten ihr unter dem Schein der tiefhängenden Deckenlampen entgegen. Sie wandte den Blick ab, denn die Art wie Sónia sie musterte, machte sie verlegen. Von dem Fenster, an dem sie saßen, konnte man auf die Rua do Diário de Notícias hinaussehen, die sich minütlich mehr mit Leuten füllte. Der Wein wurde serviert. Sie ließen die Kelche klirren. Der dunkle Rebensaft floss samtig über ihre Zunge. Jetzt war sie doch zufrieden mit der Auswahl, die Sónia getroffen hatte. Die Ärztin war schon am Erzählen. Von ihren Eltern, die jetzt auf Madeira lebten. Von ihrem Medizinstudium in Porto und dass sie danach wieder zurück nach Braga wechselte, wo sie aufgewachsen war. Auch wegen dem Ende einer Beziehung, auf die sie nicht näher einging. Sónia berichtete von aufregenden Reisen während ihrer Studienzeit, von einem Mittel- und Südamerikatrip, der Ausgelassenheit und den Abenteuern, die sie in dieser Zeit durchlebte. Und schließlich von Lissabon und wie *happy* sie war, die Stelle an der Universitätsklinik bekommen zu haben und die Provinz damit endlich hinter sich lassen zu können.

Als Helena sich das nächste Mal umsah, war sie überrascht, dass plötzlich an allen Tischen Leute saßen. Der junge Kellner kam zusehends ins Rotieren. Sie machten es ihm leicht und blieben bei dem Alentejano, bestellten eine zweite und dann eine dritte Runde, bevor Helena überhaupt an der Reihe war, etwas von sich zu erzählen. Sie fand ohnehin, dass sie im Vergleich zu der nahezu zehn Jahre jüngeren Sónia nicht viel zu berichten hatte. Noch dazu blieb sie oberflächlich, was dazu führte, dass die Schilderung ihres Werdegangs ziemlich kurz ausfiel. Danach erzählte sie von Sara, was Sónia mit ein wenig Verwunderung aufnahm. »Was, du hast eine Tochter? Und sie fängt schon mit der Schule an? Unfassbar, du siehst so jung aus!«

»Komm schon!«

»Nein ehrlich! Das muss schön sein.«

Das war es. Trotzdem verspürte sie Unbehagen darüber, noch nie irgendwo anders gewesen zu sein. Abgesehen von ein paar kurzen Urlauben an der Algarve. Portugal verlassen hatte sie bislang nur ein einziges Mal. Als sie mit Sara, Henrik und ihren Eltern Weihnachten in Deutschland bei Henriks Familie verbrachte. Was sie allerdings für sich behielt, ohne sagen zu können, warum.

»Was ist mit Saras Vater?«, fragte Sónia in ihre Gedanken hinein.

Helena schüttelte den Kopf. »Alleinerziehend, wie man so schön sagt.« Ihre Antwort war Henrik gegenüber unfair, weshalb sie schnell einen Schluck Wein trank, um den schalen Geschmack im Mund runterzuspülen.

»Keine Beziehung?«

Helena überlegte zu lang.

»Tiago ist scharf auf dich«, stellte Sónia fest.

»Wie kommst du darauf?«

»Er spricht viel von dir. Außerdem ist mir sehr wohl aufgefallen, wie er dich angesehen hat, als du zuletzt bei uns in der Pathologie warst.«

Helena schüttelte den Kopf. Ausgerechnet da hatten sie diesen Streit. Sie konnte sich nicht vorstellen, dass Sónia da irgendwelche verfänglichen Emotionen zu sehen bekommen hatte.

»Tu nicht so, du weißt es doch!«, beharrte die Ärztin.

»Können wir das Thema wechseln?«, herrschte Helena sie an, wusste aber auch sofort, dass diese Reaktion genau die falsche war. Sónia fühlte sich in ihrer Vermutung bestätigt, wie ihr breites Grinsen zeigte. »Ich lebe mit jemandem zusammen«, wandte Helena deshalb ein und versuchte dabei deutlich sanfter zu klingen.

»Was sagt das schon?«, konterte die Gerichtsmedizinerin. »Gefühle lassen sich doch nicht davon abstellen, ob und mit wem man eine Wohnung teilt. Ich mag mich täuschen, weil ich dich noch nicht sonderlich gut kenne, habe aber trotzdem den Eindruck, dass du offen für Neues bist.«

Bevor Helena widersprechen konnte, legte Sónia ihre Hand auf die von Helena. Die Berührung fühlte sich nach mehr als nur einer freundschaftlichen Geste an, was bei ihr einen deutlich zu vernehmenden innerlichen Aufruhr hervorrief.

42
Henrik

Sein Griff auf die rechte Bettseite ging ins Leere. Kraftlos sank sein Arm auf ihr Kissen. Er konnte die Wärme fühlen, die sie dort zurückgelassen hatte. Demnach hatte er nicht geträumt. Sie war gestern Nacht noch zu ihm unter die Decke geschlüpft. Wage erinnerte er sich auch an einen Kuss und daran, dass ihr Atem nach Wein gerochen hatte. Sofern das alles kein Traum gewesen war. Jedenfalls schien sie wieder früh aufgestanden und ins Büro gefahren zu sein. Er stellte fest, dass es ihm egal war. Er fühlte sich ausgehöhlt. Das sollte ihn eigentlich schockieren und vollends wachrütteln. Er sollte hinterfragen, wieso der Rückfall ausgerechnet heute kommen musste, aber selbst das kostete schon zu viel Kraft, die er nicht aufzubringen vermochte. Nicht einmal die Augen konnte er öffnen. Was war geschehen?

Nach seiner fragwürdigen Entdeckung gestern Abend in der Rua Sacramento, hatte er schnell den Rückzug angetreten. Natürlich wäre es sinnvoller gewesen, Catarina zur Rede zu stellen. Die Tochter von Eusébio Monteiro hatte ihn belogen. Die Frage war nur, in welchem Ausmaß. Er war überzeugt, sie führte etwas im Schilde, auch wenn er noch nicht einordnen konnte, was sie für einen Plan verfolgte. Aufgrund seiner Beobachtung konnte er zudem nicht anders, als davon auszugehen, dass Catarina den Albaner zu ihm ins Antiquariat geschickt hatte. Hatte Luan von ihr die Anweisung erhalten, Henrik gegenüber keine Gewalt anzuwenden? War er deshalb so glimpflich davongekommen, bei den zwei Aufeinandertreffen, die Luan und er bislang hatten? Glimpflicher jedenfalls als Dr. Tavares. Für den verlief Luans Einsatz nicht so reibungslos. Waren sich Catarina und der Boxer deshalb gestern so uneins gewesen? Antworten erhielt er nur, wenn er sie sich zur Brust nahm. Doch dafür musste er erst wieder seinen Antrieb finden, von dem im Moment rein gar nichts zu spüren war. Wenn er so darüber nachdachte, immer noch schlaftrunken und umnebelt, fühlte es sich gerade viel besser an, einfach liegenzubleiben. Sofern er hier überhaupt von einem Gefühl sprechen konnte, denn was er wirklich empfand, war allenfalls Leere. Im Büro, in der untersten Schreibtischschublade lagen die fünftausend Euro, die Tavares ihm hinterlassen hatte. Und die okkultistische Enzyklopädie, die nun niemand mehr abholen würde, konnte er für einen Batzen Geld an Jacinto Martins verscherbeln. Für seinen Aufwand war er damit hinreichend entlohnt und der Fall aus seiner Sicht gewissermaßen geklärt. Um alles andere konnten Helena und ihre Kollegen sich kümmern.

Ein Geräusch aus der Küche schreckte ihn auf. Endlich fand er die Kraft, die Augen zu öffnen. Die Morgensonne zeichnete ein grelles Rechteck an die Zimmerdecke, doch das trug nicht dazu bei, ihn mit neuer Energie zu versorgen. Draußen vor dem Fenster wartete nur ein weiterer heißer Sommertag. Erneut hörte er das Klappern von Besteck. War Helena doch noch nicht zur Arbeit aufgebrochen? Machte sie womöglich Frühstück? Er verspürte keinen Hunger, könnte sich aber mit einer starken Dosis Koffein anfreunden.

Er wusste nicht, an was es letztlich lag, am Verlangen nach Kaffee oder vielleicht doch an seiner Liebe zu Helena, jedenfalls verhalf ihm eins oder gar die Kombination von beidem aus dem Bett. Er dachte an die Pillen im Badezimmer, die nicht nur seine Angstzustände, sondern auch die Depression zu dämpfen vermochten. In den letzten Tagen hatte er mehr davon eingenommen als ratsam. War das Loch, in dem er vorhin erwacht war und aus dem er nicht herauskriechen konnte, die Rechnung für diese Überdosierung? Die Vorstellung, deswegen den Beipackzettel zu konsultieren, war selbst bei normalem Gemütszustand absurd. Dennoch musste er irgendwie nachsteuern, um sich wieder auf Kurs zu bringen. Doch vorerst widerstand Henrik dem Drang, an den Spiegelschrank über dem Waschbecken zu gehen. Stattdessen steuerte er die Küche an. Sie saß am Tisch, vor sich den aufgeklappten Laptop und schreckte auf, als sie ihn bemerkte. Auch wenn es sich anfühlte, als schwämme sein Denkapparat in Altöl, drängte sich dennoch der Eindruck auf, sie bei etwas gestört zu haben.

»Bist du gerade auf einer Dating-Plattform?«, raunte er mit belegter Stimme.

Sie sah ihn an. Der Schreck wich aus ihrer Miene und machte einer Traurigkeit Platz, die ihm verdeutlichte, was er für ein Bild abgab. Es gelang ihr nicht, zu verbergen, wie sehr sie darum kämpfen musste, ihm auch nur einen Hauch von Zuversicht entgegenzubringen.

43
Helena

Sie schenkte ihm Kaffee ein, weil er selbst nicht dazu fähig war. So wie sie ihn in den schlimmsten Phasen seiner Depression kennengelernt hatte, konnte sie dankbar sein, dass er sich in diesem seelischen Zustand überhaupt aus dem Bett gequält hatte. Es fiel ihr schwer, nicht danach zu fragen, ob er die Einnahme seiner Medikamente vernachlässigt hatte. Allerdings war er in den vergangenen Tagen erfreulich gut drauf gewesen, was gegen diese Vermutung sprach. Was also hatte ihn von gestern auf heute so aus der Bahn geworfen? Sie machte sich Vorwürfe, ihn wegen ihrer Ermittlung zu stark gefordert zu haben. Sie hatte ihn da reingezogen, jetzt durfte sie es ausbaden.

Henrik nippte vom Kaffee und musste den Becher dabei mit beiden Händen umfassen, um dem Zittern entgegenzuwirken. »Bin gleich wieder auf dem Damm«, versprach er.

Sie trat neben ihn und strich ihm durchs Haar, wusste nicht, was sie sagen sollte. »Sorry, dass es gestern so spät geworden ist.«

»Der Mord in der Rua Dom Pedro? Hat es diesen …« Er suchte nach dem Namen. »… Arande, war er das Opfer?«

»Andrade«, korrigierte sie ihn. »Noch gehen wir von einem Suizid aus.« Ihn mit irgendwelchen Verbrechensrecherchen zu versorgen, war bisher ein probates Mittel, ihn aus diesem psychischen Loch zu holen. Aber bewirkte sie im Moment nicht genau das Gegenteil damit? Trug sie damit nicht noch mehr zu seiner Überforderung bei?

»Das glaubst du doch nicht«, stellte er fest.

Helena sagte nichts darauf. Sie setzte sich wieder auf ihren Stuhl.

»Du musst mir davon berichten, sobald ich wieder klar denken kann. Aber jetzt sag mir, was hast du dir angesehen?«, fragte er, darum bemüht irgendwie wach zu klingen. Er zeigte auf ihren Laptop, auf dem immer noch die Instagram-Seite von Sónia da Silva geöffnet war. Helena widerstrebte es, das Notebook so zu drehen, dass er den Bildschirm sehen konnte. Als hätte sie tatsächlich was zu verbergen. Was um Herrgottswillen war schlimm daran, dass sie sich die Social-Media-Aktivitäten der Gerichtsmedizinerin angesehen hatte? Sie glaubte nicht einmal, dass Henrik in seiner momentanen Verfassung überhaupt irgendwas daran hinterfragen würde. Abgesehen davon, dass es auch rein gar nichts zu hinterfragen gab. Sie dachte an Sónias warme Hand auf der ihren. Es war ein Reflex, dass sie sich sogleich über den Handrücken wischte, als säße dort eine Mücke. »War nur ein wenig neugierig«, sagte sie.

»Weswegen?«

»In der Pathologie hat eine neue Kollegin angefangen.«

»Zeig mal!«, forderte er sie auf.

Sie schob ihm den Rechner hin, doch sein Blick streifte nur oberflächlich die Fotos in Sónias Feed.

»Ist sie nett?«, fragte er so desinteressiert, wie sie es von ihm kannte, wenn er sich in dieser seelischen Schieflage befand.

Helena nickte, was ihn dazu animierte, weiter zu scrollen, um ihr den Gefallen zu tun und ein wenig Aufmerksamkeit zu zeigen, die ihm vermutlich unendlich schwerfiel. Er kam ihr vor, als würde er innerhalb der nächsten Sekunden wieder einschlafen. Hier am Tisch, im Sitzen, die eine Hand um den Kaffeebecher gelegt. Doch plötzlich zuckten seine Schultern nach oben und seine halb geschlossenen Augen weiteten sich. »Heilige …«, murrte er und sah von einer Sekunde auf die andere beinahe wieder so aus wie der Henrik, in den sie sich vor eineinhalb Jahren verliebt hatte.

»Was?«, entfuhr es ihr, während sie aufsprang und sich hinter ihn stellte. Sein Zeigefinger zitterte, als er damit auf ein Foto zeigte. Eine Aufnahme an einem Strand. Rötlicher Sand, hohe, schäumende Wellen im Hintergrund. Ein Ort irgendwo an der Küste oben im Norden, schätzte Helena. Sie erkannte Sónia, auch wenn ihre Haare damals noch lang waren und sie ihre ungewöhnlich grünen Augen hinter einer Sonnenbrille versteckte. Ihr rechter Arm lag um die Schulter einer anderen Frau, die ebenfalls jung und ausgelassen in die Kamera lachte. Helena kannte diese Frau und ihr fiel ein, dass auch Henrik sie schon getroffen hatte.

»Das ist sie, oder?«, fragte er mit bebender Stimme.

»Sie kennen sich«, murmelte Helena, verstand aber dennoch nicht ganz, worauf sie da gerade gestoßen waren.

Auszug aus den persönlichen Aufzeichnungen der Person, die sich Albuquerque nannte.

8. Dezember 1974 – Nachtrag

Mariposa hat mich angesehen. Nicht als Dekanatssekretärin, sondern als Frau. Anders kann ich ihren Blick nicht deuten. Ihr Blick ist wie Feuer. Er wärmt, was bei der Dezemberkälte eine Wohltat ist.

Doch von vorne. Nachdem ich den ganzen Tag über wegen Magellan und seinem undurchsichtigen Ansinnen den Kopf voller düsterer Gedanken hatte, bin ich kurz vor der Schließzeit ins Dekanatsbüro geeilt, weil ich es bislang versäumt hatte, wegen meiner anstehenden Hausarbeit einen Termin bei Professor de Miranda zu machen. Ich habe freilich gleich bemerkt, dass Mariposa schon am Zusammenräumen war. Zuerst schämte ich mich, weil ich nicht angemessen vor sie getreten war. Um Atem ringend stand ich vor ihrem Tresen, die Krawatte schief, das Haar zerzaust von Wind, wie mir mein Spiegelbild im Fenster hinter ihr verriet. Doch sie lächelte freundlich und wirkte sogleich, als sähe sie mich zum ersten Mal. Nicht den geschniegelten Studenten aus der Oberschicht in seinem teuren Anzug, der sich kaum von seinen Kommilitonen unterscheidet, sondern den, der ich wirklich bin. Ich mache mir nichts vor. Möglicherweise bin ich zu betört, weshalb die Verwirrung in meinem Kopf (und meinem Herzen) ihr Verhalten einfach nur falsch interpretiert. Doch ich kann nicht umhin zu betonen, dass sie trotz meines Zuspätkommens sehr hilfsbereit war, schnell noch einen Blick in den Kalender des Professors warf und dort einen Termin für mich vermerkte.

Nun fühle ich mich beschwingt wie seit Langem nicht und ich lache über die Vernunft, die mich einen Tölpel schimpft.

44
Helena

Die neue Erkenntnis machte es unabdingbar, trotzdem hatte sie ihn nur schweren Herzens alleingelassen. Bei einem vertraulichen Gespräch, das sie nach dem Schuss auf ihn und dem daraus resultierenden Wiedererstarken der depressiven Schübe ohne sein Wissen mit seiner Psychologin geführt hatte, riet diese ihr, bei entsprechenden Warnzeichen nicht zu zögern. Und ja verdammt, deutlicher als heute Morgen konnten die Warnzeichen kaum sein. Sie hätte ihn in die Klinik bringen müssen. Doch was tat sie? Fuhr ins Büro, um darauf zu warten, dass sich die Gerichtsmedizin hinsichtlich der Autopsie von Pierre Andrade meldete. Darauf, dass Sónia sie anrief.

Derweil saß sie mit der Abteilung zusammen und hörte sich an, was Damasos vor versammelter Mannschaft über die Entwicklung ihrer jüngsten Fälle zu sagen hatte. Über mögliche Parallelen zwischen den Toden von Eusébio Monteiro, Alfonso Tavares und Pierre Andrade. Alle drei waren sie auf unterschiedliche Weise ums Leben gekommen, dennoch war es wichtig, schnell weitere Verbindungen zu finden, und zwar über die gemeinsame Studienzeit hinaus.

Natürlich verfügte sie noch über etwas, das zumindest die beiden ersten Toten verband. Sie öffnete den Bilderordner ihres Handys. Als Henrik ihr am Freitag nach ihrem Abendessen im Bairro den Umschlag zeigte, hatte Helena das Siegel fotografiert. Doch nach wie vor war ihr auch dazu keine Ausrede eingefallen, mit der sie plausibel erklären konnte, wie sie an es herangekommen war, ohne Henriks Namen zu erwähnen. Weshalb sie auch den obskuren, nirgendwo verzeichneten Chiado Turf Club bislang unerwähnt gelassen hatte. Diesen Aspekt des Falls kannte nicht einmal Damasos. Doch nun, nach dem Tod von Andrande, kam sie nicht mehr drumherum, auch dieses Indiz auf den Tisch zu legen. Es blieb ihr nicht mehr viel Zeit, dafür die passende Gelegenheit abzuwarten, die vermutlich ohnehin nicht kommen würde. Sie durfte nicht länger warten, denn sie hatte ja schon zu spüren bekommen, welche Auswirkungen ihr Zögern haben konnte. Schlimmstenfalls riskierte sie ein weiteres Todesopfer und das würde sie nicht verkraften. Gestern, beim Durchsuchen von Pierre Andrades Wohnung hatte sie inständig darauf gehofft, dass ihr auch dort ein Hinweis auf den Chiado Turf Club in die Finger kam. Leider war dem nicht so und seither hegte sie den Verdacht, dass womöglich doch etwas gestohlen worden war, während der Pensionär in seiner Badewanne ausblutete. Himmel noch mal, sie musste jetzt wirklich alles auspacken.

Um sich von dieser bevorstehenden Herausforderung abzulenken, dachte Helena an die Obdachlose Marta, die genauso ein Anrecht darauf besaß, im Rahmen dieser Untersuchung genannt zu werden. Doch sie behielt ihre Meinung in der großen Runde für sich, zumal ihr noch keine Ergebnisse der Spurensicherung vorlagen, was die Untersuchung des Einkaufswagens betraf. Und auch, weil Carlos Ribeiro von Damasos mit keinem Wort erwähnt wurde. Diese Spur hielt ihr Kollege weiterhin für irrelevant. Für ein totes Gleis, wie er sie hatte wissen lassen, als sie ihren Verdacht zur Sprache gebracht hatte. Doch Helena hegte nicht die Absicht, Ribeiro aus den Augen zu verlieren.

Damasos war mit seinem Vortrag bei der von Dr. Tavares erstellten Liste angelangt, die zwei weitere Namen von potenziell gefährdeten Personen enthielt. »Gabriel Borges und Clemente de

Moura sind noch am Leben. Tun wir alles dafür, dass es so bleibt«, verlangte Damasos gerade und bekam damit wieder Helenas ungeteilte Aufmerksamkeit. Sie wunderte sich, dass niemand aus der Runde nachhakte, woher er von diesen Männern wusste oder vielmehr, wer ihnen besagte *Abschussliste* zugespielt hatte. Doch Helena ging mit Gewissheit davon aus, dass diese Frage sehr bald gestellt werden würde.

»Gabriel Borges befindet sich zurzeit in den USA, von daher gehen wir davon aus, dass hier der Gefährdungsgrad gering ist. Clemente de Moura ist informiert, lehnt einen Polizeischutz allerdings ab. Ich habe angeordnet, dass dort, wo er wohnt, vermehrt Streife gefahren wird. Mehr können wir hier aktuell nicht tun. Inspetora Gomes und ich werden jedoch heute noch ein ausführliches Gespräch mit ihm führen und je nach Sachlage auf ihn einwirken.« Damasos begann, unter den Kolleginnen und Kollegen weitere Aufgaben zu verteilen. Helena sah zum x-ten Mal auf ihr Handy. Natürlich war es notwendig, mit de Mousa zu sprechen, und dass Damasos sie dabeihaben wollte, wusste sie zu schätzen. Allerdings hielt sie eine andere Unterhaltung zurzeit noch für deutlich wichtiger.

Das Meeting war beendet. Lautes Stühlerücken und das Durcheinandergerede der Anwesenden holte sie erneut aus ihren Gedanken. Sie stand auf und suchte Damasos Blick, der noch vorne am Whiteboard stand. Er deutete auf seine Armbanduhr und hielt dann einen Finger hoch. Sie hatte eine Stunde, bevor er loswollte. Das musste reichen, entschied sie, und verließ den Konferenzraum.

Zwei Minuten später fuhr sie aus der Tiefgarage. Die Baustelle rund um den Bahnhof Cais do Sodré forderte ihre Geduld. Während sie im Schneckentempo dahintuckerte, wanderten ihre Gedanken wieder zu Henrik. Er hatte ihr versprochen, heute im Haus zu bleiben. Wollte sich sogar noch mal hinlegen. Sie wusste nicht, inwieweit sie ihm trauen konnte. Noch vor ein paar Wochen hätten ihn in dem psychisch labilen Zustand keine zehn Pferde aus der Wohnung oder vielmehr aus dem Antiquariat gebracht, in das er sich während dieser schwierigen Phase förmlich vergraben hatte. Doch je besser sich der Medikamentenspiegel bei ihm einpendelte, desto mehr konnte er die Angst kompensieren, die ihn so lange Zeit gelähmt hatte. Natürlich war es nicht ausgestanden, es gab Rückfälle, wie sich heute wieder gezeigt hatte. Sie hoffte inständig, dass sie es in den Griff bekamen und er bald wieder sein gewohntes Leben führen konnte. Mit ihr an seiner Seite, so wie er sich das wünschte. *Und was will ich?*

Helena hatte die Anhöhe nordöstlich des Praça Dom Pedro IV erreicht, auf der sich das weitläufige Gelände der Universitätsklinik befand. Entgegen ihrem ursprünglichen Ansinnen, sich erst telefonisch zu verständigen, hatte sie sich wegen Damasos' neuem Zeitplan nun für einen Überraschungsbesuch entschieden. Selbst auf das Risiko hin, dass noch keine Obduktionsergebnisse von Pierre Andrade vorlagen. Doch das war nicht der vorrangige Grund, hierherzufahren. Sie parkte an der üblichen Stelle vor dem Gebäudetrakt, in dem die Gerichtsmedizin untergebracht war und stieg mit äußerst gemischten Gefühlen die Treppe ins Untergeschoss hinab. Wie immer auf diesem Weg runter in die Katakomben, roch es nach der unangenehmen Mischung aus Chemikalien und Tod. Nur machte es ihr heute weniger aus, da sie sich innerlich zu aufgewühlt fühlte. Was, wenn nur Tiago da war? Was, wenn sie beide antraf?

Als sie durch die Schwingtür in den Sektionssaal trat, rumpelte sie beinahe mit Tiago zusammen, der ihr entgegenkam. Überrascht fingen sie sich gegenseitig auf. Sie sah zu ihm hoch, er lächelte. In derselben Sekunde schien ihm wieder einzufallen, dass er wegen ihres Verhaltens letzten Freitag noch sauer auf sie war.

»Wir sind noch nicht so weit«, gab er ihr zu verstehen und ließ ihre Unterarme los.

Sie trat einen Schritt zurück. »Ist Sónia da?«

Er sah auf seine Uhr. »Sie hat heute Spätschicht.«

»Was heißt das?«

»Hab ich was verpasst? Machst du jetzt mit ihr deine Deals unter der Hand?«

Sofort kam in Helena das Gefühl hoch, Sónia beschützen zu müssen. »Wir machen überhaupt keine Deals«, entgegnete sie schroff. Tiago hob seine Hände. »Tut mir leid«, raunte er.

»Schon gut«, murrte Helena, die nicht hergekommen war, um erneut mit ihm zu streiten. »Kannst du mir trotzdem schon was zu Andrade sagen?«

»Er hatte ein Barbiturat im Blut, die Analyse läuft noch.«

In Helenas Kopf startete ihr eigenes Analyseprogramm. »Deshalb hat er sich nicht gewehrt«, murmelte sie.

»Ist noch zu früh, um dir das so zu bestätigen.«

»Soweit ich den Bericht der Kriminaltechnik im Kopf habe, wurden keine Beruhigungs- oder Betäubungsmittelpräparate in Andrades Wohnung gefunden«, entgegnete sie. »Was denkst du, wie hat er sie eingenommen?«

»Es gibt keine Einstichstellen, geschluckt nehme ich an, aber das kann ich dir erst sicher sagen, wenn mir vorliegt, um welches Mittel es sich genau handelt.«

»Danke Tiago«, sagte Helena und wandte sich um. Sie hatte genug erfahren, was den vermeintlichen Suizid anging. Jetzt musste sie nur noch die Zusammenhänge verstehen.

»Das war's?«, rief Tiago ihr hinterher.

»Ich melde mich«, sagte sie laut, ohne sich noch mal nach ihm umzudrehen. Während sie die Treppe hochrannte, fischte sie das Handy aus der Tasche. Eigentlich hatte sie nicht die Absicht gehabt, sich durch einen Anruf bei Sónia anzukündigen, doch ihr fehlte die Zeit. Als Helena aus dem Gebäudetrakt hinaus in die Sonnte trat, unterbrach sie den Wählvorgang. Auf dem Parkplatz für die Institutsmitarbeiter stieg die Gerichtsmedizinerin gerade aus ihrem Auto. Helena ging ihr entgegen. Sónia erblickte sie und winkte ihr zu. Gleichwohl stand ihr die Überraschung ins Gesicht geschrieben.

»*Olá*, schön dich zu sehen! Warst du bei Tiago?«, fragte die Ärztin und wollte sie zur Begrüßung umarmen, doch Helena hielt sie davon ab. »War ich, aber eigentlich will ich zu dir«, sagte sie.

»Alles klar?«, fragte Sónia verunsichert.

»Sag du's mir!«

Nun wich auch Sónia zurück. »Ich verstehe nicht?«

»Gut, ich nämlich auch nicht. Wann wolltest du mir erzählen, dass du Catarina Monteiro kennst?«

Die Pathologin kniff ihre sonst so verführerisch geschwungenen Lippen zu einem schmalen Strich zusammen. »Mir ist immer noch nicht klar, worauf du hinauswillst«, antwortete sie nach einer kurzen Denkpause.

»Ich bin mehr oder weniger immer noch damit zugange, den Tod ihres Vaters zu untersuchen, was dir sicher nicht entgangen ist. Trotzdem kommst du nicht auf die Idee, mir von Catarina und dir zu erzählen.«

»Was hat das eine mit dem anderen zu tun, drehst du jetzt durch, oder was?«

Helena sagte nichts, starrte ihr nur unerbittlich entgegen.

»Monteiro kam bei einem Unfall ums Leben, soweit ich weiß«, schob Sónia hinterher. »Ich kann deinen Auftritt hier nicht nachvollziehen.«

»Was war das zwischen Catarina und dir?«

»Geht dich nichts an!«

»Dass du mir diese Beziehung verschwiegen hast …«

»Beziehung? Welche Beziehung?«

»Ich hab das Foto gesehen, auf Instagram, und ich hab Augen im Kopf.«

»Was wirfst du mir vor, verdammt?«

»Dass du das bewusst verschwiegen hast.«

»Und deswegen so einen Aufstand?«

»Deswegen und weil du es warst, die die Obduktion von Catarinas Vaters durchgeführt hat.«

45
Henrik

Was, wenn der Tod dieser Männer doch etwas mit Okkultismus zu tun hatte? War es möglich, dass er den schmalgesichtigen Mythologen Jacinto Martins unterschätzte? Er wusste natürlich, dass er heute nicht vollständig Herr seiner Sinne war. Der Nebel waberte mal stärker, mal schwächer durch seinen Schädel. Nachdem er vorhin aus einem wirren Traum hochgeschreckt war, der seinen Vormittagsschlaf jäh beendet hatte, war er runter ins Antiquariat geschlichen, oder eher getorkelt, wobei er sich auf der engen Holztreppe fest ans Geländer klammern musste. Das Antiquariat war schließlich erlaubt. Es war ihm nicht schwergefallen, Helena zu versprechen, nicht auf die Straße zu gehen. In dem Zustand war er eine Gefahr für sich selbst, womöglich auch für andere. Andererseits konnte er nicht aufhören, über den Fall nachzudenken und das funktionierte am besten zwischen Tausenden von Büchern. *Der Fall!* Er war überzeugt davon, dass alles zusammenhing, auch wenn es nicht unbedingt den Anschein hatte. Monteiro, Tavares, Andrade und die Obdachlose, von der Helena berichtet hatte. Die Zeugin des Unfalls oder vielmehr diejenige, die den Unfallverursacher hatte flüchten sehen. So betrachtet, war diese Frau ein Kollateralschaden. Inwieweit diese neue Gerichtsmedizinerin mit drinsteckte, hatte er noch nicht verstanden, dafür war Helena nach dieser Entdeckung zu schnell verschwunden. War sie neben diesem Bogenschützentypen nun eine weitere Verdächtige? Weil sie Catarina Monteiro kannte? Hier verhakte sich seine Grübelei zum wiederholten Male.

Catarina Monteiro. Die Tochter des ersten Opfers dieser Serie von Todesfällen. Auch wenn er nicht klar zu denken vermochte, sah er ein, dass es zwingend notwendig war, sie einer weiteren Unterredung zu unterziehen. Und was tat man unter den gegebenen Umständen, wenn man nicht selbst zu den Leuten gehen konnte? Man holte sie zu sich. Also wählte er ihre Nummer.

»Sie schon wieder«, begrüßte ihn Catarina.

Gut, dachte Henrik, kommen wir gleich zum Punkt. »Ich weiß, was Sie getan haben.«

»Was meinen Sie damit?«

»Kommen Sie ins Antiquariat und wir reden über Ihren albanischen Freund.«

Es entstand eine Pause, doch er hörte sie atmen. »Wann?«

»Am besten gleich, ich erwarte Sie!«

Nachdem er die Verbindung getrennt hatte, musste er sich setzen. Er fühlte sich keinesfalls dafür bereit, war nun jedoch gezwungen, das Beste daraus zu machen. Während er wartete, überkamen ihn Bedenken. Was würde er tun, wenn sie Luan mitbrachte und der Boxer ihn diesmal nicht mehr mit Samthandschuhen anfasste? Sollte er vielleicht doch noch eine Pille einwerfen, um das durchzustehen?

Als jemand an die Ladentür klopfte, zuckte er zusammen. Er sah auf die Uhr. Es war mehr Zeit verstrichen, als er mitbekommen hatte. War er wieder weggebeamt worden, ohne es bemerkt zu haben? Das nächste Klopfen hörte sich schon ungeduldiger an. Henrik rappelte sich auf, schleppte sich zur Tür und schloss sie auf. Catarina war allein, was eine deutliche Last von ihm nahm. Unter dem schnurgeraden Audrey-Hepburn-Pony funkelten ihm ihre blauen Augen entgegen. Es lag keinerlei Freundlichkeit mehr in ihnen. »Sie sehen krank aus!«, stellte sie fest, was sie aber nicht nachsichtiger machte.

»Treten Sie ein!«, sagte Henrik und vollführte eine entsprechende Geste. Das luftige Sommerkleid, das sie bei ihrer letzten Begegnung trug, war nur noch eine Illusion. Heute kam sie in schwarz, ganz die trauernde Tochter. In dem taillierten Businesskostüm konnte er sie sich auch gut im Gerichtssaal vorstellen. Er verscheuchte den Gedanken und sperrte die Tür hinter ihr ab. Sie sah ihn skeptisch an, unterließ aber einen Kommentar. Sie folgte ihm durch den Laden. Er bot ihr den Stuhl vor dem Schaufenster an, doch sie schüttelte den Kopf. Henrik suchte Halt, indem er sich mit dem Rücken an die Stirnseite eines der Bücherregale lehnte. »Was zu trinken?«

»Besser Sie werden ohne Umwege los, was Sie mir zu sagen haben!«

Erneut entsann er sich, dass sie Anwältin war und er sie selbst im Vollbesitz geistiger Klarheit nur sehr schwer hätte in die Enge treiben können. So wie er im Moment beieinander war, konnte er sich eigentlich nur blamieren. »Dr. Alfonso Tavares ist ebenfalls tot, wissen Sie das?«, fragte er, als gäbe es nichts zu verlieren. Ihre Reaktion war verhalten. Entweder sie hatte sich gut im Griff oder sie kannte ihn wirklich nicht. »Bin ich deswegen hier? Das hätten Sie mir auch am Telefon erzählen können. Ich verstehe nicht, was Sie jetzt von mir erwarten?«

Er musste es anders angehen. »Woher kennen Sie Luan?«

Diesmal passierte deutlich mehr in ihren Augen und um die Mundwinkel. »Offensichtlich stimmen die Gerüchte, dass Sie ein guter Privatermittler sind. Ich bin Ihnen aber keinerlei Erklärung schuldig.«

»Der Mann hat mir, aber vor allem meiner … meiner Tochter gedroht.«

Für eine Sekunde wirkte sie sogar richtig erschrocken. »Das wusste ich nicht«, gab sie nüchtern zurück. »Er sollte nur …«

»Band sieben wiederbeschaffen. Waren Sie überrascht, dass er stattdessen mit dem Kuvert ankam?«

Catarina verschränkte die Arme vor der Brust und sah ihn fragend an. »Ich weiß nicht, was Sie meinen. Warum interessiert Sie das alles?«

»Weil ich genau wie Sie die Vermutung hege, dass Ihr Vater nicht einfach nur über eine Klippe gefahren ist, sondern dazu genötigt wurde. Und der Grund dafür ist, wie mir scheint, etwas, das mit diesem Chiado Turf Club zu tun hat.«

»Schöne Geschichte«, erwiderte sie, aber er sah ihr an, dass er einen Nerv getroffen hatte. »Ich unterbreite Ihnen jetzt meine Theorie. Natürlich dürfen Sie mich gerne jederzeit unterbrechen oder korrigieren. Sie haben etwas bei der Durchsicht der Unterlagen Ihres Vaters gefunden, das Sie darauf brachte, dass die Enzyklopädie geheime Informationen in sich birgt. Womöglich hat er Ihnen sogar eine konkrete Nachricht hinterlassen, in der steht, dass er um sein Leben fürchtet. Womit er richtiglag, wie wir beide bedauerlicherweise wissen. Und weil Sie eine kluge Anwältin sind, haben Sie die Angst Ihres Vaters in Verbindung mit der Enzyklopädie gebracht. Doch weil sie selbst nicht dahinterkamen, überließen Sie die Bücher der Nachlassverwaltung. Wofür es aus meiner Sicht nur einen Grund geben konnte: Sie wollten auf diese Weise herausbekommen, wer ein echtes Interesse an diesen mythologischen Schinken zeigte und bereit war, eine Unsumme dafür auszugeben. Was Sie letztlich zu mir oder vielmehr meinem Auftraggeber führte. Der allerdings zwischenzeitlich auch das Zeitliche gesegnet hat. Offensichtlich, weil Luan sich dort weniger im Griff hatte, als es bei mir der Fall war.«

»Er war es nicht, nicht Luan«, zischte sie. »Er hat es mir geschworen.«

»Und Sie glauben ihm?«

Catarina biss sich auf die Unterlippe, während sie nickte.

»Woher kennen Sie Luan?«, fragte Henrik erneut. Der Trotz kehrte in ihre Mimik zurück. »Kommen Sie, ich will Ihnen helfen.«

»Wieso, was haben Sie davon? Hat Sie wer beauftragt? War es ebenfalls dieser Tavares, bevor er starb?«

Henrik sah sie nur an. Wartete ab. Sie drehte sich nach dem Stuhl um, den sie vorhin abgelehnt hatte und setzte sich. Blickte zu ihm zurück. Schüttelte schließlich den Kopf. »Ich habe Luans Vater vor einer langjährigen Gefängnisstrafe wegen illegalem Waffenhandel bewahrt. Seither fühlt sich die Familie mir gegenüber verpflichtet. Ich hatte nicht vor, jemals einen Gefallen von diesen Leuten einzufordern. Doch dann starb mein Vater und hat mir … nun, er hat ein paar offene Fragen hinterlassen, wie Sie richtig vermuten.«

Henrik wurde schwindelig. Das Verhör lief besser als erwartet. Jetzt durfte er nur nicht nachlassen.

»Haben Sie den Umschlag geöffnet?«

Ihr Kopfschütteln überraschte ihn. Doch er verstand, auch wenn sie nicht damit herausrückte. *Scheiß auf das Geschwätz von Ehre!* »Die Zeit der Gefallen ist vorbei. Luan hat ihn behalten und will jetzt Geld dafür. Liege ich auch damit richtig?«

Sie widersprach nicht, was er als Bestätigung betrachtete.

»Hat er nachgesehen?«

»Er sagt Nein.«

»Sie glauben ihm?«

»Ich kenne ihn und weiß, wie er tickt. Jedenfalls denke ich, dass er davon ausgeht, dass der Inhalt mehr wert ist, solang nicht bekannt ist, um was es sich handelt.«

Henrik wusste nicht, was er von dieser Einschätzung halten sollte. »Wenn er es tut, sind Sie mit dem Inhalt in irgendeiner Weise angreifbar?«

»Ich? Kann ich mir nur schwer vorstellen. Und mein Vater ist tot. Mir ist egal, ob er sich im Grabe umdreht, wenn ans Licht kommt, was er da verwahrt hat. Außer mir gibt es zudem keine Verwandten mehr, über die eine, wie auch immer geartete Schande gebracht werden könnte. Und selbst wenn dem so wäre, hätte ich damit keine Probleme. Darum geht es doch wohl kaum.«

Das dachte Henrik auch, aber er wollte es von ihr hören. »Sondern?«

»Ich will einfach nur verstehen, wo mein Vater da hineingeraten ist. Ihre Annahme ist richtig, er hat mir einen Brief hinterlassen. Ein paar wirre Zeilen, die … nun, wenn ich nicht seine Handschrift erkannt hätte, ich wäre davon ausgegangen, dass jemand anderes dieses Schreiben verfasst hat. Meine erste Vermutung war, dass er krank war, nicht mehr bei klarem Verstand. Doch ich fand keine Hinweise auf Anzeichen von Demenz. Auch Luise widersprach dieser Vermutung. Um es kurz zu machen: Mein Vater beschrieb eine latente Furcht, die er schon seit Längerem mit sich herumtrug, und dass etwas, das er jedoch nicht benannte, außer Kontrolle geraten könnte. Und dass es meine Pflicht als seine Erbin wäre, dieses eine Buch nicht aus der Hand zu geben, selbst wenn ich alles andere veräußern sollte.«

»Er traute Ihnen demnach zu, dass Sie alles veräußern werden?«, unterbrach sie Henrik, aber sie ging nicht darauf ein.

»Ich weiß gar nicht, wieso ich Ihnen das alles erzähle«, sagte sie stattdessen, blieb aber weiterhin sitzen. Doch Henrik konnte nicht abschätzen, wie lange ihre Geduld mit ihm noch anhielt. Er musste zurück zum Wesentlichen kommen. »Dann wussten Sie also nicht, worin das Geheimnis dieses Buches lag?«

Sie sah ihn eine Weile an, auf eine Art, als wollte sie abschätzen, ob sie ihm vertrauen konnte. Schließlich sprach sie weiter. »Wissen Sie, zuerst glaubte ich wirklich, es ginge um den Inhalt in diesem einen Buch, diesem Band 7, der ihm so wichtig war. Dass darin etwas stand, das ihn nervös, ihm womöglich sogar Angst machte. Aber mein Vater war viel, nur ganz sicher kein Okkultist, der an schwarze Magie oder den Teufel glaubte. Dennoch habe ich es mir angetan, mir jede einzelne Seite dieser Schwarte genau anzusehen. Aber natürlich habe ich nichts gefunden. Ich bin nicht darauf gekommen, dass er einen Umschlag im Buchdeckel versteckt hat.«

»Darum der Umweg über die Versteigerung«, sagte Henrik und sah seine Theorie bestätigt. »Was hätten Sie getan, wenn die Enzyklopädie nach dem Verkauf, sagen wir mal, ins Ausland gegangen wäre und Sie sie damit aus den Augen verloren hätten?«

Sie zuckte mit den Schultern. »So weit habe ich erst einmal nicht gedacht. Mir wäre sicher etwas eingefallen, wenn es dazu gekommen wäre. Sie haben mich ja davor bewahrt.« Sie schüttelte den Kopf. »Ich bin immer noch nicht so recht gewillt, mir einzugestehen, dass der Inhalt dieses Umschlags erklärt, warum mein Vater sterben musste.«

»Auch mir fehlt im Moment die Vorstellung, was darin aufgedeckt werden könnte, aber ich bin überzeugt, es ist hilfreich, um zu verstehen, wieso Menschen sterben mussten.«

»Nachdem Sie mich fragten, ob ich diesen Tavares kenne, ging ich davon aus, dass er etwas *wissen* könnte. Ich habe ihn jedoch nicht für den Täter gehalten. Von daher ist es unsinnig von Ihnen zu glauben, ich hätte Luan zu ihm geschickt, um ihn zu töten.«

Abgesehen davon, dass der Doktor nicht besonders leicht zu finden war, dachte Henrik und schwenkte dann zurück auf das Problem, dem sowohl Catarina als auch er nun ausgesetzt waren. »Was verlangt Ihr albanischer Freund dafür von Ihnen?«

»Er ist nicht … er hat bisher keine Summe genannt, will mich offenbar noch etwas zappeln lassen. Keine Ahnung, was er sich davon verspricht. Vielleicht geht es auch darum, wieder mal einen aus der Familie vor einer Verurteilung zu bewahren. Ich habe ihm klargemacht, dass ich mich nicht erpressen lasse. Die Sache hat wahrlich skurrile Ausmaße angenommen. Jetzt erklären Sie mir aber noch, was das eigentlich sein soll, dieser Club.«

»Chiado Turf Club. Keine Ahnung. Aber es ist die Verbindung zu einem weiteren Toten. Dieser Club und dass alle drei, ihr Vater, Tavares und das neue Opfer, zur selben Zeit an der Universität von Lissabon studierten. Ich verfüge über keine Beweise, aber für mich liegt die Antwort darauf, warum diese Männer sterben mussten, in der Vergangenheit.«

Auszug aus den persönlichen Aufzeichnungen der Person, die sich Albuquerque nannte.

7. Januar 1975

Zu Weihnachten war es mir gestattet, ein paar Tage im Haus meines Onkels zu bleiben. Nur um festzustellen, dass ich mich im Kreise der Familie nicht mehr sonderlich aufgehoben fühlte. Alles war sehr gezwungen gewesen. Wir belauerten uns gegenseitig, was sich schlimmer anfühlte als das Misstrauen, das ich nach wie vor an der Universität erlebe.

Wie soll dieses Land unter diesen Voraussetzungen und der Zwietracht, die überall vorherrscht, je wieder auf die Beine kommen? Sicher nicht mit den vereinten Kräften, welche die Sozialisten stets propagieren.

Unter dem Vorwand, mich auf anstehende Prüfungen vorzubereiten, verzog ich mich regelmäßig in das Zimmer, das man für mich eingerichtet hatte. Die Matratze war eine Wohltat. Darauf liegend, dachte ich viel an Mariposa. Doch auch dahingehend musste ich vorsichtiger werden. Das wurde mir bewusst, als mich meine Tante an der Weihnachtstafel vor versammelter Mannschaft fragte, ob mein fortwährend beseelter Gesichtsausdruck daher rührte, dass ich verliebt sei.

Was ich selbstredend verneinte. Vermutlich zu schnell und vehement, denn es führte zu allgemeinem Gelächter unter den Verwandten um mich herum.

Ab diesem Moment zog ich mich noch häufiger zurück, was die Tage im Haus meines Onkels fast so unerträglich lang werden ließ, wie die Zeit, die ich bei dem Alten draußen am Meer verbracht hatte.

Nun bin ich endlich zurück auf dem Campus. Magellan scheint vor mir eingetroffen zu sein. In der Stube war einiges umgestellt und ich fand eine nicht zu erklärende Unordnung vor. Als hätte er etwas gesucht, auch unter meinen Sachen, und danach nicht mehr gewusst, wie diese vorher abgelegt waren. Höchstwahrscheinlich war ihm das auch egal. Außerdem sieht es aus, als wollte er sich Platz verschaffen, was in dem winzigen Kabuff, in dem wir hausen, ein Widerspruch in sich ist. Auf seinem Nachttisch liegt ein Fotoapparat, den ich zuvor noch nie gesehen habe. Ich verstehe nichts von Fotografie, aber die Kamera sieht teuer aus. Zwangsläufig bleibt nicht aus, mich zu fragen, welcherart Bilder er damit macht.

Am meisten verstört mich jedoch das Filmplakat, das jetzt über seinem Bett hängt. Salò oder die 120 Tage von Sodom, *ein italienischer Film, von dem ich noch nie gehört habe. Allein die Typografie ist abstoßend und auch wenn ich keine Vorstellung habe, um was es in diesem Streifen geht, so weiß ich mit Gewissheit, dass die Estado Novo ihn niemals in unsere Kinos gelassen hätte. Ich frage mich, was Magellan damit nun wieder bezwecken will.*

46
Helena

Sara rief an, als sie sich mitten auf der Ponte 25 de Abril in einer langsam vor sich hin kriechenden Autoschlange auf das linke Flussufer zubewegten. Helena hatte ihr Fenster geöffnet und hielt ihre Nase in die Sonne. Fahrtwind gab es leider nicht, aber immerhin wehte ein Lüftchen vom Atlantik her über sie hinweg. Damasos lamentierte gerade darüber, dass die Klimaanlage wirkungslos blieb, wenn sie das Fenster nicht wieder schloss. Sie ignorierte seine Beschwerde und nahm den Anruf ihrer Tochter entgegen. Saras Stimme beruhigte ihre Nerven, die seit ihrem Gespräch mit Sónia in einer hohen Frequenz zu vibrieren schienen.

Helena hätte ihrer Tochter gerne länger zugehört, aber leider besaß Sara nicht die Geduld für ein ausführliches Mutter-Tochter-Gespräch, sondern teilte ihr nur schnell mit, dass sie jetzt mit Oma und Opa an den Strand ging. Die Vorstellung, die Zehen in den weichen Sand zu bohren und sich die Dünung des Atlantiks über die Füße rollen zu lassen, war unbeschreiblich verlockend. »Ich wünsche dir viel Spaß am Meer«, sagte sie.

»Hab dich lieb, *mamãe*«, juchzte Sara ins Telefon und legte auf, bevor Helena ihrerseits eine Liebesbekundung loswerden konnte. Sie schielte zu Damasos, der allerdings keine Miene verzog. Schweigend fuhren sie weiter. Die Konfrontation mit Sónia setzte ihr immer noch zu, weshalb sie sich nur schwer konzentrieren konnte und deswegen auch verpasste, den Chiado Turf Club bei Damasos zur Sprache zu bringen. Ebenso wie die, wie auch immer geartete,

Beziehung zwischen der Gerichtsmedizinerin und der Monteiro-Tochter, deren Vater diese merkwürdige Serie an Todesfällen als erstes Opfer einleitete. Längst hinterfragte Helena das Engagement von Sónia in Bezug auf Marta neu. Sie musste mit Tiago sprechen und herausfinden, ob es tatsächlich schon einen Termin für die Einäscherung der Obdachlosen gegeben hatte. Oder, ob dieser von Sónia nur vorgeschoben worden war, damit sie den Leichnam aus der Gerichtsmedizin entfernen lassen konnte …

»Wir sind da«, sagte Damasos. Helena blickte auf. Ihr Kollege hielt hinter einem Streifenwagen, der die Zufahrt auf ein Privatgrundstück blockierte. Zehn Meter voraus befand sich ein olivfarben lackiertes Gittertor, rechts und links davon erstreckte sich eine rund zwei Meter hohe weiß getünchte Mauer, deren Krone von Kletterpflanzen bewachsen war. Gemessen an der Einfriedung, musste Clemente de Mouras Anwesen die Größe eines Fußballplatzes haben.

Sie stiegen aus. Die Uniformierten, die den ehemaligen Vorstandschef des führenden Telekommunikationsunternehmens des Landes bewachten, kamen auf sie zu und verlangten, ihre Ausweise zu sehen. Fünf Minuten später saßen sie auf formschönen, wenn auch unbequemen Gartenstühlen auf einer Terrasse, die im Ausmaß deutlich ihre ehemalige Wohnung drüben im Alfama-Viertel übertraf. Beschattet von einer Markise und beschallt vom Vogelgezwitscher aus der beeindruckenden Gartenanlage warteten sie auf den Hausherrn. Die Bedienstete, die ihnen die Tür geöffnet und sie hierhin geleitet hatte, war verschwunden. Angeboten wurde ihnen nichts, was Helena als klares Signal interpretierte, dass man sich nicht länger als nötig mit ihnen auseinandersetzen wollte.

Schließlich betrat de Moura die Terrasse. Sein Gang war etwas schief, als machte ihm die Hüfte Probleme. Er war ein kleiner, schmächtiger Mann, den sie sich nur schwer als dominanten CEO eines mächtigen Konzerns vorstellen konnte. Aber vielleicht war er auch erst geschrumpft, nachdem er diese Position aufgegeben hatte? Sein Haar war noch dicht und schlohweiß. Seine Augen hinter der Goldrandbrille wach und beinah lauernd, als er sie begrüßte und sich zu ihnen an den runden Tisch setzte.

»Ihr Vorgesetzter hat mich ja bereits informiert und dazu überredet, also tue ich ihm den Gefallen, mit Ihnen zu sprechen. Sie wähnen mich also in Gefahr?«, begann er. Wie der schmale Brustkorb des Mannes eine so sonore, kräftige Stimme hervorbringen konnte, war verwunderlich.

»Wir überprüfen ein paar Absolventen des Studienzweigs Sozial- und Politikwissenschaften, die in diesem Fachbereich Mitte der Siebzigerjahre ihren Abschluss gemacht haben, wollen Sie aber auch nicht beunruhigen«, leitete Damasos die Unterhaltung überaus diplomatisch ein. Er verstand sich gut darauf, Leute aus gewissen Schichten nicht zu vergraulen. Helena hätte gewiss keine so sensible Einleitung gefunden.

»Die Senhores Eusébio Monteiro, Alfonso Tavares und Pierre Andrade sind Ihnen bekannt?«, frage Damasos.

De Moura schaffte ein kaum merkliches Lächeln. »Das liegt lange zurück, aber ich kann mich der drei entsinnen. Von Monteiros Unfall habe ich gehört, also nehme ich an, dass die Gerüchte stimmen. Die beiden anderen sind demnach auch verschieden.«

»Deswegen sind wir hier, weil wir einen Zusammenhang zum jetzigen Stand der Ermittlungen nicht ausschließen können«, erklärte Damasos. Helena bemerkte, dass er schwitzte, was sie bei ihm so noch nicht gesehen hatte. Natürlich war es nicht gerade kühl auf der Terrasse, trotz des Schattens und des steten Lüftchens staute sich unter der Markise die Hitze. Doch sie mutmaßte, dass ihr Kollege viel eher wegen der heiklen Aufgabe transpirierte, de Moura so behutsam zu vernehmen, dass dieser sich im Nachgang nicht bei Ralha oder gar noch weiter oben über die beiden Kripobeamten beschwerte, die man zu ihm ins Haus geschickt hatte.

»Nach unserem Abschluss habe ich keinen der drei je wieder getroffen, ich kann mir daher beim besten Willen nicht vorstellen, wieso ich in welcher Form auch immer in diese Vorfälle involviert werden sollte?«

»Ist das nicht ungewöhnlich?«, hakte Helena ein. Damasos warf ihr einen tadelnden Blick zu und de Moura sah sie an, als würde er sie erst jetzt bemerken.

»Was meinen Sie mit ungewöhnlich?«

»Dass Sie sich nie wieder über den Weg gelaufen sind, obwohl Sie alle auch nach dem Studium in Lissabon geblieben waren und sich gleichwohl in eine beruflich wie auch gesellschaftlich hochrangige Position bringen konnten. Ich meine, irgendwie gehen wir vom gemeinen Volk davon aus, dass man in diesen Kreisen untereinander verkehrt, Kontakt hält, Verbündete sucht, Netzwerke knüpft …«

De Moura hob gebieterisch seine Hand, deren Rücken mit einem Geflecht aus dunklen Adern überzogen war. »Ich fürchte, Inspetora Gomes, dass das gemeine Volk, wie Sie sagen, sich hier zu sehr von der Boulevardpresse beeinflussen lässt oder von schlechten Filmen. Aber das tut letztlich auch nichts zur Sache, denn wenn ich Ihnen mitteile, dass ich diesen Herren seit der Universitätszeit nicht mehr begegnet bin, dann nehmen Sie das bitte als gegeben hin! Können wir uns darauf einigen und diese Unterhaltung somit zu einem Ende bringen?«

»Selbstverständlich«, sagte Damasos und streckte dabei seinen Rücken durch, als hätte er den Befehl eines hochdekorierten Generals empfangen. Helena fischte ihr Telefon aus der Tasche.

»Nur noch eins. Werfen Sie bitte einen Blick auf dieses Foto!«, verlangte sie von de Moura, beugte sich über den Tisch und hielt ihm das Handy vor die gekrümmte Nase.

Damasos schnappte hörbar nach Luft.

Clemente de Moura kniff ein wenig die Augen zusammen, scheinbar um seinen Blick zu schärfen. Sobald er erkannte, was das Bild auf dem Display zeigte, verlor er für eine halbe Sekunde die Kontrolle über seinen Unterkiefer, klappte den Mund aber sofort wieder zu, als er sich dieser kurzen Schwäche bewusst wurde.

»Das kennen Sie, nicht wahr?«, fragte Helena forsch. Damasos schielte irritiert zu ihr herüber, aber sie fokussierte sich voll und ganz auf den wohlhabenden Pensionär. Der starrte auf das Wachssiegel, das Helena fotografiert hatte, als Henrik noch im Besitz dieses sonderbaren Umschlags gewesen war.

»Das …«, begann de Moura. Gegen Helenas Widerstand schob er das Handy von sich weg. »Gehen Sie jetzt, ich weiß nicht, was dieser Zirkus soll«, knurrte er.

»Gehören Sie auch zum Chiado Turf Club?«, fasste sie nach. De Moura sprang so heftig von seinem Stuhl auf, dass dieser nach hinten kippte und scheppernd auf die Terrakottafliesen schlug.

»Weg! Gehen Sie!«, kreischte er noch mal, wandte sich um und eilte auf seinen dürren Beinen ins Haus.

»Was zum Teufel …«, zischte Damasos und durchbohrte sie mit seinem Blick.

Sie kam nicht dazu, eine Antwort zu formulieren. Gleichzeitig mit ihrem, fiepte auch das Handy ihres Kollegen. Es erreichten sie zwei Nachrichten und sie konnte davon ausgehen, dass auch Damasos zumindest die erste der beiden ebenfalls erhalten hatte. Einbruch bei Gabriel Borges gemeldet, lautete diese, wovon Helena wenig überrascht war. Viel elektrisierender las sich die Botschaft, die Alexandra ihr hatte zukommen lassen: *Hab was in den alten Akten gefunden, kann aber nicht abschätzen, ob dich das weiterbringt. Anfang 1975 ist eine junge Mitarbeiterin des Dekanatssekretariats der Universität von Lissabon spurlos verschwunden. Ihr Name war Mariposa* Ribeiro.

Auszug aus den persönlichen Aufzeichnungen der Person, die sich Albuquerque nannte.

13. Januar 1975

Der Drang war in den letzten Tagen angewachsen, bis mir bewusst wurde, dass ich ihm nicht länger widerstehen konnte. Letztlich kostete es mich immensen Willen abzuwarten, bis Magellan endlich zu seiner Vorlesung aufbrach. Kaum war er aus der Stube, nahm ich das Filmplakat von der Wand. Meine Ahnung war richtig gewesen, dennoch zittere ich unaufhörlich, seit ich entdecket habe, was Magellan auf die Rückseite des Plakats gezeichnet hatte.

Ich wagte nicht, es länger als nötig anzusehen, und pinnte das Plakat schnell wieder an die Wand, so sorgfältig, wie mir das unter den Umständen möglich war. Es wird ihm nicht auffallen, rede ich mir seither ein. Es wird ihm nicht auffallen, dass ich es gefunden habe, dieses versteckte Pentagramm auf der Rückseite von Salò oder die 120 Tage von Sodom.

Glaubst du an den Teufel? Hatte er mich nicht genau das gefragt, an jenem Abend, an dem sie mich so abfüllten, dass ich drei Wochen der Universität fernbleiben musste.

47
Henrik

»Mein Vater war kein guter Mensch.« Catarina war gegangen, aber diese letzten Worte von ihr hallten immer noch nach. *Mein Vater war kein guter Mensch.* Was sollte ihm diese Botschaft vermitteln? Sie hatte ihm nicht widersprochen, was seine abschließende These anging. Vielleicht gab das den entscheidenden Impuls, ihr zu folgen. Entgegen der Anweisung von Helena und konträr zu dem, was das schwarze Loch in seiner Seele von ihm verlangte. *Verkriech dich unter deiner Bettdecke und weine deinem früheren Leben nach!*

Er war müde. Hundemüde. Aber diese Müdigkeit war eine Lüge, genau wie die Angst. Nur wollte sein Hirn das nicht akzeptieren. Trotzdem gelang es ihm vorerst, auf weichen Beinen die Calçada do Combro entlangzumarschieren. Er konnte sie sehen, etwa dreißig, vierzig Meter voraus. Sie ging schnell. Gelegentlich meinte er sogar, über den Verkehrslärm hinweg die Absätze ihrer eleganten Schuhe hören zu können. Eigentlich war er davon ausgegangen, dass sie in ein Auto stieg. Ein Uber nahm oder ein Taxi. Sie entschied sich auch nicht für die Eléctrico oder den Bus, was ihn irgendwie von der Pflicht entbunden hätte, sie weiter zu verfolgen. Schließlich hätte sie ihn auf so engem Raum sofort bemerkt.

Wenn sie sich nicht auf direktem Weg nach Hause begab, blieben aus seiner Sicht nur zwei Möglichkeiten, wohin sie nach ihrem Gespräch unterwegs war. Entweder sie traf sich mit Luan oder aber …

Ihm fiel ein, dass er Helena immer noch nichts von Luan erzählt hatte. Dass er denjenigen benennen konnte, der ihrer Tochter gedroht hatte. Das war nachlässig und möglicherweise würde es sich rächen, dass er damit bislang hinterm Berg gehalten hatte. Natürlich konnte er es auf seine psychische Verfassung schieben. Vor allem auf seinen heutigen Zustand, obwohl es ihm momentan noch einigermaßen gelang, die Menschen um ihn herum auszublenden. Und je weiter sie sich vom Praça Luís de Camões und dem Bairro Alto entfernten, desto weniger Leute füllten die Gehsteige. Er würde das aushalten können, auch wenn er sich schlecht und unsicher fühlte. Catarina drehte sich nicht um. Aber er konnte erkennen, dass sie mehrfach auf ihr Handy schaute. Er glaubte nicht, dass sie sich davon navigieren ließ. Wahrscheinlicher war, dass sie Nachrichten empfing, die sie zu einer Verabredung lotsten. Lag er also richtig mit seiner Einschätzung? Alle paar Minuten ruckelte eine Tram an ihnen vorbei. Die alten Straßenbahnwagen waren gut gefüllt, hauptsächlich mit Touristen, die raus zum Prazeres-Friedhof fuhren. Henrik konnte sich bei dieser Hitze kaum etwas Erbaulicheres vorstellen, als zwischen Tausenden von Grabhäuschen herumzuflanieren, stets begleitet vom infernalen Zirpen der Zikaden und dem Hauch verwesenden Fleisches.

Nach zehn Minuten erreichte Catarina Monteiro in ihrem eng geschnittenen Business-Outfit den Jardim das Francesinhas, einen kleinen terrassenförmig angelegten Park gegenüber dem Palácio de São Bento, in dem das portugiesische Parlament seinen Sitz hat. Die Anlage war überschaubar, mit breiten Kieswegen, die symmetrisch auf die im Zentrum stehenden Brunnen zuführten. Die Skulptur *A Família* auf dem vom algengrünen Wasser umgebenen Sockel zeigte eine Frau und einen Mann, die sich liebevoll und gleichwohl auch schützend über ein Kleinkind in ihren Armen beugten. Catarina umrundete den Brunnen und gelangte mit schnellen Schritten wieder aus der Sonne und in den Schatten der Pinien, die den Park von drei Seiten umgaben. Dort setzte sie sich auf eine Bank und studierte wieder ihr Handydisplay. Die paar Leute, die hier herumschlenderten, schufen keine ausreichende Tarnung. Also hielt Henrik sich links von ihr und brachte eine der Pinien zwischen sich und die wartende Catarina.

Er hatte Glück, sie kam von der anderen Seite. Nicht, dass sie gewusst hätte, wer er war, doch er verhielt sich auffällig, wie er darum bemüht war, hinter dem Kiefernstamm unentdeckt zu bleiben. Sie sah anders aus als auf dem Foto. Er entschied, dass es an den Haaren lag, auch wenn er nicht hundertprozentig sicher war. Doch er hegte keine Zweifel. Sie war es.

Die groß gewachsene, schlanke Frau ging direkt auf Catarina zu. Kein verhaltenes Umsehen, kein Zögern. Sie waren sich ihrer Sache sicher und doch fand dieses Treffen an einem neutralen Ort statt, auf den er vermutlich niemals gekommen wäre, wenn er Catarina nicht einer Eingebung folgend nachgeschlichen wäre. Es erfolgte keine Umarmung. So, wie sie sich gegenüberstanden, hätte zumindest eine von ihnen auf diese Begegnung verzichten können. Nur war da noch mehr als nur der Wunsch nach Distanz. Er sah es in der Körperhaltung der beiden. Helena war auf der richtigen Spur. Irgendwas musste also dran sein an dieser Beziehung zwischen den beiden Frauen. Und nun lag es allein an ihm, den Grund für diese spontane Zusammenkunft zu erfahren.

48
Helena

Natürlich verlangte Damasos, kaum dass sie wieder im Auto saßen, unbedingt zu erfahren, was sie bei der Unterredung mit Clemente de Moura geritten hatte. Und vor allem, was es mit dem Chiado Turf Club auf sich hatte. Helena konnte ihm nur wahrheitsgemäß antworten, dass sie keine Ahnung hatte. Weshalb sie ja auch de Moura danach gefragt hatte. Dessen Reaktion Damasos zum einen sichtlich nachdenklich stimmte, andererseits wirkte er eingeschnappt, weil er nicht vorab von ihr eingeweiht worden war. Dennoch zeigte er sich ohne großen Widerstand damit einverstanden, dass sie sich aufteilten. Er würde sich vor Ort über den gemeldeten Einbruch informieren und Helena sollte sich im Büro ansehen, worauf Alexandra gestoßen war.

Zurück auf der rechten Tejoseite, setzte Damasos sie vor dem Präsidium ab. Sie betrat das Gebäude, verzichtete aber darauf, hoch in ihre Abteilung zu gehen. Sie wollte keine Zeit verlieren. Also rannte sie runter in die Tiefgarage, wo ihr Auto parkte. Kaum, dass sie das Untergeschoss des in den Achtzigern entstandenen Bürobaus verlassen und damit – befreit von der abschirmenden Betonummantelung – wieder Empfang hatte, wählte sie Alexandras Nummer.

»Erzähl mir, was du hast!«, verlangte sie, sobald ihre Kollegin den Anruf entgegennahm.

»Du fragst nach Mariposa Ribeiro?«

»Ja, verdammt!«

»Ribeiro ist ein Allerweltsname.«

»Und trotzdem hast du mir die Info geschickt«, sagte Helena, während sie sich hupend in den Verkehr Richtung Belém einfädelte.

»Es passt zeitlich, darum ist es mir aufgefallen. Aber es gibt nur einen kurzen Vermerk im System. Die Akte selbst ist noch nicht digitalisiert.«

»Hast du sie aus dem Archiv angefordert?«

»Hab ich. Sie ist mir für morgen versprochen worden.«

»Ich fahr gleich vorbei«, erklärte Helena und hatte bereits den Finger auf dem roten Button. Doch sie hielt inne. »Danke Alexandra, das war gute Arbeit!«, ließ sie ihre Kollegin wissen und beendete das Gespräch.

Der Abstecher in die Rua Gomes Freire im Stadtteil Santa Cruz, in dem sich das Centro de Documentação e Arquivo der Polizei von Lissabon befand, kostete sie eineinhalb Stunden. Wobei die meiste Zeit und Geduld dafür draufgingen, auf die Herausgabe der fünfzig Jahre alten Akte zu warten. Denn natürlich hatte sich der diensthabende Mitarbeiter noch nicht in die ewigen Tiefen des Archivs hinabbegnügt, als sie dort ankam. Und bis alles registriert, bestätigt und dreifach abgezeichnet war, lagen ihre Nerven bereits offen.

Als sie die verstaubte und erschreckend dünne Ermittlungsakte über das Verschwinden der Dekanatssekretärin endlich in den Händen hatte, eilte sie damit zurück zu ihrem Wagen. Hinter dem Lenkrad sitzend, blätterte sie durch, was ihre Kollegen 1975 dazu auf vergilbtem Schreibmaschinenpapier zusammengefasst hatten.

Das Verschwinden von Mariposa Ribeiro, geboren 1953, wurde von ihrer Mutter am 12. Februar 1975 angezeigt. Da fehlte die junge Frau schon seit einer Woche. Aus dem Bericht ging nicht hervor, wieso die Familie dafür sieben Tage hatte verstreichen lassen. Mariposa war zu diesem Zeitpunkt seit einem knappen halben Jahr Angestellte der Universität von Lissabon und der Fakultät für Politikwissenschaften zugeteilt. Zuletzt gesehen wurde sie am 21. Januar 1975, wobei es hier widersprüchliche Zeugenaussagen gab. Die Polizei konnte keine Verdächtigen ermitteln, was dazu führte, dass der Vermisstenfall bereits nach nur zwei Jahren ohne Ergebnis geschlossen, nicht weiterverfolgt und auch nie wieder angepackt wurde, da in den folgenden Jahren und Jahrzehnten keinerlei neue Hinweise mehr eingingen. Eine Leiche oder Überreste von Mariposa Ribeiro wurden nie gefunden. Dennoch wurde sie zehn Jahre nach ihrem Verschwinden für tot erklärt. Helena verspürte ein Gefühl der Ohnmacht, das allerdings nur so lange anhielt, bis sie zu der Seite gelangte, in der die Familienverhältnisse der jungen Frau vermerkt waren. Dort fand sie die Bestätigung, die sie brauchte. Nun war sie endgültig sicher, mit wem sie als Nächstes zu reden hatte. Sie wählte die Nummer, die er ihr hinterlassen hatte, da sie davon ausging, ihn im Büro zu erwischen. Doch sie bekam nur seine Sekretärin ans Ohr, die aber bereitwillig Auskunft über seinen Aufenthaltsort gab. Irgendwie war sie ohnehin davon ausgegangen, ihn dort zu finden.

49
Henrik

Woher wusste Tavares, dass Monteiro den Umschlag in dem Buch versteckt hatte? Diese Frage hätte er sich schon viel früher stellen müssen. Die beiden ehemaligen Kommilitonen mussten sich noch einmal getroffen haben. Vor Jahren oder vielleicht erst vor Monaten oder gar Wochen. Das war für Henrik die einzige Erklärung. Und dennoch ergab sie keinen Sinn. Denn wieso sollte Monteiro dieses Geheimnis Tavares anvertraut haben, nur um seine Tochter später mittels eines Briefs zu instruieren, den Enzyklopädie-Band Nummer 7 in ihren Besitz zu nehmen? Natürlich war jetzt nicht der richtige Moment, um weiter über diese Diskrepanz zu philosophieren. Er musste seinen Radar hin zu den zwei Frauen ausrichten, die auf der steinernen Parkbank Platz genommen hatte. Einander zugewandt, aber mit Abstand. Zu viel Abstand, um ihre Unterhaltung im Flüsterton zu führen. Das kam ihm gelegen, auch wenn er sich immer noch zu weit entfernt befand. Geduckt rannte er ein paar Meter weiter bis zum nächsten Baum und gelangte somit unmittelbar hinter sie. Solange sie sich ansahen, während sie miteinander sprachen, konnte er ihre Gesichter im Profil sehen. Er bangte, dass sein seltsames Verhalten demnächst jemanden auffiel. Der Verkehr auf der Calçada da Estrela schwoll an und ab, was dazu führte, dass er manche Sätze klar, von anderen aber nur Wortfetzen verstand.

»... nach Lissabon gezogen bist?«, schnappte er von Catarina auf.

»… Distanz zwischen uns …«, antwortete die Frau mit dem Kurzhaarschnitt, die Helena Sónia genannt hatte, wenn er sich richtig erinnerte. Henrik verstand, um was es ging. Sie waren tatsächlich mal ein Paar gewesen. Er erkannte eine Zuneigung zwischen ihnen, die jedoch verdorben war.

»Ich bin bald wieder weg, sobald alles Notarielle geregelt ist«, erklärte die Monteiro-Tochter.

»Ja, das habe ich kapiert. Nur, um mir das zu sagen, hätten wir uns nicht zu treffen brauchen.«

»Das ist nicht der Grund«, erklärte Catarina.

»Sondern? Doch nicht etwa dein Vater? Du denkst doch …« Die nächste Straßenbahn rumpelte vorbei. Er sah, wie Catarina antwortete und wünschte sich, er verstünde sich auf das Lippenlesen.

»… genau deine Worte. Er hat mich zu dem gemacht, was ich bin. Dafür verachte ich ihn.«

»So habe ich das nie gesagt«, widersprach Sónia lauter als bislang, weshalb sie sich gleich darauf umsah, um zu überprüfen, ob jemand in ihrer Nähe war. Hinter seinem Baum hielt Henrik die Luft an. Er zählte bis fünf, dann riskierte er wieder einen Blick. Die Gerichtsmedizinerin hatte sich näher zu Catarina gebeugt. »… nie angezeigt hast, wegen dem, was er dir angetan … mir … unverständlich.«

Diesmal war es Catarina, die aufsah, doch sie betrachtete nur den Bereich um den Brunnen im Zentrum des Parks.

»Das hat dich kaputt gemacht, emotional, du hast selbst zugegeben, dass du deswegen keine dauerhafte Bindung zulassen kannst«, redete Sónia weiter. Sie klang jetzt verbittert. »Du wolltest es, das habe ich gespürt, aber unsere Liebe hatte nie eine Change deswegen.«

Mein Vater war kein guter Mensch. Catarinas Worte kamen ihm wieder in den Sinn.

»Ich werde nie verstehen, wie du ihm vergeben konntest«, warf Sónia ihr vor.

Die Anwältin saß jetzt reglos da. »Ich musste sichergehen, dass du nichts damit zu tun hast. Darum wollte ich dich hier treffen. Ich dachte, wenn ich dir in die Augen sehe, dann weiß ich es, doch …« Die nächste Eléctrico nahm den Rest des Satzes mit hinaus in Richtung des Estrela-Viertels.

50
Helena

Erneut unterwegs, hinauf auf den Monsanto, rief sie zuerst Lino an. »Habt ihr den Einkaufswagen geborgen?«

»Tut mir leid, meine Liebe, aber dem konnte ich aktuell noch keine Priorität zuweisen«, gab ihr der Chef der Kriminaltechnik zu verstehen. Helena verbiss sich jeglichen Kommentar und trennte die Verbindung. Je nachdem, was bei der Unterredung mit Carlos Ribeiro herauskam, verschob sich die Dringlichkeit hinsichtlich dieses Beweismittels. Daran glaubte sie fest. Sie unterquerte gerade die Autobahn IP7 Richtung Alcântara, als Damasos' Nummer auf dem Display aufleuchtete.

»Was haben wir?«, kam Helena sofort auf den Punkt.

»Es sieht sehr danach aus, als hätte der Alarm den Einbrecher unverzüglich wieder in die Flucht geschlagen, nachdem er eine der Terassentüren auf der Rückseite des Hauses aus den Angeln gehebelt hatte«, berichtete ihr Kollege. Sie konnte an seinem Tonfall hören, dass er immer noch verärgert über ihren Auftritt bei de Moura war.

»Dann wurde also nichts gestohlen?«

»Nachdem Senhor Borges nach wie vor in den USA weilt, lässt sich das natürlich nicht mit Sicherheit sagen. Aber ich habe mit dem Hausverwalter gesprochen. Die durchaus beeindruckende Kunstsammlung scheint vollständig zu sein und der Safe sieht nach dem Ermessen der Spurensicherung unberührt aus.«

Helena fiel etwas ein. »Gibt es eine Bibliothek?«

»In der Tat, die gibt es. Wieso fragen Sie?«

»Auch dort keine Anzeichen dafür, dass jemand was gesucht hat?«

»Der Verweis auf einen gewissen Chiado Turf Club? Schwebt Ihnen das vor, Inspetora?«

»Sehen Sie nach, ob dort irgendwelche alten Schinken stehen, die sich mit Okkultismus befassen. Sofern wegen der Abwesenheit des Hausherrn das Staubwischen in letzter Zeit nicht allzu gründlich ausgefallen ist, entdecken sie womöglich genau in diesem Bücherregal Unregelmäßigkeiten in der Staubschicht und damit ein Indiz darauf, ob kürzlich ein Buch herausgenommen worden ist.«

»Bleiben Sie dran, solange ich nachsehe?«, wollte Damasos wissen. Sein sarkastischer Unterton war nicht zu überhören.

»Besser Sie rufen mich zurück«, entschied Helena und legte auf.

Sie erreichte den Sportclub, bevor Damasos sich erneut meldete. Womöglich lag sie falsch mit dem Bücherregal, nicht aber damit, was den Zweck dieses Einbruchs anging. Jemand vernichtete Spuren, die auf diesen ominösen Club hinwiesen. Sie grämte sich zum wiederholten Mal darüber, das Kuvert nicht geöffnet zu haben, als Henrik und sie die Gelegenheit dazu hatten. Kurz überlegte sie, Henrik anzurufen, um sich nach seinem Befinden zu erkundigen. Doch sie entschied, erst das Gespräch mit Ribeiro zu führen.

Diesmal empfing sie ein orientalisch aussehender älterer Herr, der auch beim Anblick ihres Dienstausweises sein freundliches Lächeln nicht verlor. »Senhor Ribeiro schießt gerade auf Feldparcour Nummer vier. Ich hege Bedenken, dass er dabei gestört werden möchte«, gab ihr der Mann zu verstehen.

»Er weiß, dass ich komme«, erklärte Helena.

»Nun, wenn dem so ist«, erwiderte der Rezeptionist und öffnete ihr die Schranke, durch die sie auf die Anlage gelangte. Sie trat ins Freie und entdeckte ihn sofort. Ribeiro, wieder ganz in weiß, visierte gerade die siebzig Meter entfernte Scheibe am Ende des Feldes an. Auf der ausgedehnten Rasenfläche befand sich sonst niemand. Sie fragte sich, ob er das extra so arrangiert hatte, damit sie ungestört waren. Hatte er geahnt, dass sie kam? Nun, womöglich hatte er einen Tipp von seiner Sekretärin erhalten.

Jetzt schien er sich ganz auf den nächsten Pfeil zu konzentrieren. Helena ging zielstrebig auf ihn zu. Als sie bis auf zwanzig Schritte bei ihm war, drehte sich Ribeiro zu ihr um, das gefederte Ende des Pfeils weiterhin bis an seine Wange gezogen und die Metallspitze direkt auf sie gerichtet. Abrupt blieb sie stehen. Er hielt die Position weiter drei Sekunden, dann senkte er den Bogen zu Boden und entspannte die Sehne. »*Bom dia*, Inspetora Gomes!«

Mit weichen Knien ging sie weiter. Ihre rechte Hand lag jetzt auf dem Griffstück ihrer Dienstwaffe.

»Was kann ich für Sie tun?«, fragte Ribeiro gequält lächelnd, während er den Pfeil, mit dem er eben noch auf sie gezielt hatte, zurück in den Köcher an seinem Gürtel gleiten ließ.

»Reden wir über Ihre Schwester!«, sagte Helena entschlossen, froh darüber, dass ihre Stimme nicht so zitterte wie ihre Beine.

Ribeiro hob seine Brauen. »Meine Schwester?«

»Mariposa. Diejenige, die zum Jahresbeginn 1975 verschwunden ist.«

»Das ist ja wohl ein Scherz!«

»Nach Scherzen ist mir keineswegs zumute, Senhor Ribeiro. Immerhin besteht eine Verbindung zwischen Mariposa und Dr. Monteiro und mich interessiert, wieviel Sie darüber wussten.«

Der Bogenschütze büßte seine übertrieben aufrechte Körperhaltung ein, so als verspürte er plötzlich ein schweres Gewicht auf seinen Schultern. Dadurch verlor er auch ein Stück seiner

Selbstsicherheit. »Eine Verbindung? Welche Verbindung? Ich kann Ihnen nicht folgen.«

»Ich denke doch, Senhor Ribeiro! Eusébio Monteiro studierte zur selben Zeit, als Ihre Schwester an der Universität von Lissabon beschäftigt war. Sogar an derselben Fakultät. Wir können also davon ausgehen, dass die beiden sich in irgendeiner Weise kannten. Und Sie sind vermutlich ebenfalls zu diesem Schluss gekommen. Vielleicht durch eine Bemerkung von Dr. Monteiro oder was auch immer. Haben Sie ihn nie danach gefragt?«

Er schüttelte heftig den Kopf. »Das ist doch völlig an den Haaren herbeigezogen, was Sie da von sich geben, Inspetora.«

Helena dachte an Tomás, dem ein ähnliches Schicksal wie das von Mariposa widerfahren war. Und daran, dass sie selbst nach über drei Jahrzehnten noch immer Hoffnung in sich trug, eine Erklärung dafür zu erhalten, was mit ihrem Bruder vor so langer Zeit geschehen war. Weshalb sie durchaus glaubte, dass Carlos Ribeiro von ähnlichen Gedanken geleitet wurde. »Sollten Sie Nachforschungen dahingehend betrieben haben, werde ich es herausfinden. Von daher wäre es ratsam, besser gleich reinen Tisch zu machen!«

Ribeiro ließ den Bogen ins Gras fallen und fuhr sich mit beiden Händen in seinen schwarzgefärbten Haarschopf. »Das ist doch absurd, mir mit dem Verschwinden meiner Schwester ein Motiv für Monteiros Tod anzudichten.«

»Die Indizienlage reicht jedenfalls aus, um Sie zum Verhör vorladen zu lassen«, ließ sie ihn wissen. »Sie hören umgehend von mir!« Damit drehte sie sich um und ging auf das Vereinsgebäude zu.

»Warten Sie!«, rief er ihr hinterher und Helena blieb stehen, bis er zu ihr aufgeschlossen hatte. Sie wandte sich ihm zu. Seine Haltung wirkte reumütig gekrümmt. »Das ist keine offizielle

Aussage«, begann er. »Die bekommen Sie nicht ohne einen Anwalt von mir, nur um das klarzustellen. Dennoch gestehe ich, nicht die Wahrheit über den Abend gesagt zu haben, an dem Monteiro seinen Unfall hatte. Denn genau das war es und nichts anderes.«

»Und das wissen Sie woher?«

»Weil ich ihm gefolgt bin, wie Sie ja bereits vermuteten.«

»Wieso?«

»Ich war wütend auf Monteiro. Wegen seines anmaßenden Verhaltens, das hatte ich bereits erwähnt.«

»Die Sache mit dem Parkplatz, der ihm nicht zustand.«

»Ja, das auch. Und einige andere vereinsinterne Dinge, bis dahin, dass er Verbündete unter den Mitgliedern suchte, die bei der bald anstehenden Vereinssitzung für meine Abwahl als Vorstandsvorsitzender stimmen sollten …« Er verstummte, blinzelte für zwei Sekunden mit zu Schlitzen verengten Augen hinauf in den stahlblauen Nachmittagshimmel. »Also ja, ich war wütend«, wiederholte er. »Und da verhält man sich manchmal nicht sonderlich rational. Es war töricht, ihm zu folgen. Doch ich tat dies mit Abstand, denn ich wollte nicht, dass er mich bemerkte. Bedrängt habe ich ihn keinesfalls, davon können Sie ausgehen. Und als ich sah, wie er durch die Leitplanke brach, war ich ernstlich entsetzt. Er ist in dieser Kurve einfach geradeaus gefahren, ohne jedes ersichtliche Manöver, dies zu verhindern. Ich vermute, er ist eingeschlafen. Sekundenschlaf, wie auch immer, denn seine Bremsleuchten flackerten nur ganz kurz auf und da war es längst zu spät.«

Helena sah ihn durchdringend an. Ribeiros Blick war wässrig geworden, was nicht an der Sonne lag, die schräg in seinem Rücken stand.

»Sicher, ich hätte anhalten sollen«, gestand er unaufgefordert ein. »Aber wie schon vorhin erwähnt, mein Groll auf ihn schwelte immer noch und ich habe mich nicht verhalten, wie es in einer solchen Situation angebracht gewesen wäre. Aber dieser Unfall, also der Tod von Eusébio Monteiro … Nein, da besteht keinerlei Zusammenhang zum Verschwinden meiner Schwester.«

Helena war geneigt ihm zu glauben, was die geschilderte Abfolge der Ereignisse bis zu Monteiros Unfall anging. Sie würde ihm allerdings nicht ersparen, diese Aussage im Beisein eines juristischen Beraters auf dem Präsidium zu wiederholen. Außerdem war die Geschichte damit ja noch nicht zu Ende. »Alfonso Tavares? Pierre Andrade? Sagen Ihnen diese Namen etwas?«

Ribeiro überlegte nicht lange, bevor er verneinte.

»Was ist mit Gabriel Borges oder Clemente de Moura?«, fragte Helena noch der Form halber, was zum selben Ergebnis führte. Zwischenzeitlich war sie überzeugt, dass Carlos Ribeiro in diesen Fällen die falsche Fährte war. »Schon einmal vom Chiado Turf Club gehört?«

Wieder schüttelte der Bogenschütze den Kopf. »Turf Club? Hat das was mit Golf zu tun? Oder mit Pferden?«

»Sagen Sie's mir!«

»Bedauere, ich bevorzuge den Präzisionssport mit Pfeil und Bogen. Sind wir jetzt fertig?«

»Was ist danach passiert?«, fragte Helena unverzüglich.

»Danach? Wann danach?«

»Wie kam es zu dem Zusammenstoß mit der Obdachlosen?«

Er wirkte perplex. Diesmal hatte sie ihn wahrlich überrascht.

»Ich …« Schnell bekam er sich wieder in den Griff und schaltete auf stur. Helena musste nachsetzen. »Sie haben sich beeilt, schnell von der Unfallstelle wegzukommen. Ihnen droht zumindest eine Anklage wegen unterlassener Hilfeleistung. Und als wäre das nicht genug, haben Sie eine Serpentine später eine Frau angefahren. Besser gesagt, den Einkaufswagen, den sie mit sich führte.«

Ribeiros erneutes Kopfschütteln konnte man auch als Geste der Resignation deuten. »Mein Gott, sie tauchte plötzlich im Lichtkegel meiner Scheinwerfer auf. Und es ist ja nun wirklich nichts Gravierendes vorgefallen. Wie Sie richtig sagten, ich habe nur ihren vollbeladenen Einkaufswagen erwischt.«

»Weiter!«, verlangte Helena. Ribeiro transpirierte mittlerweile stark. Vermutlich wünschte er sich schon eine Weile, er hätte sich gleich unter die Sonnenschirme auf der Terrasse der Vereinsgaststätte geflüchtet.

»Diesmal habe ich angehalten. Der Einkaufswagen war die Böschung runtergerollt, das konnte ich im Rückspiegel und im Schein der Bremsleuchten sehen. Ich bin ausgestiegen, habe gefragt, ob ich helfen kann. Doch sie hat sofort angefangen, mich aufs Wüsteste zu beschimpfen. Also bin ich weitergefahren. Wenn sie was anderes behauptet, ist das gelogen.«

»Sie haben die Frau also erkannt, wussten, dass es sich um Marta handelte?«

»Natürlich kenne ich nicht ihren Namen, aber sie gehört zu denjenigen, die wir manchmal vom Sportgelände scheuchen.«

»Befürchteten Sie, dass Marta ebenfalls wusste, wer Sie sind?«

»Selbst wenn, ich meine, was hätte ihr das genutzt? Sie wird kaum das Geld dafür aufbringen können, einen Anwalt zu bezahlen, der mich dafür verklagt, ihren ohnehin gestohlenen Einkaufswagen touchiert zu haben.«

»Nein, davor haben Sie freilich keine Angst. Das meine ich nicht. Aber vielleicht kam Ihnen in den Sinn, dass Marta bezeugen könnte, Sie an der Unfallstelle gesehen zu haben. Vielleicht sogar, dass Sie weitergefahren sind, ohne anzuhalten. Aber Sie wollten keinesfalls mit dem Tod von Dr. Monteiro in Verbindung gebracht werden, richtig? Haben Sie Marta gedroht? Ihr klargemacht, dass Sie wissen, wer sie ist, und sie damit in Angst versetzt?«

»Nein! Also … nein!«, wiederholte er.

»Marta ist tot. Sie wurde ermordet!«, teilte Helena ihm mit und studierte konzentriert seine Reaktion darauf.

»Was zur Hölle? Ich bin Ihnen wahrlich schon genug entgegengekommen. Und zum Dank wollen Sie mich jetzt beschuldigen, den Tod dieser bedauernswerten Frau verursacht zu haben?«, zischte Ribeiro.

Helena schwieg. Wartete und beobachtete derweil die Schweißtropfen, die dem Sportschützenvorstand über die faltigen und nun ungesund geröteten Wangen liefen. »Sie müssen mir glauben, Inspetora, ich habe damit keinesfalls etwas zu tun! Weder mit Monteiros Unfall, noch mit dem Mord an dieser Obdachlosen«, beharrte er schließlich.

Helena nickte. »Ich werde in dieser Sache weiter ermitteln. Bleiben Sie in der Stadt, keine Ausflüge an die Algarve!«

Ribeiro sah sich damit vorerst als entlassen an und stakste mit weit ausholenden Schritten davon. Helena sah ihm hinterher, bis ihr Handy vibrierte. Der Anruf kam von Tiago.

»*Olá!*«

»*Olá* Helena! Hast du eine Minute?« Tiago hörte sich wieder versöhnt an und sie merkte, wie gut ihr diese Erkenntnis tat. »Schieß los!«

»Die DNA-Analyse ist jetzt vollständig«, verkündete der Gerichtsmediziner. Er klang nicht nur versöhnt, sondern regelrecht aufgeregt, wovon sie sofort angesteckt wurde. »Was Unerwartetes?«, hakte sie nach.

»Bei der Brandleiche handelt es sich nicht um Alfonso Tavares.«

Auszug aus den persönlichen Aufzeichnungen der Person, die sich Albuquerque nannte.

14. Januar 1975

Auf meinem Bett lag eine Nachricht von Magellan, als ich aus der letzten Vorlesung dieses Tages kam. Die Zeit ist gekommen, steht dort in seiner krakeligen Schrift verfasst. Darunter: Der Chiado Turf Club bittet um ein Treffen – umgehend!

Ich mache mich also auf den Weg. Widerwillig, denn ich bin verabredet. Mariposa hatte endlich zugestimmt, mit mir ein Abendessen in der Stadt einzunehmen. Ich habe uns einen Tisch in einem Restaurant im Bairro Alto reserviert, in dem ich mit meinen Eltern früher häufig diniert habe. Dort wird Fado zum Besten gegeben. Sie wird beeindruckt sein, da bin ich sicher. Aber noch bleibt mir Zeit, ich kann also los, rüber zum Gestüt, mir anhören, was so dringlich und wichtig ist.

51
Henrik

Welche Erkenntnis brachte ihm das Treffen zwischen Catarina und Sónia? Hatte Eusébio Monteiro seine Tochter missbraucht? Diese Vermutung lag nahe, nachdem was er vorhin aufgeschnappt hatte. Henriks Beine setzten sich in Bewegung, kaum dass die Frauen sich im Jardim das Francesinhas getrennt und in entgegengesetzten Richtungen den Park verlassen hatten. Doch er verlor beide aus den Augen, bevor er einer von ihnen unbemerkt hätte folgen können. Sie waren nicht in Freundschaft auseinandergegangen, so viel stand fest.

Gedankenverloren gelangte er bis vor die Basílica da Estrela, bevor er überhaupt bemerkte, dass er nach Westen statt nach Osten abgebogen war. Auf dem Kirchenvorplatz versuchte er Helena zu erreichen, landete aber auf ihrer Mailbox. Vermutlich führte sie gerade ein Verhör durch. Er verzichtete diesmal darauf, ihr eine Nachricht zu hinterlassen. Hinter ihm vernahm er das Knirschen der Straßenbahn, die unmittelbar vor der Barockkirche eine Haltestelle hatte. Er beeilte sich, um die Eléctrico noch zu kriegen, doch dann hielt er inne. Ihm fiel ein, dass es von hier nicht weit zur Rua Sacramento sein konnte. Gleichzeitig geisterte noch eine Menge unbeantworteter Fragen durch seinen Kopf. Soweit er verstanden hatte, schloss Catarina nicht aus, dass Sónia etwas mit dem Tod ihres Vaters zu tun haben könnte. Der verschmähten Liebe wegen, zu der die Anwältin nicht fähig war, wegen des Traumas, das sie ihrem Vater verdankte. Nur reichte diese Enttäuschung aus, um sich an Monteiro zu rächen? Noch dazu, nachdem offenbar einige Zeit verstrichen war, seit sich Catarina von Sónia getrennt hatte? Außerdem musste er sich fragen, was der Gerichtsmedizinerin diese verspätete Rache bringen könnte. Catarina würde dadurch nicht geheilt werden. Und selbst wenn Sónia wider aller Vernunft trotzdem Monteiro von der Straße gedrängt hatte, fehlte der Zusammenhang zu den Toden von Tavares und diesem Andrade. Die gekränkten Gefühle der Ärztin konnten nur eine Sackgasse sein. So gesehen blieb weiterhin und vorrangig nur ein Indiz, das eine Erklärung für die Todesfälle unter den Mitgliedern des Chiado Turf Clubs liefern konnte. Nur würde er das ohne Catarina nicht in die Finger bekommen.

Auch wenn er sich nicht besonders stabil fühlte, was seine Psyche anging, begab er sich innerhalb weniger Tage zum vierten Mal hinauf ins Lapa-Viertel. Die steilen Gassen und die Nachmittagshitze setzten ihm zu. So war er völlig erschöpft, als er schließlich mittels des Türklopfers um Einlass in die Monteiro-Villa bat. In Erwartung der Hausdame Luisa kämpfte er mit sich, nicht unverzüglich das Weite zu suchen. Doch es war Catarina, die ihm öffnete. Sie wirkte wenig überrascht. »Ist der Teufel hinter Ihnen her?«, fragte sie unverblümt, wodurch er sich ziemlich gut vorstellen konnte, wie er aussehen musste.

»So wie ich mich gerade fühle, könnten Sie damit sogar richtigliegen. Gestatten Sie mir ein Glas Wasser, bevor Sie mich wieder wegschicken?«

Diese Bitte konnte sie ihm nicht verwehren. Sie ließ ihn ein. Die dunkle Kühle des Flurs verscheuchte augenblicklich den Schwindel, der ihn die letzten Meter bis hierher in einer Art Trance hatte zurücklegen lassen.

»Sie kennen den Weg«, sagte Catarina und wies den Gang entlang, der in den Innenhof führte. Ohne darauf zu warten, dass er sich in Bewegung setzte, ließ sie ihn allein. Er sah ihr nach, wie sie um eine Ecke verschwand. Sie hatte sich schon umgezogen, die Anwältin abgelegt, während er noch durch die Gassen geirrt war. Jetzt trug sie wieder ein Kleid. Eine weißes, wie letztens, als sie ihm einen Tee angeboten hatte. Henriks Atem hatte sich immer noch nicht beruhigt. Er fand den Lederhocker, auf dem er vor ein paar Tagen schon gesessen hatte, und schloss die Augen.

Eine Berührung an der Schulter weckte ihn wieder auf. Vor ihm auf dem Teetisch standen drei Gläser und eine Karaffe mit Wasser, in dem Limettenscheiben und Eiswürfel schwammen. Ein Glas war bereits gefüllt. Er griff danach und trank es gierig leer. Erst dann wurde sein Blick wieder scharf. Catarina saß ihm gegenüber und musterte ihn streng. »Was ist bloß los mit Ihnen?«

»Leben am Abgrund, ich kann es nicht empfehlen«, antwortete er. Es war als Scherz gemeint, aber fühlte sich nicht danach an.

»Soll ich jetzt fragen, wieso Sie sich das antun?«

Henrik schüttelte den Kopf. »Sie würden es ohnehin nicht verstehen. Ich vermisse Ihre Hausdame«, merkte er an, um ihr Interesse von seinem körperlichen und psychischen Zustand wegzulenken.

»Da ich sie nicht weiter beschäftigen werde, ist sie gezwungen, sich eine neue Anstellung zu suchen. Luisa hat heute ein Vorstellungsgespräch. Aber ich denke nicht, dass Sie gekommen sind, um sich nach meiner Haushälterin zu erkundigen.«

»Bin ich nicht«, gestand Henrik.

»Gut. Dann kommen wir gleich zur Sache. Ich denke, ich weiß, warum Sie hier sind. Doch nur weil Sie mitleiderregend aussehen, bin ich nicht bereit. Noch nicht …«

Es lag ihm auf der Zunge, nach ihrer Beziehung zu der Gerichtsmedizinerin zu fragen. Oder erneut das Verhältnis zu ihrem Vater anzusprechen, das nachdem, was er belauscht hatte, ein Albtraum für die Tochter gewesen sein musste. Doch er entschied sich, den

Fokus unverzüglich auf den eigentlichen Grund seines Besuchs zu richten. »Es bleibt nicht mehr viel Zeit.«

»Zeit wofür?«

»Zeit, um weitere Morde zu verhindern.«

»Die Lage ist also tatsächlich so ernst?«

Henrik nickte, schenkte sich Eiswasser nach und trank, diesmal deutlich manierlicher.

»Wieso stehen dann Sie und nicht die Polizei vor meiner Tür?«

»Die wissen nichts von dieser Spur«, erklärte er.

Catarina ließ diese Worte ein paar Sekunden auf sich wirken. »Vielleicht ist das sogar besser so. Ich will nicht in die Situation versetzt werden, der albanischen Mafia erklären zu müssen, wieso ich ihnen die Polizei auf den Hals gehetzt habe.«

»Das lässt sich verhindern, aber dafür müssen Sie anrufen. Jetzt sofort!«

»Wie stellen Sie sich das vor?«

»Sagen Sie ihm, dass Sie bezahlen, was immer er verlangt.«

Catarina krauste ihre sauber gezupften Brauen. »Ich lasse mich nicht erpressen. Schon gar nicht von der Mafia, das sagte ich Ihnen bereits.«

»So weit wird es nicht kommen«, versprach Henrik ohne jede Gewissheit. »Locken Sie ihn her und dann sehen wir, was passiert.«

»Sie flüchten nicht vor ihm, Sie sind der Teufel«, erwiderte Catarina und holte ihr Handy hervor.

Auszug aus den persönlichen Aufzeichnungen der Person, die sich Albuquerque nannte.

14. Januar 1975 – Nachtrag

Es ist immer noch schwer, an mich zu halten. Ich zittere, was es nicht einfach macht, den Stift zu führen. Nach der Zusammenkunft im Schuppen fühle ich mich nicht mehr imstande, die Verabredung mit Mariposa einzuhalten. Da ich nicht weiß, wie ich sie erreichen kann, wird sie vermutlich vergebens unter dem Denkmal von Luís de Camões auf dem gleichnamigen Platz auf mich warten. Doch ich wäre heute wahrlich keine gute Gesellschaft, nach dem, was sich vorhin zugetragen hat.

Ich war der Letzte, sie musterten mich kritisch, als ich den Schuppen betrat, doch es widerstrebte mir, mich zu entschuldigen. Ich war verwundert, dass keiner rauchte, und nüchtern waren sie überdies. Magellan wies mich an, Platz zu nehmen, nicht im Befehlston, er formulierte es als Bitte und gab sich sanftmütig, als wollte er mir signalisieren, ich hätte einen Freund in ihm. Aber das war natürlich nur gespielt, ich durchschaue ihn mittlerweile immer besser.

Ich weiß nicht, was er den anderen mitgeteilt hatte, bevor ich eintraf. Doch so, wie sie an seinen Lippen hingen, musste es um sein Lieblingsthema der letzten Tage gegangen sein. Den Umsturz, seine rhetorisch gekonnt ausgeschmückte Einstimmung zur Machtergreifung. Jedenfalls sah er mich direkt an, als er fortfuhr. »Die Zeit ist gekommen«, wiederholte Magellan die Worte, die er schon auf dem Zettel an mich vermerkt hatte. Er stand vor dem niedrigen Querbalken, an den sie vor geraumer Zeit das Reh zum Auswaiden genagelt hatten. Das Blut war tief ins Holz gesickert. Magellan zeigte auf die dunklen Flecken. »Wir sollten nicht mehr nur Rehe und Hasen töten«, sagte er.

Ich konnte nicht an mich halten zu fragen, was er überdies töten wollte. »Einen Menschen«, antwortete er mir wie selbstverständlich und musterte mich dabei, als ob ich ein minderbemittelter Trottel sei.

Die anderen kamen mir nicht weniger überrascht vor. Ob er von den politischen Feinden spräche, wollte da Gama wissen. Er klang verunsichert, wenn nicht sogar desillusioniert. Da Gama war der klassische Mitläufer, der allerdings schnell die andere Richtung einschlug. Will sagen, wenn es heikel wird, läuft er auch, allerdings aller Verantwortung davon.

»Ihr träumt von der Macht, meine Freunde, aber wenn ihr sie wirklich wollt, müsst ihr Opfer bringen«, teilte Magellan uns mit. »Und ich kenne euch, ihr wolltet es doch schon immer tun. Also hören wir auf, davon zu reden, lassen wir Taten sprechen.« – »Wieso?«, flüsterte ich und konnte nicht anders, als beschämt zu Boden blicken. »Um zu beweisen, dass uns dieses Recht immer noch zusteht«, gab Magellan mir zu

verstehen und klang diesmal weit weniger freundschaftlich. »Ich will nicht warten, bis andere die Dinge politisch wieder zurechtrücken«, fuhr er fort. »Und darum müssen wir töten?«, wollte nun auch Corte-Real wissen. »Du hast es verstanden«, sprach Magellan ihm zu. »Du verwirrst mich, mein Freund«, schaltete sich daraufhin Cabral ein. »Ich dachte, wir bilden die Speerspitze einer neuen Untergrundbewegung, um die alten und richtigen Machtverhältnisse wiederherzustellen. Und ich sehe ein, dass dies nicht ohne Blutvergießen vonstatten gehen kann. Aber du sprachst von einem Menschen, den du um die Ecke bringen willst, was sich für mich so anhört, als wüsstest du schon sehr wohl, wer derjenige sein wird?«

Ich bin froh, dass es Cabral war, der diese Frage in diesem Moment stellte, so blieb mir erspart, dies zu tun. Magellan nickte und sah stolzer denn je aus, wie er da seine Daumen unter die Revers seines Jacketts steckte. »Wir sind die neue Elite in diesem Land, die, die sie meinen verschont zu haben, weil sie ihnen nicht gefährlich werden kann«, redete er weiter, jetzt wieder ganz der politische Aufrührer, als der er sich gerne vor uns aufspielte. »Sie haben sich geirrt, meine Freunde. Ihr wisst das vielleicht noch nicht, wenn ich in eure Gesichter schaue, aber es ist an uns. Halten wir zusammen, gelingt uns alles. Darum schmieden wir einen Pakt. Und so ein ordentlicher Pakt gehört besiegelt«, sagte Magellan voller Inbrunst. Mir wird klar, dass er in den Rängen der Estado Novo hoch aufgestiegen wäre, doch ich kann ihn dennoch nicht bewundern, so wie die anderen es tun.

»Was verlangst du von uns? Dass wir ein politisch motiviertes Zeichen setzen?«, fragte da Gama und ich konnte die Angst

hören, die in seiner Stimme mitschwang. »Alles zu seiner Zeit, zuerst müssen wir unser Bündnis festigen, bevor wir uns das Land zurückholen, das man uns gestohlen hat«, sagte Magellan. »Und dafür müssen wir jemanden töten?«, hakte Cabral nach, den ich noch nie so verunsichert erlebt habe.

»Jetzt habt ihr verstanden, meine Freunde«, stimmte ihm Magellan zu. »Und es ist an mir, euch darauf vorzubereiten«, versprach er und ich hegte keinen Zweifel daran, wie ernst er diese Aufgabe nahm. Wobei er überhaupt nicht zu erwägen schien, dass seine Jünger ihm nicht folgen könnten.

52
Helena

»Die Fahndung nach Tavares ist raus«, sagte Damasos. Sie saßen im Besprechungsraum mit dem Team zusammen, das wegen der jüngsten Ereignisse um weitere Kollegen aufgestockt worden war. Damasos hatte das Briefing einberufen und alle auf den aktuellen Stand gebracht. Helena hatte über die Vernehmung von Carlos Ribeiro gesprochen und ihre Einschätzung abgegeben. Man war sich einig, dass er zu einer weiteren Unterredung einbestellt werden sollte. Was sie für sich behielt, war ihre Entdeckung, dass Catarina Monteiro und Sónia da Silva sich kannten. Sie hatte immer noch nicht entschieden, wie sie damit umgehen wollte.

»Konzentrieren wir uns nun auf den Hauptverdächtigen!«, sagte Damasos und nickte Alexandra zu, die das Wort ergriff. »Wir haben seine Kontobewegungen geprüft. Tavares hat eine große Menge Geld auf ein Konto einer Bank auf den Kanalinseln transferiert, unmittelbar nachdem bekannt wurde, dass Dr. Monteiro verunglückt ist. Es deutet einiges darauf hin, dass er schon länger einen Plan verfolgte.«

»Den Plan, abzutauchen«, murmelte Helena. »Ich vermute, wir werden keine Informationen von dieser Bank erhalten?«, fragte sie laut in die Runde.

»Keine Chance. Aber ich gehe davon aus, dass er dort ohnehin bereits einen Teil seines Vermögens bunkert«, ergänzte Alexandra.

»Wir können also davon ausgehen, dass er hier in Lissabon seinen Tod vorgetäuscht hat. Aber wissen wir auch warum?«, fragte einer der neuen Kollegen.

»Dafür gibt es zwei Möglichkeiten«, begann Damasos. »Entweder, weil er Angst hat, ebenfalls wie seine einstigen Studienkameraden zu enden …«

»… oder weil er den Tod der anderen zu verantworten hat«, vollendete Helena den Satz.

»Er hat jemanden statt seiner getötet und verbrannt, dabei aber auch sein eigenes Haus angezündet. Das klingt für mich eher nach Panik als nach kalkuliertem Vorgehen«, wandte eine Kollegin ein.

»Wir können noch nicht sagen, was von seinen Taten geplant und was spontan war. Dennoch geht er zweifelsfrei auf perfide Weise vor, handelt also keinesfalls im Affekt, sondern mit Voraussicht. Außerdem können wir nicht davon ausgehen, dass er die Morde eigenhändig begangen hat.«

»Er ist gut vernetzt. Hat Kontakte, wie angenommen werden darf. Außerdem gehört er zu der letzten Generation, die noch unter der Diktatur aufgewachsen ist«, steuerte Damasos bei.

»Spielen wir jetzt doch diese Karte?«, fragte Helena provokant.

»So wie sich dieser Fall entwickelt hat, können wir die Verbindung in die Vergangenheit nicht mehr ausschließen. Tavares stammt aus einer damals einflussreichen, aber vor allem regimetreuen Familie, auch wenn er das sehr wirkungsvoll unter dem Teppich halten konnte. Vieles davon ist vorerst spekulativ, aber wir setzen zwei Leute darauf an, die sich mit den alten Akten zu diesem Thema befassen werden.«

»Sofern wir die Genehmigung von oben erhalten«, fügte Helena an, ohne auf den sarkastischen Unterton zu verzichten. Wenn es um die dunkle Vergangenheit dieses Landes ging, war die Regierung stets bestrebt, nichts von dem toxischen Staub aufzuwirbeln, den man auch nach einem halben Jahrhundert nicht restlos entfernt hatte.

»Was wird Tavares als Nächstes tun?«, fragte Alexandra die Runde, scheinbar in der Absicht, das Problem der Vergangenheitsbewältigung nicht weiter breitzutreten.

»Wir gehen vorerst davon aus, dass Tavares noch im Land ist«, schaltete sich Helena wieder ein. »Flughäfen, Schiffshäfen und Bahnhöfe sind überprüft und werden weiterhin kontrolliert. Ich für meinen Teil glaube fest daran, dass er sich weiterhin in Lissabon aufhält.«

Alle Blicke richteten sich auf sie.

»Er war in den letzten Wochen schwer damit beschäftigt, Spuren zu verwischen, und ich bin überzeugt davon, dass er mit dem Aufräumen noch nicht fertig ist«, rechtfertigte sie ihre Theorie.

»Wie meinst du das?«, hakte Alexandra nach.

»Er hat Clemente de Moura noch keinen Besuch abgestattet. Folglich wird er dies noch tun.«

»Es existiert etwas, das diese Männer verbindet, da stimme ich Inspetora Gomes zu. Beweise, von denen wir leider nicht wissen, worum genau es sich handelt.« Er tippte auf dem Laptop vor ihm und warf mit einem Beamer das von Helena gemachte Foto des Wachssiegels an die Wand. »Wir suchen nach allem, was mit der Abbildung dieses Reiters versehen ist. Und überdies alles, was auf einen Chiado Turf Club hinweist«, fuhr Damasos fort. Einige der Anwesenden wiederholten den Namen dieses nicht einzuordnenden Vereins.

»Was soll das sein, dieser Chiado Turf Club?«, fragte Alexandra.

»Wissen wir nicht«, antwortete Helena.

»Und wie seid ihr an den Namen gekommen?«

»Nun, diese Frage kann uns nur Inspetora Gomes beantworten«, ließ Damasos verlauten, womit erneut alle Blicke auf sie gerichtet waren.

»Das ist im Moment nicht relevant«, sagte sie.

»Das ist jetzt ja auch nichts Neues, dass du mit Dingen hinterm Berg hältst«, warf Alexandra ihr vor und erhielt Zustimmung von mehreren Kollegen.

»Bleiben wir bei der Sache!«, ordnete Damasos an. »Zurück zu unserem Hauptverdächtigen! Das Verhalten von Dr. Tavares deutet in der Tat daraufhin, dass er Beweise einsammelt oder besser gesagt verschwinden lässt.«

»An de Moura kommt er nicht so einfach ran, er steht unter Polizeischutz«, stellte ein Kollege fest.

»Wie bereits erwähnt, Tavares hat gute Kontakte. Wir müssen unsere Kräfte zum Schutz von Senhor de Moura auf jeden Fall verstärken.«

»Wisst ihr schon mehr über denjenigen, der anstelle des Doktors verbrannt wurde?«, fragte Alexandra, woraufhin Damasos den Kopf schüttelte. »Bitte halten Sie sich gegenseitig auf dem Laufenden. Alle Information müssen umgehend weitergereicht werden. Es ist unsere Pflicht, diese Sache jetzt schnell und effizient abzuschließen, niemand soll hier mehr um Leib und Leben fürchten müssen.«

Helena verkniff sich ein Grinsen wegen Damasos' Motivationssprüchen, ohne den Ernst der Lage zu hinterfragen. Sie hatte gesehen, dass Henrik versucht hatte, sie zu erreichen, und ahnte, dass es wichtig sein könnte. Es war nicht nur an der Zeit, diese Besprechung zu beenden, sondern dem Irrsinn dieser Mordserie einen Riegel vorzuschieben.

Damasos löste das Meeting auf. Helena beeilte sich, hinaus auf den Gang zu kommen. Statt zu ihrem Schreibtisch, begab sie sich auf den Balkon, der den nikotinabhängigen Kolleginnen und Kollegen zugeteilt war, um während der Arbeitszeit ihrer Sucht nachgehen zu können. Sie wusste, ihr blieb vielleicht nur eine Minute, bis sich nach dem Meeting jemand in dieser Absicht zu ihr gesellte.

Henrik reagierte sofort.

»Alles in Ordnung? Wie geht es dir?«

»Ist besser geworden, seit heute Morgen«, sagte er, hörte sich dabei aber nicht sonderlich überzeugend an.

»Bist du zu Hause?«

Sein Zögern reichte ihr als Antwort, doch ihr fehlte die Zeit, sich deswegen jetzt mit ihm auseinanderzusetzen. »Wir gehen später ins Detail«, sagte sie daher. »Vorerst ist es wichtig, dass du weißt: Tavares ist nicht das Brandopfer. Es deutet alles darauf hin, dass er noch am Leben ist.«

53
Henrik

»Schlechte Nachrichten?« Catarina sah ihn stirnrunzelnd an. Er hatte nicht bemerkt, dass sie wieder ihm gegenüber Platz genommen hatte. Um den Anruf zu tätigen, um den er sie gebeten hatte, war sie für ein paar Minuten hinter den Bambusstauden neben dem Brunnen verschwunden, dessen stetes Plätschern für die sehr erträgliche Temperatur im Innenhof der Monteiro-Villa sorgte. Erstmals fragte er sich, ob er Catarina nicht in echte Gefahr brachte, indem er den versiegelten Umschlag in ihr Haus bringen ließ. Aber wie sollte *er* davon erfahren? Andererseits machte es bisweilen den Eindruck, als hätte *er* seine Augen und Ohren überall. *Er.* Tavares. Nachdem, was Helena ihm gerade am Telefon mitgeteilt hatte, stand für Henrik unwiderruflich fest, dass sein Auftraggeber und derjenige, der die Mitglieder des Chiado Turf Club um die Ecke brachte, ein und dieselbe Person waren. Dass der Doktor von Beginn an eine morbide Inszenierung vollführte und er ein Teil davon war. Eine Marionette ohne Fäden.

»Henrik? Was ist passiert?«

»Der Mörder hat ein Gesicht bekommen«, antwortete er. »Jetzt braucht es nur noch ein Motiv für seine Taten. Hat Luan eingewilligt?«

Er sah ihr an, dass seine Antwort sie nicht zufriedenstellte. »Er kommt«, ließ sie ihn wissen und erhob sich wieder. Sie wirkte beunruhigt. Er war mindestens genauso nervös, was auch ihr nicht verborgen blieb. Wie sollte er in diesem desolaten Zustand dem

Albaner gegenübertreten? Die Kraft, die noch in ihm war, musste er allein schon dafür aufwenden, nicht die Flucht anzutreten.

»Ich brauche jetzt was Stärkeres«, sagte Catarina und ließ ihn erneut allein. Kurz war er verleitet, ihr zu folgen. Die Anspannung setzte ihm weiter zu. Was hatte Catarina dem Albaner angeboten? Seinen Kopf? Saß er gerade einer Art Verrat auf? *Mach dich nicht verrückt!* Catarina hatte nichts davon, ihn ans Messer zu liefern. Oder doch? Was trieb sie so lang? Er durfte jetzt nicht in Panik geraten. Vor allem musste er bei Sinnen bleiben. Nicht überhitzen. Zuletzt hatte sich sein Gehirn bei heftigem Stress hin und wieder abgeschaltet. Henrik mühte sich nun doch von dem niedrigen Hocker auf die Beine. Der Schwindel war zurück. Er glaubte, Geräusche zu hören. Waren da Stimmen? Irritiert wankte er zu einer der Holzsäulen, welche die Galerie trugen, und lehnte sich dagegen. *Sicher ist sicher!*

Catarina kam zurück. Ihr weißes Kleid leuchtete ihm aus dem dunklen Flur entgegen. Die Gestalten hinter ihr sah er erst, als das Licht des Innenhofs auf sie fiel. Luan wie gewohnt ganz in schwarz. Kapuzenpulli und Trainingshose, dazu einen Pork-Pie-Hut auf seinem Kopf. Doch eigentlich hatte er kein Auge für den Boxer, denn unweigerlich war es die zweite Person, die all seine Aufmerksamkeit auf sich zog. Es war kein Geringerer als Dr. Alfonso Tavares.

Auszug aus den persönlichen Aufzeichnungen der Person, die sich Albuquerque nannte.

21. Januar 1975

Vetter Raoul passte mich auf dem Campus ab. Er sah aus, als hätte er die Nacht in der Gosse geschlafen. Ich erfahre, dass sie Onkel Luis verhaftet haben. Mehr hatte er mir nicht zu sagen. Ohne jede weitere Instruktion schlich er davon, als hätte er eben einen Ladendiebstahl begangen. Abgesehen davon, dass es mich bis ins Mark trifft, dass es nun doch den scheinbar unantastbaren Chirurgen erwischt hat, weiß ich nicht, was ich mit Raouls Information anfangen soll. War es eine Warnung?

Klar zu denken, fällt mir schwer. Nicht allein wegen des Auftritts meines Vetters und dem, was meinem Onkel nun vermutlich widerfahren wird. Auch wegen Mariposa. Es ist mir bisher nicht gelungen, sie wieder versöhnlich zu stimmen. Wobei ich schwer nachvollziehen kann, dass sie sich immer noch darüber echauffiert, dass ich sie vor einer Woche versetzt habe. Ich finde nicht, dass es ihr zusteht, so ein Aufheben darum zu machen. Im Gegenteil, glücklich sollte sie sich schätzen, dass ich bereit bin, ihr weiter den Hof zu machen. Stattdessen benimmt sie sich, als wäre sie eine standesgemäße

Gefährtin. Nun, leider Gottes verspüre ich weiterhin dieses Verlangen nach ihr, bin also ein Narr meiner Gefühle. Ja, Herr im Himmel, ich kann nicht klar denken, wie auch, bei dem was auf mich einprasselt. Und das ausgerechnet heute. Heute, an dem Tag, den Magellan zur Festigung unseres Bündnisses ausgerufen hat. Heute soll es passieren. Nur wie kann ich nach der Hiobsbotschaft wegen meines Onkels und dem Verhalten Mariposas seinem Ritual beiwohnen, das er uns in verschwörerischem Tonfall angekündigt hat.

Vorhin hat er uns zwischen zwei Vorlesungen auf einer der Toiletten im Hauptgebäude versammelt. Schnell, auf ein Wort, wie auf dem Zettel stand, den nicht nur ich erhalten habe, sondern auch die anderen drei, wie ich beim Betreten der Örtlichkeit feststellte. Magellan lehnte an der gekachelten Wand unter dem Fenster und wies Cabral an, alle Kabinen zu prüfen. Er wollte keine unbeteiligten Zuhörer. »Ich sagte euch«, begann er, sobald ersichtlich war, dass wir unter uns waren. »Ich sagte euch, wir machen es an der Tagundnachtgleiche. Doch die ist erst im März, wie ihr wisst, und nun stellte sich heraus, dass wir so lang nicht mehr warten können. Es sind Umstände eingetreten, die uns zum Handeln zwingen.«

»Welche Umstände?«, fragte da Gama daraufhin, doch Magellan führte diese nicht aus. »Wir machen es heute«, verkündete er stattdessen. »Treffpunkt und Uhrzeit erfahrt ihr noch.«

54
Henrik

»Sie wirken überrascht«, stellte Tavares mit süffisantem Lächeln fest. Diesmal saß sein Anzug wieder tadellos, die Fliege war sauber ausgerichtet und das Hemd unter dem schwarzen Jackett von einem dezenten Cremeton. Der Mann war entweder ein begnadeter Schauspieler oder Henriks Menschenkenntnis in letzter Zeit keinen Escudo mehr wert. Jedenfalls konnte er sich nicht erinnern, jemals so an der Nase herumgeführt worden zu sein. Er suchte Catarinas Blick und erkannte, dass sie nicht weniger verwirrt über die Delegation war, mit der sie zurück in den Patio gekehrt war.

Ohne auf eine Einladung zu warten, setzte sich Tavares auf einen der Hocker. Unaufgefordert schenkte er sich Wasser aus der Karaffe in das noch unbenutzte Glas. Er trank einen Schluck und beäugte dann über seine Goldrandbrille hinweg Catarina und Henrik. Luan blieb indessen im Zugang zum Innenhof stehen und nahm die provokant herablassende Haltung eines Türstehers ein.

»Seit wann arbeiten Sie beide zusammen?«, fragte Henrik.

»Ich kenne Luans Familie schon eine halbe Ewigkeit. Ihnen gehört unter anderem die Sicherheitsfirma, die mit dem Gebäudeschutz meiner gewerblichen Immobilien beauftragt ist. Ein Kontakt, der nie einschlief, auch nicht, nachdem ich alles veräußert habe. Es ist … sagen wir einmal, dem Zufall geschuldet, dass auch Sie, werte Catarina, eine Verbindung zu diesem umtriebigen albanischen Unternehmertum gefunden haben.« Catarina wirkte wie versteinert. »Sie haben mich als Anwältin für Luans Vater empfohlen«, murmelte Catarina, was Tavares ein Grinsen abrang.

»In der Tat. Nicht, dass ich damals schon vorausgesehen habe, wie praktisch dieses Arrangement später für mich werden kann. Mir war klar, dass Ihr Vater Ihnen ein Hinweis hinterlassen hatte und Sie versuchen würden, hinter sein Geheimnis zu kommen, auch nachdem die Bücher verkauft waren. Und wen sollten Sie in dieser Sache schon um Hilfe bitten, wenn nicht unseren gemeinsamen Bekannten Luan?«

»Luan hat also die ganze Zeit über für Sie gearbeitet?«, fasste Henrik nach.

»Nun, anfangs hat er ein wenig gezaudert, zumindest bis ihm wieder einfiel, wem seine Loyalität wirklich gehört.«

Henrik versuchte zu verarbeiten, was Tavares ihm so freigiebig mitteilte, und gleichzeitig die Bedrohungslage zu erfassen, der er Catarina und sich ausgesetzt sah. Augenscheinlich hatte der Doktor nicht vor, sie davonkommen zu lassen. Nicht wenn man die Redseligkeit bedachte, die er eben an den Tag legte. Die Monteiro-Tochter schielte vorwurfsvoll rüber zu dem Albaner, der sie verraten hatte. Luan bewahrte unbeeindruckt sein Pokerface.

»Die Albaner sind ein stolzes Volk. Stolz, aber auch dankbar, wenn man diesen Stolz anerkennt. Und sie angemessen für ihre Dienste entlohnt, das versteht sich von selbst«, redete Tavares weiter. Er war bester Laune, wie er da aufrecht vor ihnen saß, das Bein übergeschlagen und seine Hände sittsam auf dem Knie abgelegt. »Ich kannte übrigens auch Ihren Onkel«, fuhr er an Henrik gewandt fort. »Habe ich das erwähnt? Er war eine kleine Berühmtheit, aber das haben Sie gewiss längst realisiert. In den Kreisen, in denen ich verkehrte, hatten sie Angst vor ihm. Natürlich nur diejenigen, die etwas auf dem Kerbholz hatten. Mir sind einige bekannt, die eine Flasche Champagner öffneten, als bekannt wurde, dass der neugierige Antiquar verstorben ist. Doch die Freude währte nur kurz, denn bald darauf betraten Sie die Bühne, um den nächsten Akt einzuläuten. Sie, ein Polizist. Und dazu gleichwohl ein Deutscher wie Ihr Onkel. Deutsch – das Synonym für Gründlichkeit und Akribie. Mir war sofort bewusst, ich musste Sie im Auge behalten, auch wenn es nie Anzeichen dafür gab, dass Ihr Onkel mich und meine werten Freunde auf dem Zettel hatte. Aber sicher war sicher. Ich wäre niemals im Leben so weit gekommen, wenn ich nicht ebenfalls ähnlich tugendhaft und *deutsch* vorgegangen wäre, bei allem, was ich mir vornahm. Im Geschäftlichen wie auch Privaten. Letztlich kam der Tod von Eusébio mir gelegen, denn er schenkte mir den Grund, Sie zu engagieren. Mir war klar, dass Sie ohnehin früher oder später anfangen würden, der Sache nachzugehen, und ich musste herausfinden, ob sich wirklich keine verdeckten Hinweise auf mich und die anderen im Antiquariat befinden. Denn nur so konnte ich sicherstellen, dass mir ausreichend Zeit blieb, um ein paar letzte Dinge zu regeln, bevor ich für immer von hier verschwinden kann. Ich war mir sicher, dass Sie den Umschlag finden würden. Aber ich wusste auch: Sie würden ihn nur öffnen, wenn Sie bereits verdächtige Hinweise zu meiner Wenigkeit gefunden hätten. In diesem Falle hätte ich ein wenig umdisponieren müssen. Aber als ich hörte, dass der Umschlag noch verschlossen war, war ich dahingehend unbesorgt.«

»Darum also das ganze Theater«, entgegnete Henrik. »Um mich auszuhorchen.«

Tavares nickte. »Zudem taten Sie mir diesen unglaublichen Gefallen, sich mit einer Kriminalkommissarin zu verbinden. Eine Liaison, die ich Ihnen durchaus gönne, ermöglichte sie mir doch, auch ein wenig Einfluss auf die Ermittlungen zu nehmen und ein paar falsche Fährten zu legen. Sie sind ein echter Glücksfall für mich geworden, Senhor Falkner.«

»Was ist mit meinem Vater passiert«, ging Catarina dazwischen, deutlich ungehaltener, als sie es vermutlich vor Gericht getan hätte.

»Eusébio und sein Jaguar. Ich habe ihn immer gewarnt, dass ihn die alte Karre irgendwann ins Grab bringen würde. Wie immer hat er über meine Worte nur gelacht, doch ich habe recht behalten, wie wir alle wissen.«

»Haben Sie nachgeholfen?«, fragte Henrik, dem mehr und mehr der Kopf schwirrte.

»Wo denken Sie hin? Ich hätte mir gewünscht, er würde hundert werden. So wie die anderen auch«, sagte er. »Uneinsichtig und stur wie Ziegenböcke haben sie sich benommen. Ich habe es wahrlich im Guten versucht, bei Pierre, das können Sie mir glauben.«

»Das klingt nach einem Geständnis«, sagte Henrik.

Tavares dachte gar nicht daran, etwas zu leugnen. »Es war nötig.«

»Ebenso wie Ihren eigenen Tod vorzutäuschen. Wen haben Sie dafür geopfert?«

Wieder verschwamm sein Blick für einen Moment. Er sah hoch zu dem Carré, welches die Dachkanten bildeten und in dem bereits erste zarte Rosa- und Lachstöne den Himmel über der Stadt zu färben begannen. »Eine bemitleidenswerte Person, ein Mann meines Alters und meiner Statur, der auf der Straße lebte. Ich kannte ihn schon eine Weile, erfreute ihn gelegentlich mit Almosen, weshalb er mir vertraute. Er hat sich wirklich gefreut über meine Einladung zu mir nach Hause … Ich musste es tun. Um Sie abzulenken und um Zeit zu gewinnen.«

»Sie sind ein Scheusal«, stellte Catarina fest.

»Weit weniger schlimm als Ihr Vater, meine Liebe. Aber da erzähle ich Ihnen ja nichts, was Sie nicht ohnehin wissen oder gar am eigenen Leib zu spüren bekommen haben.«

Catarina wurde noch blasser. Henrik bemerkte erst jetzt, dass sie sich an seinen Oberarm klammerte. Doch er war zu sehr damit beschäftigt, Tavares Bericht einen Sinn zu geben, um sich darüber weitere Gedanken zu machen. »Dr. Monteiros Tod löste etwas aus, das Sie dazu zwang, zwei Morde zu begehen …« Er schielte rüber zu Luan. »… oder vielmehr, diese in Auftrag zu geben, verstehe ich das richtig?«

Henrik erntete einen bedauernden Blick. »Ich habe gehört, dass Sie gesundheitlich nicht auf der Höhe sind, darum sehe ich Ihnen Ihre verzögerte Auffassungsgabe nach. Und ich tue Ihnen den Gefallen und hole sogar noch ein wenig für Sie aus, denn es liegt mir fern, Sie im Dunkeln zu lassen. Sie, Senhor Falkner und natürlich auch Senhora Catarina, denn ich bewundere wirklich, wie es Ihnen gelungen ist, sich aus den Fängen Ihres Vaters zu befreien. Dem zolle ich wahrlich großen Respekt, gerade weil ich sehr wohl weiß, wie er sein konnte. Ihrer Mutter war dies ja leider nicht vergönnt gewesen. Ihr fehlte es letztlich an dieser Kraft und dem Willen. Sie ist in seinen Händen verwelkt und schließlich eingegangen.«

»Was meinen Sie damit?«, fauchte Catarina.

»Kommen Sie! Sie werden mir doch nicht weismachen wollen, Sie hätten nie in Erwägung gezogen, dass Ihr Vater die Verantwortung für ihren Selbstmord trug.« Tavares schüttelte ungläubig den Kopf. Catarinas Finger krampften sich noch heftiger um Henriks Bizeps.

Um Alfonso Tavares' Augenpartie legte sich wieder eine träumerische Aura. »Auch wenn ich ihm das nie eingestanden habe, ich habe Eusébio bewundert. Er war ein Visionär, nicht nur was sein Verständnis für die Wirtschafts- und Finanzwelt anging. Sein Gespür und seine Voraussicht waren mir bisweilen manchmal sogar unheimlich. Und er hat uns wirklich die Wahrheit gesagt. Es ist alles so eingetreten, wie er es uns vor fünfzig Jahren versprochen hat. Das muss ich ihm zugutehalten. Wir schulden ihm unseren Erfolg, auch wenn sich das nie rational erklären ließ. Die anderen drei haben es freilich geglaubt. Jedenfalls zwei von ihnen mit Gewissheit und bis zum bitteren Ende. Clemente war von jeher der Zweifler, nun ja. Auch ich habe Eusébio nie alles abgenommen. Diesen Zirkus mit der Teufelsbeschwörung und das Brimborium, das er darum veranstaltet hatte … das war freilich Unsinn. Dennoch hat es funktioniert. Uns wurde ungeahnte Macht zuteil und wir sind wie prophezeit, verzeihen Sie die Ausdrucksweise, stinkreich geworden. Aber natürlich war das nie Magellans wahres Ansinnen …«

»Magellan?«, fragte Catarina. Ihre Stimme war jetzt dünner als Pergament.

»Pardon, Eusébio, ich meine Eusébio.«

Catarina suchte Henriks Blick, doch er konnte nur mit den Schultern zucken. Luan stand weiterhin da wie eine Statue, die Augen stier auf sie gerichtet. Die unter seinem Pulli sichtbare Ausbeulung vorne im Hosenbund konnte nur eine Pistole sein. Das machte es für Henrik nicht einfacher.

»Sie brauchen keine Angst zu haben«, sagte Tavares, als vernehme er Henriks Gedanken. »Es liegt mir fern, sie von Luan töten zu lassen. Er wird lediglich eine Weile auf sie aufpassen. Lang genug, bis sich mein Flugzeug über dem Atlantik befindet.«

Henrik glaubt kein Wort. Tavares wäre dumm, sie am Leben zu lassen, nach diesem Geständnis. Luan hatte mit Sicherheit seine Anweisungen längst erhalten. Während Henriks Gedanken rasten, plauderte der Doktor munter weiter. »Ich gehe ins Exil nach Südamerika. Unter neuem Namen, versteht sich. Der größte Teil meines Vermögens ist mir bereits dorthin vorausgeeilt. Das war schon seit vielen Jahren der Plan für meine noch verbleibende

Zukunft. Also entspannen Sie sich! Sobald ich dieses Haus verlassen habe, hören Sie nie wieder etwas von mir. Und seien Sie unbesorgt: Ich habe veranlasst, dass sich in Übersee jemand um Gabriel kümmert. Wenn er klug ist, ist er kooperativer als Pierre, was ich jedoch bezweifle. Aber das muss Sie überhaupt nicht weiter belasten«, sagte Tavares und erhob sich, ein wenig steif vielleicht, aber mit der augenscheinlichen Arroganz, die er seit Beginn seines Auftritts hier an den Tag legte.

»Was hat er getan?«, fragte Catarina.

»Sie meinen Ihren Vater?«

»Wen sonst«, zischte sie. Offenbar hatte sie sich wieder gefangen, auch wenn Henrik ihr ansah, dass auch sie nicht viel auf Tavares Wort gab, sie zu verschonen. Immerhin war der Mann ein talentierter Lügner. »Er hat den Chiado Turf Club gegründet«, übernahm Henrik die Antwort, um Zeit zu gewinnen. »Doch dieser Name war nur Irreführung. Ihre angebliche Gesellschaft hatte nie irgendetwas mit Pferden zu tun. Es handelte sich lediglich um Blendwerk.«

»Gut kombiniert, Herr Detektiv«, lobte Tavares. »Nun, tatsächlich stank meine Kleidung gelegentlich nach Pferdemist, aber damit war dieser Bezeichnung auch schon Genüge getan. Der Chiado Turf Club war eine Finte Ihres Vaters, Catarina. Seine wahre und einzige Absicht war es, uns zu verleiten.«

»Verleiten? Wozu?«, hakte Catarina nach, auch wenn die Antwort offensichtlich war.

Auszug aus den persönlichen Aufzeichnungen der Person, die sich Albuquerque nannte.

21. Januar 1975

Das hier wird mein letzter Eintrag sein. Denn auch wenn es sich für mich immer noch nicht wahrhaftig anfühlt, wird sich mit dem heutigen Tag alles ändern. Vorausgesetzt, es passiert tatsächlich so wie prophezeit. Magellan hat sich seit dem Morgen nicht mehr blicken lassen. Meinte nur, er müsste sich vorbereiten. Er war auch in keiner Vorlesung. Das untrügliche Zeichen, dass es ihm ernst ist. Oder es ist Teil seines perfiden Spiels. Draußen ist es dunkel und kalt. Und ich muss los.

55
Henrik

»Was befindet sich in diesen versiegelten Kuverts?« Die Frage platzte aus Henrik heraus. Tavares lächelte gelangweilt.

»Ich weiß, es handelt sich um eine Art Lebensversicherung, von der Sie sprachen«, führte Henrik weiter aus. »Und mir ist klar, dass jeder aus Ihrem seltsamen Club einen solchen Umschlag besaß, bis Sie anfingen, diese einzusammeln. Notfalls mit Gewalt, wie Sie bei Pierre Andrande bewiesen haben. Nur, was steckt wirklich in diesen Umschlägen?«

»Das Einzige, was Magellan an diesem Januartag vor über fünf Jahrzehnten wirklich tun wollte, war einen Menschen zu töten. Und das einfach nur, um zu erleben, wie sich dieser Akt des Tötens anfühlt. Mehr war es nicht. Abgesehen davon, dass er dieses Erlebnis nicht allein für sich haben wollte. Er teilte es mit uns und verpackte es gleichzeitig als Geschenk. In seinen Augen tat er uns damit einen Gefallen. Und er band uns auf Lebzeit aneinander, denn jeder durfte das Messer führen und einmal zustechen. Oder auch mehrmals, je nach Trieb und Hemmungslosigkeit des Einzelnen. Ein Stich war allerdings Pflicht, um dem Pakt anzugehören. Das ist die ganze Geschichte. Danach hielt der Teufel, wie von Magellan versprochen, schützend seine Hand über uns. Der Mord wurde nie aufgeklärt, keiner jemals dafür belangt. Wir wurden reich und mächtig. Was Ihr Vater versprochen hatte, trat ausnahmslos ein.«

Catarina rann eine Träne über die Wange, doch bis auf diese kleine Unzulänglichkeit blieb sie gefasst. Es schien sie nicht zu überraschen. Sie wusste sehr wohl, was für ein Monster ihr Vater war. »Wieso haben Sie ihn Magellan genannt?«, wollte sie wissen.

Tavares krauste seine Stirn. »Verzeihen Sie, eine kleine Marotte von mir, seit ich … mir gefiel die Vorstellung oder vielmehr der Vergleich, auch wenn es nicht mein Einfall gewesen ist. Wir und die portugiesischen Seefahrerheroen von einst … Nein, ich gedenke nicht, das näher auszuführen, denn es tut nichts zur Sache«, entschied er und wandte sich dann wieder an Henrik. »Um Ihre Neugier vollends zu befriedigen, die Inhalte der Kuverts belegen unwiderruflich unsere Beteiligung an dem Mord. Nachdem es vollbracht war, haben wir uns mit dem Opfer fotografiert. Ein Gruppenfoto, mit Selbstauslöser. Jeder der versiegelten Umschläge enthält einen Abzug dieser Fotografie. Zudem befinden sich auf den Rückseiten der Abzüge je fünf Unterschriften und Fingerabdrücke. Diese Fingerabdrücke haben wir hinterlassen, in dem wir unsere Daumen ins Blut des Opfers drückten. Dafür haben wir extra ein wenig davon aufbewahrt, bis die Fotos entwickelt waren. Schauen Sie nicht so entsetzt, das war der einzig gangbare Weg, um sich des ewigen Schweigens aller Beteiligten zu versichern. Magellan hat vorausschauend geplant, nur eben nicht bis zum Ende gedacht. Vielleicht sein einziger Fehler, den ich ihm jedoch nachsehe. Mit Anfang zwanzig hat man keinerlei Vorstellung davon, was das Alter mit einem macht. Vor allem aber, dass der Tod dann doch irgendwann an die Tür klopft. Wobei es hier jeden von uns als Ersten hätte treffen können. Er hat dies sogar auch später immer noch abgetan, wenn ich ihn darauf ansprach. Wollte nichts von meinen Bedenken diesbezüglich hören, als glaubte er insgeheim tatsächlich an eine gewisse Unsterblichkeit. Doch mir wurde schon sehr früh gewahr, dass unsere Vereinbarung aus dem Gleichgewicht gerät, sobald der Erste von uns das Zeitliche segnet. Daher habe ich meine eigenen Vorbereitungen getroffen, damit dieses Geheimnis niemals ans Licht kommt. Nicht alle von uns haben nämlich auf Nachkommen verzichtet und fahrlässigerweise für Erben gesorgt. So wie Ihr Vater eben, auch wenn man ihm dafür niedere Beweggründe unterstellen könnte. Jedenfalls, ich musste verhindern, dass Sie, liebe Catarina, hinter das wahre Vermächtnis Ihres Erzeugers kommen. Wobei Magellan es durchaus verstanden hat, seinen Umschlag gut zu verbergen. Sie werden sich denken können, dass er mir dieses Versteck in einem leichtfertigen Moment anvertraut hat, worüber ich rückblickend gottfroh bin. So konnte ich es dank Ihres Einsatzes an mich bringen, Senhor Falkner.« Er machte eine Pause und schenkte Catarina einen milden Blick. »Sie verstehen, ich hätte mir das Buch auch anderweitig beschaffen können. Doch es lag vorerst nicht in meiner Absicht, Ihnen noch zusätzlichen Kummer zu bescheren, meine Liebe. Die Auktion war ein eleganter Weg, der kein Aufsehen nach sich zog. Nicht für Sie und nicht für mich. Nur wurde damit das Tor geöffnet. Jetzt musste ich auch alle anderen Geständnisse an mich bringen, denn in jedem davon werde ich mit der Tat von damals belastet. Es war lang überfällig, diese Beweise zu vernichten, bevor der Erste aus dem Club auf die Idee kam, reumütig sein Gewissen zu erleichtern. Das Alter zwingt einen in die Sentimentalität, manchen mehr, manchen weniger. Und auf dem Sterbebett wird man angeblich erst recht gesprächig, in der Hoffnung, doch noch dem Platz in der Hölle zu entkommen, für den man aus Leichtsinn oder Gier einst unterzeichnet hat. Dem galt es Einhalt zu gebieten.«

»Was ist mit de Moura?«, fragte Henrik.

Tavares schielte rüber zu Luan und der nickte nur knapp.

»Es wird sich drum gekümmert«, erklärte der Doktor.

»Das ist abartig«, sagte Catarina. »Wen habt ihr damals umgebracht?«

Auszug aus den persönlichen Aufzeichnungen der Person, die sich Albuquerque nannte.

22. Januar 1975

Ich will diese Zeilen nicht schreiben, aber es ist unausweichlich. Nach dieser Nacht bin ich dem Teufel geweiht. Wenn auch nicht dem aus der Hölle. Oder womöglich doch? Ich kann diese Frage jetzt nicht beantworten. Bisweilen fühle ich mich, als hätte ich wieder über den Durst getrunken. Dabei bin ich vollkommen nüchtern, das schwöre ich bei meiner nun schwarz verfärbten Seele.

Der Schuppen war verrammelt, allerdings von innen. Ich wagte nicht, gegen das Tor zu klopfen, auch wenn die Verwaltungsgebäude des Gestüts weit weg waren, so wollte ich nicht gehört werden. Jedenfalls war ich verwirrt. Hatte ich etwas falsch verstanden? War ich zu früh oder gar am falschen Ort? Außerdem fror ich erbärmlich. Ein Geräusch hinter mir ließ mich schließlich zusammenzucken. Es waren da Gama und Corte-Real, die sich durch die Hecke zwängten. Auch sie rüttelten ratlos an der Verriegelung. Da Gama legte sein Ohr ans nasskalte Holz und behauptete, dass jemand im Schuppen sei. »Macht schon auf«, rief dieser Trottel Corte-Real laut. Ich sah mich ängstlich um. In diesem Moment hätte ich meinem Drang zur Flucht nachgeben sollen. Doch ich blieb standhaft und danach war es zu spät.

Es war Cabral, der uns öffnete. Von drinnen fiel Kerzenlicht auf uns Wartenden. »Was soll der Lärm, ihr Narren?«, knurrte er. Über seinem Mantel trug er wieder die Schlachterschürze. Erst dann bemerkte ich, dass er das Gewehr in Händen hielt, als rechnete er damit, sich verteidigen zu müssen.

Ich ließ den anderen den Vortritt. Trotz der Kerzen war es dunkel im Schuppen. Mir war unwohl wegen der offenen Flammen und des ganzen Strohs, das hier herumlag. Doch diese Sorge wurde mir sogleich genommen, als ich das Szenario in seiner Gänze erfasste. Ich kann immer noch nicht glauben, dass ich nicht augenblicklich den Verstand verlor. Oder zumindest das Bewusstsein.

Sie hing an dem Balken, an derselben Stelle wo vor Wochen das Reh festgenagelt war. Über ihren Kopf war ein Leinensack gestülpt, aber ich wusste sofort, dass sie es war. Sie war nackt und reglos, als wäre sie nicht bei sich. Ihre Haut war Alabaster. Schatten tanzten über sie hinweg. Mein Mund war trocken, meine Glieder steif, aber nicht mehr der Kälte wegen. Erschreckend klar sickerte die Erkenntnis in mein Bewusstsein, dass Magellan sie extra für mich ausgewählt hatte. Sie, die Frau, die mir seit Tagen die kalte Schulter zeigte. Sie, Mariposa.

Selbst im Schummerlicht erkannte ich die Gier in den Augen der anderen. »Die Zeit ist gekommen, einen Dämon zu beschwören«, ertönt es in unserem Rücken. Magellan war hinter uns getreten. Ich kann nicht sagen, woher er plötzlich kam. Ich hatte irgendeine schwarze Robe mit Kapuze erwartet, doch er trug seinen besten Anzug. »Du meinst es also ernst mit dem Dämon?«, wollte Corte-Real wissen. Da Gamas Wangen waren mittlerweile ähnlich bleich wie die vollen Brüste der bedauernswerten Mariposa. »Ob ich es ernst meine?«, fragte Magellan zurück und zuckte kaum merklich mit den Schultern. »Es kann jedenfalls nicht schaden«, fuhr er fort und erinnerte uns an große Führer von einst, die dem Übersinnlichen nicht abgeneigt waren, ohne diese beim Namen zu nennen.

Ich schaute in die Runde. Da Gama und Corte-Real glotzten dumm wie Schafe. Offensichtlich waren sie bis eben weiterhin davon ausgegangen, dass sie Attentate auf Sozialisten verüben sollten. Doch wir haben uns hier nicht getroffen, um eine neue Ordnung heraufzubeschwören. Und auch nicht den Fürsten der Unterwelt. Trotzdem begingen wir einen Ritualmord. Ein Opfer für Satan – oder soll ich besser schreiben, für Magellan? Mir schwirrt der Kopf. Ich kann nicht mehr denken und bin gleichzeitig erschreckend ruhig. Liegt es dran, dass wir uns ewige Treue schworen? Dass wir es mit dem Blut der Sekretärin besiegelten? Ich kann es mir nicht erklären. Doch ich akzeptiere es. Genau wie Magellans Versprechen, dass wir bis ans Ende unserer Tage so erfolgreich wie unantastbar sein werden. Ich akzeptiere es, denn für mich bedeutet es Unabhängigkeit von meiner Familie, die ohnehin keine mehr für mich ist. Ich akzeptiere es, dafür fortan mit einem Mord zu leben.

56
Henrik

Für lange Sekunden sprach niemand mehr. Die Stille im Innenhof des Monteiro-Anwesens wurde nur vom Plätschern des kleinen Brunnens untermalt.

»Ich denke, wir sind fertig«, resümierte Alfonso Tavares. Henrik kam nicht mehr umhin, diesen Mann als wahnsinnig zu bezeichnen. Das bezeugte schon allein sein Mitteilungsbedürfnis. Außerdem zeigte er keinerlei Reue für das, was er mit seinen offenbar nicht weniger zurechnungsfähigen Kumpanen vor einem halben Jahrhundert getrieben hatte. Töten allein um des Tötens willen.

Um zu erfahren, wie es sich anfühlt, einem Menschen das Leben zu nehmen. Selten hatte er etwas Perfideres gehört.

»Wir können ihn nicht gehen lassen«, flüsterte Catarina neben ihm, was er genauso sah. Doch was hatten sie für Optionen. Er schielte rüber zu Luan und stellte erschrocken fest, dass der Albaner die Pistole jetzt nicht mehr im Hosenbund, sondern in der Hand trug. Das machte Tavares Versprechen endgültig hinfällig. Er hatte es kommen sehen, dennoch versetzte es ihn in Aufruhr. Die Panik rollte unverzüglich über ihn hinweg. Nun war er es, der bei Catarina Halt suchte. An den Rändern seines Sichtfelds begann eine fiebrige Schwärze zu flimmern. Er durfte jetzt nicht umkippen. Mit dem verbliebenen Rest an Selbstbeherrschung versuchte er sich an die Atemtechnik zu erinnern, die ihm seine Therapeutin für das Eintreten einer solchen Zwangslage gezeigt hatte.

»Das ist krank, alter Mann«, hörte er Luan indessen sagen.

»Sind wir auf einmal zart besaitet?«, fragte der Doktor sichtlich amüsiert.

Atme!

Seine Sicht wurde wieder ein wenig klarer. Henrik sah Tavares Grinsen gefrieren, als der Boxer den Lauf der Waffe auf ihn richtete.

Atme, verdammt!

»Was soll das, wir haben eine Vereinbarung«, sagte Tavares.

»Die Konditionen gefallen mir nicht mehr, wir brauchen eine Anpassung!«, verlangte Luan

»Konditionen? Anpassung? Ich verhandle nicht mir dir, Bürschchen.«

Atme!

»Eine Million und du kannst dein Kuvert behalten und in den Flieger steigen!!«

Atme!

»Das ist ja wohl ein Witz! Ich habe dich mehr als übergebührlich für deine Dienste bezahlt. Schlag dir deine dämliche Nachverhandlung aus dem Kopf!«

Henrik wankte. Catarina hielt ihn aufrecht.

Der Knall hallte infernalisch zwischen den Wänden des Innenhofs wider.

Henrik zuckte zusammen. Statt das Bewusstsein zu verlieren, fühlte er sich mit einem Mal wieder hellwach. Sein Herz wummerte. Seinen Puls spürte er bis hinauf in die Schläfen. Er beobachtete, wie Tavares einknickte und zu Boden fiel. Augenblicklich breitete sich eine Blutlache auf dem sahneweißen Mosaik aus. Der Doktor kauerte verkrümmt zu ihren Füßen und presste seine Hände auf den linken Oberschenkel. Blut quoll zwischen seinen Fingern hervor. Er winselte laut. Luan nickte zufrieden.

»Ich fürchte, er wird nicht zahlen«, sagte Catarina, während Henrik sich wie aus Zeit und Raum gerissen wähnte. Der Schuss hatte seine Gehörgänge wattiert.

Atme!

»Wird er«, versicherte der Albaner, die Pistole schräg in der Hand und weit von sich gestreckt. »Niemand verarscht die Familie.«

»Luan, bitte, er verblutet«, wandte Catarina ein.

Der Albaner hob überrascht die rechte Braue, durch die eine feine Narbe lief. »Höre ich da Mitleid?«

»Nein, aber ich will keinen Toten in meinem Haus.«

Henrik bemerkte, dass Catarina ihn losließ und einen Schritt auf Tavares zumachte. Luan visierte sie sofort an. »Lass mich ihm helfen«, bat sie.

»Erst das Geld!«, verlangte der Boxer und fischte mit der freien Hand ein Smartphone aus der Tasche. »Er weiß, wie's geht, hab's ihm eingerichtet. Sind nur drei Klicks nötig, geht alles einhändig …«

Vom Eingang her war ein lautes Donnern zu hören. Holz splitterte. Metall schlug krachend gegen Mauerwerk. Luan wirbelte herum und zielte in den lichtlosen Flur hinein.

Atme!

»Waffe runter, Polizei!«, tönte es von dort in den Innenhof.

Atme!

57
Helena

Henrik kauerte nach vorne gebeugt auf einem der Hocker, die um einen nordafrikanischen Teetisch drapiert waren. Er hatte sein Gesicht in seine Hände gelegt. Für den Moment glaubte sie, dass er weinte. Sie trat neben ihn und legte ihm die Hand auf die Schulter. Er blickte auf, erkannte sie und lächelte bemüht. Aber immerhin, er lächelte.

Das Sondereinsatzkommando war abgezogen. Der Albaner abgeführt und der schwer verletzte Alfonso Tavares auf dem Weg ins Krankenhaus. Nur noch die Blutlache auf dem Fliesenboden und die Anwesenheit der in weiße Overalls gekleideten Kriminaltechniker zeugten davon, was sich hier vor nicht einmal einer halben Stunde zugetragen hatte. Damasos hatte sie davon überzeugt, dass sie die Lage vor Ort allein bewältigen konnte. Woraufhin er sich um den dubiosen Doktor kümmern wollte, sobald die Ärzte dies zuließen. Die Kugel steckte im Oberschenkelknochen, hatte der Notfallhelfer gemeint und eine komplizierte Operation prognostiziert. Demnach war eigentlich keine Eile geboten, doch Helena hatte nicht vor, ihrem Kollegen das Vorhaben einer zügigen, ersten Vernehmung des Hauptverdächtigen auszureden.

»Wie hast du mich gefunden?«, fragte Henrik. Er sah erschreckend mitgenommen aus.

»Mir war natürlich sofort klar, dass du nicht zu Hause geblieben bist, als wir vorhin telefonierten.«

»Aber ich habe dir doch nicht gesagt, wo ich bin …«

»Nein, hast du nicht«, machte sie ihm deutlich und versuchte nicht zu vorwurfsvoll zu klingen. »Aber irgendwie hatte ich das dringende Bedürfnis, dich aufzuspüren. Ich ahnte, es ist was im Busch.«

Er sah sich um. »Wo ist sie?«

»Es geht ihr gut. Eine Polizeipsychologin spricht mit ihr.«

Henrik suchte erneut ihren Blick. »Wie bist du darauf gekommen, hier nach mir zu suchen?«

»Zufall und eine große Menge Glück, wenn ich bedenke, in was du dich wieder hineinmanövriert hast.«

»Ich hatte es im Griff«, sagte Henrik und sie konnte nicht anders, als ihn gegen die Schulter zu boxen, woraufhin er die Hände hob, um zu zeigen, dass er aufgab. »Erzähl!«, verlangte er.

Sie setzte sich auf den Hocker ihm gegenüber. »Irgendwie fiel mir wieder ein, dass du mir neulich einen Standort geschickt hast. Also habe ich dieser Eingebung folgend die Umgebung dort gecheckt und den Boxclub entdeckt. Und mich sogleich erinnert, dass mir mein Kollege José aus der Abteilung für Organisiertes Verbrechen neulich davon berichtet hat, dass dieser Club der albanischen Mafia gehört …«

»Moment! Wieso hast du dich überhaupt für den Albaner-Clan interessiert?«, hakte Henrik ein.

»Wegen Catarina Monteiro. Ich sagte dir doch, dass ich mich aufgrund der Ermittlung zum Tod ihres Vaters mit ihr befasst habe. Und da bin ich natürlich auch darauf gestoßen, dass sie als Anwältin für diesen Clan tätig war.«

»Und daraus hast du geschlossen, dass ich bei der Anwältin abhänge?«

»Na ja, meine Intuition ist nicht die schlechteste, wie du weißt.«

»Aber wie bist du auf die Idee gekommen, dass ein Sondereinsatzkommando nötig ist, um mich da rauszuhauen?«, fragte Henrik gespannt.

»Der auffällige Ranger Rover, der vorm Haus parkt, hat mich sofort in Alarm versetzt. Ich habe ein Bild gemacht und es an José geschickt. Er wusste sofort, wer den Wagen fährt, und warnte mich, dass die Gefahrenlage heikel sein könnte.«

Henrik nahm ihre Hände in die seinen. »Danke, dass du mich gerettet hast«, sagte er und sah ihr tief in die Augen. »Ich liebe dich!«, fügte er an.

Helena schluckte. »Ich weiß«, sagte sie.

58
Drei Tage später
Helena

»Was stinkt da so?«, fragte Henrik, kaum das Helena das Fenster hochgekurbelt hatte.

»Merda, die Armbänder«, antwortete Helena, die sich an das Müffeln schon irgendwie gewöhnt hatte. Sie waren auf dem Weg, raus nach Cascais, um Sara bei ihren Großeltern abzuholen. Die Sonne funkelte auf den Wellen des Atlantiks, an dem sie entlangfuhren. Sie würden einen schönen und entspannten Tag am Meer verbringen, worauf sie sich sehr freute. Nicht nur, weil sie ihre Tochter wiedersah, die sie nach der knappen Woche schon schmerzlich vermisste. Sondern auch, weil Henrik sich schnell wieder stabilisiert hatte, nach dem kritischen Vorfall in der Monteiro-Villa. »Die Tüte hinter deinem Sitz«, sagte sie

Henrik verrenkte sich und holte den Klarsichtbeutel nach vorne.

»Lass ihn bloß zu!«, mahnte Helena.

Er drehte ihn auf Augenhöhe hin und her. »Sind das Beweismittel?«

»Eigentlich nicht, eher Andenken.«

Er sah sie verdutzt an. »Muss ich mir Sorgen machen?«

»Das ist alles, was von Marta übrig ist, der Obdachlosen, du weißt schon.«

»Und wieso fährst du diese Bündel in deinem Auto spazieren? Ich dachte, ihr Tod wird nicht weiter untersucht.«

Sie hatte ihm nicht erzählt, dass Martas zerbeulter Einkaufswagen von Linos Leuten oben am Monsanto doch noch geborgen worden war. Und sie tatsächlich Lackproben sicherstellen konnten, die mit denen von Carlos Ribeiros Mercedes übereinstimmten. Was freilich ohne größere Konsequenzen für den Bogenschützen blieb, der die kleine Havarie längst zugegeben hatte. Helena wusste ganz genau, dass dem Comandante diese Tatsache nicht ausreichte, um sie weiter gegen Ribeiro ermitteln zu lassen. Zumal sie sonst nichts gegen den Vorstandsvorsitzenden des Sportvereins in der Hand hatte. Nichts als eine illegale Leichenschau durch Sónia da Silva, die ihr ohnehin nur Mutmaßungen eingebracht hatte. Bei dem Gedanken an die Gerichtsmedizinerin war ihr klar, dass sie das Gespräch mit Sónia suchen musste. Vielleicht, um sich zu entschuldigen. Dahingehend war sie noch unschlüssig. Henrik hatte ihr von dem Gespräch zwischen Catarina Monteiro und Sónia berichtet, das er belauschen konnte. Helena wusste im Moment noch nicht, wie sie damit umgehen sollte. Vor allem, da sich das Misstrauen, das sie der Ärztin gegenüber hegte, damit nicht ausräumen ließ. Im Gegenteil.

Zwangsläufig musste sie an Damasos denken, dem es immer noch nicht vergönnt war, Alfonso Tavares zu verhören. Der mutmaßliche Mörder war nämlich während der Notoperation an seinem Bein ins Koma gefallen. Es gab Komplikationen, die der zuständige Arzt nicht näher ausgeführt hatte. Die Kripo würde also weiter auf eine Aussage warten müssen, sofern Tavares überhaupt bereit war, mit ihnen zu sprechen. Henrik hatte natürlich zu Protokoll gegeben, was Tavares vor drei Tagen offenbart hatte. Und Catarina Monteiro hatte dies auf gleiche Weise bestätigt. Die verstörende Geschichte von fünf Männern, die während ihrer Studienzeit einen Mord begingen. Nach dem Stand der Ermittlungen ausgerechnet an der Schwester von

Carlos Ribeiro, dem Helena dennoch glaubte, nichts davon gewusst zu haben. Ohnehin hatten sie dafür keine Beweise, außer dem Geständnis von Dr. Tavares. Und das bislang nur aus zweiter Hand. Solange keine Überreste der Toten gefunden wurden oder die von Tavares erwähnten Fotos mit den blutigen Fingerabdrücken der Täter, blieb alles in der Schwebe. Tavares mochte sie an sich gebracht haben, zumindest jene von Monteiro, Andrande und sehr wahrscheinlich auch von Borges, bei dem er oder einer seiner Handlanger eingebrochen war. Doch von den versiegelten Kuverts fehlte jede Spur. Es bestand die Annahme, dass sie in den Händen der albanischen Mafia waren. Aber auch dahingehend konnte die Polizei bislang nur spekulieren. Clemente de Moura hüllte sich in Schweigen und hatte über seine Anwälte sämtliche von Tavares vorgebrachten Vorwürfe zurückgewiesen. Er musste keine Untersuchung befürchten, sofern keine weiteren Indizien zum Verschwinden von Mariposa Ribeiro ans Licht kamen. Dabei fiel ihr eine Entdeckung ein, die die Spurensicherung erst gestern im Keller von Tavares gemeldet hatte. Es war angeordnet worden, das in Teilen ausgebrannte Haus des Doktors wegen der jüngsten Entwicklung noch mal gründlicher zu untersuchen. Dabei entdeckten die Kriminaltechniker einen alten Lederschurz, in der Art, wie ihn Metzger vor Jahrzehnten in den Schlachthöfen getragen hatten …

»Was machst du jetzt damit?«, fragte Henrik und holte sie aus ihren Überlegungen.

»Keine Ahnung«, gab sie zu.

Er nickte und stopfte die Tüte mit den Armbändern zurück zwischen Fahrersitz und Rückbank. »Diese Sache ist für dich noch nicht abgeschlossen, das sehe ich dir an«, folgerte er und lag damit höchstwahrscheinlich richtig. Jemand hatte diese mittellose Frau in einen Bauschacht gestoßen und sollte sich dafür verantworten müssen. »Kann sein, aber heute will ich nicht weiter darüber nachdenken«, entschied sie und kurbelte das Fenster wieder nach unten. Die salzige Atlantikbrise vertrieb augenblicklich alle schlechten Gerüche und düsteren Gedanken.

59
Henrik
Eine Woche später

Der heftige Schauer kam überraschend, würde aber laut Wetterbericht nicht lang anhalten. Im Moment spülte das Unwetter den Staub aus den Gassen, was allerdings auch die Luftfeuchtigkeit ins Unerträgliche nach oben trieb. Henrik stand in der offenen Tür des Antiquariats und blickte hinaus in den Regen. Das Wasser bahnte sich schäumend und sprudelnd seinen Weg die Rua do Almada hinab, runter zum Fluss. Oben an der Ecke tauchte eine Frau auf, die sich schützend unter einem Regenschirm verbarg, an dem der Wind wütend zerrte. Auf ihren High Heels tänzelte sie über die Rinnsale hinweg. Er ahnte sofort, dass sie zu ihm wollte. Und er behielt recht.

Es war tatsächlich Catarina Monteiro, die unter dem Schirm zum Vorschein kam, als sie vor dem Regenguss flüchtend zu ihm in den Laden trat. Heute war sie wieder ganz die Anwältin. Ihr Haar streng hochgesteckt, die schlanke Figur in ein elegantes Businesskostüm gezwängt. »Was für ein Sauwetter«, stellte sie fest und reichte ihm die Hand, die ein wenig feucht war.

»Wie geht es Ihnen?«, fragte Henrik, der neugierig war, welchem Anliegen er ihren Besuch verdankte.

»Ich komme zurecht«, sagte sie und beim Blick in ihre blauen Augen wusste er, dass sie die Wahrheit sagte. »Und wie steht es um Sie?«

»Danke der Nachfrage, ich habe mich wieder aufgerappelt.«

Eine Weile sah sie ihn nur an, ein schmales Lächeln auf ihren dezent geschminkten Lippen. »Ich habe mich noch gar nicht richtig bedankt für Ihre Hilfe bei … Sie wissen schon.«

»Soweit ich mich entsinne, war es wohl eher andersherum. Abgesehen davon, dass ich Sie erst in diese Situation gebracht habe. Tavares hätte keinen Grund für einen Besuch bei Ihnen gehabt, wäre ich nicht dort gewesen. Letztlich wollte er von mir hören, was ich über seine Machenschaften herausgefunden habe und wie der Ermittlungsstand der Polizei ist.«

»Dann einigen wir uns darauf, dass wir die Krise gemeinsam gemeistert haben«, bot sie diplomatisch an und wischte sich letzte Regentropfen von der Stirn.

»Wieso sind Sie wirklich hier?«, verlangte Henrik zu erfahren.

»Natürlich«, sagte sie, blickte sich dann aber im Antiquariat um, als suchte sie etwas Bestimmtes. »Ich werde doch noch etwas länger in Lissabon bleiben«, verriet Catarina und sah ihn wieder direkt an. »Wegen einer Verhandlung«, fuhr sie fort. »Ich wurde engagiert, um Luan zu verteidigen, und ich möchte, dass Sie für ihn aussagen!«

Henrik war gedanklich noch intensiv mit Catarina Monteiros Bitte beschäftigt, als das Unwetter ein paar Stunden später ein weiteres bekanntes Gesicht ins Antiquariat spülte.

»Auf Sie warte ich schon eine Weile«, begrüßte er den Mann, den er vor nicht allzu langer Zeit durch die Gassen des Chiado-Viertels gejagt hatte.

Jacinto Martins wirkte sogleich verunsichert.

»Keine Angst, ich will nur etwas loswerden«, beruhigte Henrik den Mythologen. »Darum sind Sie doch gekommen.«

Martins nickte verhalten. Regenwasser tropfte aus seinem Mantel auf die Holzdielen. »Ich dachte, jetzt, da … na ja, ich habe in der Zeitung gelesen, dass Dr. Tavares in Haft sei …«

»Er wird die *Encyclopedia mundorum intermediorum* nicht mehr benötigen«, führte Henrik das Gestammel des eigenwilligen Kauzes aus. »Ohnehin hat er sich nie wirklich dafür interessiert.« Für eine Sekunde erhaschte er so etwas wie kindliche Freude im regennassen Gesicht von Jacinto Martins. Doch sogleich trübte sich dessen Gemüt wieder ein. »Ich werde niemals die Summe aufbringen können, die Sie erwarten«, sagte er geknickt.

Henrik grinste ihm entgegen, womit Martins nun überhaupt nicht umgehen konnte. »Hören Sie auf, sich über mich lustig zu machen«, empörte er sich.

»Das tue ich keineswegs. Ich bin bereit Ihnen die Enzyklopädie kostenlos zu überlassen.«

Martins bekam große Augen. Für drei Sekunden erweckte er den Eindruck, sich verhört zu haben, danach überkam Henrik die Befürchtung, der Mann wollte ihm um den Hals fallen. »Unter einer Bedingung!«, ergänzte er daher sofort, was Martins wieder zusammenzucken ließ.

»Bedingung?«, wiederholte er leise.

»Sie können die Bücher mitnehmen, aber ich will nicht erleben, dass mein geliebtes Lissabon demnächst von Dämonen heimgesucht wird. Haben wir uns da verstanden?«